KB204362

탐욕

사랑은 모든 걸 삼킨다

탐욕

사랑은 모든 걸 삼킨다

이화경 장편소설

문학들

차례

高麗人泛愛重財男女婚娶輕合易離

고려인들은 분별없이 사랑하고,

재물을 중히 여기며,

남자와 여자의 혼인에도 경솔히 합치고

쉽게 헤어졌다.

－『고려도경』권 19

서序

늙은 왕은 입을 벌리고 주무셨다. 잠든 왕을 내려다보는 그녀의 뺨은 붉은 꽈리처럼 불룩했다. 뺨 안쪽으로 밀어 넣은 것들이 자꾸 꼬물거렸다. 마침내 그녀는 꼭 다문 입술을 벌려 왕의 입구멍에 맞췄다. 잇몸만 남은 왕의 헐한 입안으로 그녀는 금실을 먹여 기른 황금색 독충인 금잠 몇 마리를 넣어 주었다. 계단 없는 무덤으로 들어가듯이 독충은 목구멍 안으로 쏘옥 들어갔다. 왕의 창자와 위를 모조리 갉아 씹어 먹은 뒤에야 독충은 남은 구멍으로 빠져나올 것이었다.

아홉 개의 구멍을 가진 상처뿐이었던 왕. 이제 왕은 오직 하나의 구멍으로만 남아 있게 될 터였다. 아침이면 텅 비어 있게 될 왕, 독충이 걸신들린 듯 창자를 산산조각내서 씹어 먹고 나서 해체시켜 버릴 왕, 진정으로 텅 빈 구멍이 될 왕.

그녀는 입안에 남은 독충들을 제 목구멍 안으로 꿀꺽 삼켰다. 그녀도 텅, 비게 될 것이었다.

그녀는 침전의 휘장을 걷었다. 왕의 정원엔 꽃들이 만발했다. 나라를 다스리려 했으나 제국의 한낱 정원에 불과한 왕의 흙에 자줏빛 모란꽃잎이 떨어지는 게 보였다. 살았던 계절을 다 잊었다는 듯이. 후련하게.

그녀가 희디흰 손목 안쪽에 평생 동안 간직했던 붉은 점은 더 이상 보이지 않는다. 몸에 갇혀 살았던 흔적이 답답했다는 듯이.

아흐 다룽디리.

앵혈鸚血
앵무새의 피

무명은 밤이 이슥해질 무렵 항구에 도착했다.

수많은 고깃배들과 상선들이 항구에 접안해 있었다. 구름에 달빛이 가려 뿌옇게 변한 항구의 밤은 무명에게 너무 낯설었다. 짙은 물안개에 비린내가 스몄다. 낯선 풍경과 냄새에 무명의 심장이 두방망이질을 쳤다. 두 팔을 엇갈려 팔딱거리는 가슴을 껴안았다.

무명은 항구 안쪽을 향해 발을 디뎠다. 젖은 길에 해진 신발이 자꾸 미끄덩거렸다. 붉은 등을 내건 술집들이 지붕의 처마와 처마를 잇대고 있었다. 항아리의 물을 왈칵 부은 것처럼 붉은 불빛이 거리에 흥건했다. 그곳은 핏빛 뜬세상이었다.

사내들이 눅눅한 거리에서 바짓단을 적시며 흔들거렸다. 불빛을 향해 걷던 한 사내가 무명 옆을 스쳤다. 사내의 몸에서 갯내보다 더 지독한 술내가 발칵 무명을 덮치듯이 밀려왔다. 무명은 거리 안쪽 골목으로 몸을 피했다. 무섭기도 하고 신기하기도 한 풍경을 내다보기 위해 고개만 거리 쪽으로 내밀었다.

마치 생선을 낚아채기를 기다리던 물새처럼 화장기가 짙은 여자들이 사내들의 소맷부리를 잡았다. 아침 햇살이 비치면 당장 지고 말 달맞이꽃처럼 길거리의 여자들은 비틀거리는 사내들을 향해 헤픈 웃음을 활짝 벌리고 있었다. 사내들이 자꾸 빨려 들어갔다. 여자들은 쓰러질 것처럼 사내들의 품에 안겼다. 붉은 가마에서 내린 자주색 관복 차림의 한 사내가 붉은빛 속으로 미끄러져갔다.

무명은 빽빽하고 후텁한 공기 때문인지 어른들의 너무도 솔직한 몸짓 탓인지 알 수 없지만 어쩐지 숨이 막힐 것만 같았다. 무명은 알 수 없는 부끄러움과 수치와 흥분으로 눈을 내리깔고 그 거리를 지나 끝에 이르렀다.

온갖 꽃과 풀의 무늬로 장식한 담장이 무명을 가로막았다. 담장 위에도 기와를 얹은 멋진 집이었다. 무명은 까치발로 담장 너머를 흘깃거렸다. 아름다운 여자들이 거문고를 타고 춤을 추고 있었다. 벽마다 금분을 입혔는지 컴컴한 밤에도 봉황과 용이 금빛으로 빛났다. 처마 밑 벽에도 절집마냥 단청이 울긋불긋했다. 흙벽에도 비단이 붙여져 있었다.

기름진 음식 냄새가 무명의 빈창자를 후벼댔다. 오랜 허기 속에서 맡은 갯내와 안개의 누린내와 술내와 땀내도 이렇게 아프게 후비진 않았다. 배를 걷어차인 것같은 통증이 찌르르 훑고 지나갔다. 기름진 음식을 아무리 생각하지 않으려 해도 머릿속엔 온통 기가 막히게 맛있을 전유어들이 튀어 올랐다. 절레절레 고개를 저었다. 기름내에 침이 고였다. 무명은 침을 꼴딱꼴딱 삼켰다.

무명은 갑자기 땅에서 허공으로 솟구쳤다. 겨드랑이에 쇠스랑이가 끼인 것처럼 단단한 무언가가 느껴졌다. 무명은 영문도 모른 채 대롱대롱 매달렸다. 두려움 때문에 고개조차 돌릴 수 없었다. 무명은 간신히 고개를 돌렸다. 늙수그레한 털보 사내의 얼굴이 보였다,

무명은 눈앞이 캄캄했다. 온 사방팔방을 돌아다녀도 사람들은 무명을 마치 투명 인간처럼 대했다. 이 세상에 존재하지 않는 것처럼 사람들은 어린 무명을 본체만체했었다. 누구의 주의도 끌지 않았다. 심지어는 죽음마저도 그녀에게는 관심이 없는 듯했다. 무명은 가장 천한 존재였다. 세상의 무례함은 무명이 입고 있는 낡고 해진 옷처럼 익숙한 것이었다.

눈을 질끈 감았다.

'죽어도 괜찮아. 그러니 겁먹지 마.'

어미를 떠나올 때부터 무명은 언제든지 죽을 수 있는 운명을 받아들였다. 집을 불태우고 나서면서 무명은 목숨을 내놓을 준비를 해왔다. 가장 천박한 모욕들을 끊임없이 받아왔던 무명은 아무것도 두렵지 않았다. 아니, 두려웠다. 하지만 두려움 앞에서 할 수 있는 건, 언제나 아무것도 없었다.

"애기 기생 하나 제 발로 기어들어 왔구만!" 거문고를 쥐어뜯는 듯한 쉰 목소리가 무명의 귀에 들이쳤다.

"그만 내려놓고 안으로 들여보내시게나. 어른께서 그 아이를 데려오라 하셨네." 머리가 하얗게 센 중늙은이가 털보의 손을 무명의 몸에서 털어내며 말했다.

'어른이라는 분은 누굴까.'

담장에서 도둑고양이처럼 소리 없이 훔쳐보던 자신을 발견한 어

떤 눈이 털보의 억센 손아귀보다 더 힘이 센 것처럼 느껴졌다. 장구채처럼 깡마른 무명의 손목을 잡은 늙은이의 손등은 검버섯이 거뭇게 덮여 있었다.

무명은 여기까지 이끌고 온 낡고 닳은 신발을 벗어 품에 안고 문지방을 넘었다.

구름처럼 높이 머리채를 올린 한 어떤 여인이 마루에 서 있었다. 옷깃과 소매 깃이 밤색으로 둘러진 보라색 긴 저고리를 입은 여인이 무명을 내려다보고 있었다. 개경의 보석가게 진열장에서 본 화려한 귀걸이와 목걸이가 여인을 금속빛으로 휘감았다. 무엇보다 하늘하늘한 비단 자락에 감긴 몸이 무척이나 퉁퉁했다. 허나 무명은 여인의 눈에서 고드름처럼 차갑고 날카로운 시선을 보았다.

'혹시 저 여인이 영감이 말한 어른인가?'

그래도 살아남으려면 미리 겁먹거나 기가 죽어선 안 될 터였다.

무명은 고개를 빳빳이 들고 그녀를 맞바라보았다. 여인의 입가에 경멸인지 호의인지 알 수 없는 미소가 보일 듯 말 듯했다.

"어떤 꼴인지 제대로 본 연후에야 내치든지 받아들이든지 하지. 암튼 씻겨나 보거라."

여인이 홱 돌아서는데, 펄럭거리는 치마에 매달린 주머니에서 묘한 냄새가 풍겼다. 어미한테서 한 번도 맡아본 적 없는 향이었다. 위험하고도 막막하고, 아찔하면서도 간지럽게 만드는 향이었다. 기름내와 달리 여인의 향은 무명의 이마 근처에서 머뭇거리더니 정수리에서 오래 머물렀다 사라졌다. 언젠가 어디에선가 맡아본 향이라는 생각이 방의 문턱을 넘으면서 잠깐 들었다. 그 향은 두루 퍼지되 닿을 수도 만질 수도 없는 종류의 냄새였다.

여인의 명을 받은 몸종이 무명의 손을 끌고 색주가 뒤쪽으로 데리고 갔다. 그곳에는 큰 솥단지에 불을 때는 아궁이가 있었다. 아궁이 옆에는 무명이 태어나서 처음 본 커다란 나무 욕조가 놓여 있었다. 몸종은 솥단지에서 뜨거운 물을 퍼다가 욕조에 부었다. 무명의 누더기 옷이 더러운 발치에 떨어졌다. 무명은 백단 나뭇가지가 뜨거운 물에 둥둥 떠 있는 나무 욕조에 몸을 담갔다. 살갗이 벗겨질 것처럼 뜨거운 물이었다. 물은 곧 먼 길을 떠돌다가 몸을 뉘였던 짚 냄새와 길들의 먼지 냄새가 났다.

말갛게 씻은 가느다란 무명의 몸에서는 갓 깎은 사과 같은 달큰한 냄새가 풍겼다. 몸종은 연잎 우린 물을 무명의 발에, 등화유를 목에, 허벅지에 꿀이 묻은 밀랍을 발라주었다. 솜털이 이는 귀에는 분을 옅게 발랐다. 코끝을 간질이다 심장 근처에서 묘하게 저릿거리면서 머무는 기분이 들게 하는 분 냄새였다. 무명은 예전의 자신과는 달라진 기분이 설핏 들었다.

목욕 단장을 다 끝낸 몸종이 손목에 분을 발라주다가 소리를 질렀다.

"앵혈을 갖고 있네! 필시 남정네들의 사랑을 한 몸에 받는 기생이 되겠어."

"앵혈? 그게 뭔데요?" 무명은 몸종의 호들갑이 뜻하는 게 뭔지 알 수는 없으나 뭔가 좋은 걸 가지고 있다는 걸 어렴풋이 느꼈다. 왠지 뿌듯해지는 기분이 들었다.

"앵혈이 뭔지 몰라? 숫처녀에게만 있는 게 앵혈이야. 네 손목에 있는 붉은 점이 앵혈이야. 나도 말로만 들어봤는데, 앵혈이란 게 정말로 있긴 있네? 모든 숫처녀가 앵혈을 가지고 있는 건 아니거든. 넌 아주 비싼 값에 팔릴 거야. 좋겠다, 넌. 헌데……, 아쉽게도 남자와 한 번 자고 나면 감쪽같이 사라지지. 영원히 사라지지." 몸종은 무명의 손목을 신기한 듯 바라보며 감탄을 퍼부었다.

무명은 말갛게 씻긴 가는 손목에 빨갛게 찍힌 점을 쳐다보았다. 뱀에게 물린 뒤에 생긴 빨간 점이었다. 호들갑을 떠는 몸종에게 뱀에게 물린 자국이라고 말할 순 없었다.

여인이 다 씻은 무명을 다시 불러들였다. 여인은 위아래로 무명을 샅샅이 훑어보았다. 옷을 입었는데도 마치 발가벗긴 것 같은 기분이었다. 여인의 눈이 자신의 전부를 꿰뚫고 있는 것 같은 느낌이 들었다. 여기까지 기어들어 온 저간의 사정과 인연에 대해서도.

여인은 무명의 앞태 뒤태를 꼼꼼히 살펴보더니 무명의 손목을 자신의 손으로 부여잡았다. 손목에 있는 붉은 점을 보자마자 여인은 환하게 웃었다.

"언년이 말이 거짓은 아니군. 언년이 하도 호들갑을 떨어대 설마 했는데……. 쪼그만 게 천하 명기로 태어날 팔자를 가졌구나."

여인은 그제야 편한 낯으로 무명의 손목을 쥔 채 자분자분 말을 이었다. 그날로 여인은 기생안책妓生案冊에 무명의 이름을 올려주었다.

무명은 오랫동안 남자를 받지 않았다. 털보에게서 자신을 구해준 늙은이가 튕기는 거문고 가락에 맞춰 노래를 배웠다. 노래에 맞춰 춤을 추는 것도 배웠다.

정월 냇물은 아으 얼고자 녹고자 하는데

세상 가운데 나고서는 저의 몸은 홀로 지내는고저

삼월 지나며 핀 아으 늦은 봄 달래꽃이여

남이 부러워할 모습을 지니고 나셨어라

사월을 아니 잊으시고 오신 꾀꼬리 새여

무슨 일로 임은 옛날의 저를 잊고 지내는고저

유월 보름에 벼랑에 버린 빗과 같은 신세여

돌아보실 님을 조금이나마 좇는구려

시월에 저는 잘게 썬 보리수나무 같으니

꺾어 버리신 후에 이것을 지니실 한 분이 없으신고저

십일월 토방 자리에 한삼을 덮고 누워 있는데

슬프기 한이 없어라

고운 이를 놔두고 이리 홀로 지내는고저

　무명은 노래를 부르면서 생전의 어미를 떠올렸다.
　노래는 어미의 숨결처럼 무명에게 자연스러운 것이었다. 기생의 노래 역시 무명에게는 전혀 스럽지 않았다. 어린 무명에게 남녀 사이의 연정이나 상사의 못 잊을 그리움은 스러웠으나 꿈에서나마 자꾸자꾸 뵙고 싶으나 죽어서야 잊게 될, 죽어도 못 잊을, 어미에 대한 그리움은 누구보다 잘 이해했다. 탐탐히 그리운 게 님이라면, 무명은 님을 알았다. 모든 그리운 게 님이라면, 무명은 세상에서 제일 그리운 님을 가슴에 묻었다.

달 항아리

무명의 어린 시절의 풍경엔 주로 어미가 베를 짜고 있었다.

무명의 어미와 여여의 어미가 부엌과 마주한 토방에 짚을 깔고 앉아 있었다. 개구리들은 멧돼지 없는 무논에서 제 짝을 부르느라 수런댔다. 살쾡이는 제 새끼를 치는지 하르르 호르르 부대끼는 소리로 캄캄한 길을 끌어당겼다.

흙을 다진 방바닥에서 어미들은 사기방등에 아주까리기름 심지를 몇 번이나 돋우며 희디흰 모시를 밤새도록 짰다. 모시를 짜는 날이면 심지를 태우는 불빛으로 방이 둥그렇게 환해지고 뜨거워졌다.

"저번에 비구니 연화 스님이 가지고 간 모시 있잖은가." 여여의 어미가 말을 꺼냈다.

"응. 그 모시가 어째서?" 무명의 어미가 물었다.

"그 모시 누구한테 바쳤는지 아는가?" 여여의 어미가 엄청난 비밀을 밝히듯이 목소리를 죽였다.

"누구한테 바쳤는데?"

"왕후 마마!"

"왕후 마마?"

"응. 원나라 공주님. 원나라 황제님의 따님!" 여여의 어미가 약간 으스대듯 목에 힘을 주며 말했다.

"어린 나이에 늙다리 왕한테 시집온 원나라 공주님?" 무명의 어미는 슬쩍 입가에 미소를 지으며 물었다.

"그래! 아 글쎄, 연화 스님이 왕후 마마께 우리가 짠 모시를 바쳤다는고만. 우리가 일전에 은은하게 꽃무늬를 수놓은듯이 짠 모시를 보시고 가늘기가 마치 매의 날개 같다고 입에 침이 마르게 칭찬을 했다는고만." 여여의 어미는 마치 직접 칭찬을 받은 양 목소리가 들떴다.

"원나라엔 모시가 없는가?"

"설마 없기야 할라고. 그만큼 우리가 만든 것이 최고였다는 얘기겠지. 공주 마마께서 원나라 상인한테 한 번 보여줬는데, 지금까지 본 적 없는 최고의 베라면서 어디서 구했느냐고 물었다는고만."

"그래서?"

"그래서라니? 마마께서 연화 스님을 궁궐로 다시 불러다가 어디서 이 좋은 베를 얻었느냐고 직접 물어보셨다는고만."

"설마 스님이 우리가 짰다고 얘기 했을라고?"

"아니, 아니. 스님이 마마께 솔직하게 고했다는고만. 우리들이 짰다고. 그랬더니 마마께서 아주 솜씨가 좋다고 하시면서 앞으로 계속 우리들이 만든 베를 바치라고 했다는고만."

"그럼 우리도 마마님을 볼 수 있는 건가?"

19

"하이고, 무슨 소리. 우리 같은 종년들이 어찌 하늘 같은 마마님을 뵐 수 있었어?"

"나는 우리 무명이 마마님처럼 우리가 짠 꽃무늬 흰 모시 옷을 입은 모습을 봤으면 원이 없겠네. 마마님처럼 멋진 궁궐에 살면서 내가 바친 옷을 입으면 얼마나 좋을꼬." 무명의 어미는 베를 손에 쥔 채 아련한 눈빛으로 탄식했다.

"미쳤고만 미쳤어. 미치지 않고서야 어찌 그런 무서운 말을 함부로 내뱉을 수 있는가." 여여의 어미는 등짝이라도 때려줄 듯이 손바닥을 들었다가 내렸다.

"왜? 왜 우리 무명이는 안 되는데?" 먼 곳을 향하던 눈빛이 여여의 어미를 향하자 시퍼렇게 튀었다.

"지금 자네가 하는 말은 내가 못 들은 걸로 함세. 허나 어디 가서 그런 말일랑 절대 하질 말게."

"자네는 우리나라 왕은 흙으로 빚어 만든 부처 같다고 사람들이 비아냥거리는 걸 못 들었는가? 마마님이 얼마나 사납고 무섭고 함부로인지 세상 천지에 모르는 사람이 어딨나." 무명의 어미는 분하다는 듯이 이 사이로 말을 끊어 냈다.

"허참. 자네는 늘 그게 문제야. 분수를 모르고 푼수 떠는 거."

"말이 나왔으니 하는 말이지만, 왕후장상의 씨가 따로 있다던가?"

"허허, 만적이를 모르는가? 지를 먹이고 입힌 주인을 죽이려 들다 강물에 던져져 꼴까닥 죽어 버린 만적을 몰라서 그렇게 주둥이를 나불거리는 거냔 말일세."

"우리 무명을 천인에서 해방시킬 수만 있다면 나는 별짓이라도 할 수 있네."

"만적 따라가다가 죽은 목숨이 백 명이 넘네. 자네 목숨은 여시처럼 여럿인가 보이. 개똥밭에 굴러도 이승이 낫다고. 나는 천한 이 한 목숨 잘 지켜서 제 명에 죽는 게 소원일세. 그러니 자네도 그만 꿈 깨고 베나 잘 짜시게나."

무명의 어미와 여여의 어미는 둘 다 남편 그늘 없이 자식들을 키우는 여인들이었다. 무명의 아비는 전국 사찰을 떠돌며 불화를 그리는, 행처를 알 수 없는 운수납자처럼 살아가는 남자였다.

여여의 아비는 큰 고을의 유지였다. 유지에게는 아들이 없었다. 유지는 딸만 넷을 낳은 정실부인과 함께 아들을 낳기 위한 불공을 드리기 위해 함께 절에 오곤 했다. 절의 계집종은 부부의 공양 수발을 거들었다.

유지는 어느 날 홀로 절을 찾았다. 수발하는 계집종을 품으로 들였다. 계집종은 아이를 뱄다. 아이를 낳았다. 아들이었다. 유지가 그토록 원하는 아들이었음에도 계집종의 자식은 아비에게 가지 못했다. 절의 주지 스님이 계집종의 자식에게 이름을 주었다. 여여였다.

씨만 남겨두고 떠난 남자들을 그리며 어미들은 치마폭에서 아이들을 키웠다. 그녀들은 함께 밭도 매고 베도 짜면서 함께 시름을 나누고 슬픔을 덜어냈다.

얼음 위에 댓잎 자리 만들어
님과 내가 얼어 죽을망정
얼음 위에 댓잎 자리 만들어

님과 내가 얼어 죽을망정
정 나눈 오늘 밤 더디 새시라 더디 새시라

  무명의 어미가 모시풀 줄기에서 겉껍질을 벗긴 부드러운 속살 태
모시를 이빨 사이에 넣고 긁어냈다. 모시 올을 버팀목인 쩐지에 걸쳐
두고 한 올씩 가져다가 침을 묻혀 허벅지에 대고 한 올씩 이어가며
어미는 노래를 시작했다. 한 필 분량을 짜내는 데 침 석 되가 들어간
다는데, 밥 한 그릇도 배불리 먹지 못한 어미는 모시 올처럼 가는 몸
으로 한 가락 한 가락 노래를 이어갔다.

  뒤척뒤척 외로운 침상에
  서창을 열어 보니
  복사꽃 피었도다
  복사꽃은 시름없이 봄바람 비웃네 봄바람 비웃네

  여여의 어미는 모시 실타래를 감고 풀면서 무명의 어미가 부른 노
래를 이었다. 두 여인은 각자의 베틀에 앉아 콩가루 풀을 먹인 모시
한 올 한 올을 참빗처럼 촘촘한 바디 살에 끼워가며 밤새 내내 베를
짰다.
  보름이 지나면 왕후마마가 입을 치마 한 벌이 나올까. 천 올이 넘
는 날실이 들어가야 마마께서 입이 마르게 칭찬했다는 매의 날개처럼
날렵하고 잠자리 날개처럼 가늘고 고운 보름새 모시가 나올 터였다.

넋이라도 님과 함께
지내는 모습 그리더니
넋이라도 님과 함께
지내는 모습 그리더니
우기시던 이 누구입니까 누구입니까

삽창으로 바람 한 점도 불어오지 않는 움막집에서 두 여인은 팥죽 같은 땀을 흘리며 낮은 곡조로 한숨을 쉬듯 함께 후렴을 불렀다. 넋을 빼놓는 구슬픈 가락으로 어미들은 베 짜기의 고단함을 녹여 냈다. 모시 올이 바람에 끊어질까 봐 부채질 한 번 없이 어미들은 여름밤을 지새웠다.

무명과 여여는 베틀 옆에서 어미들이 주거니 받거니 부르는 소리를 들으며 히드득거리다 잠이 들었다. 지아비 없는 외롭고 서럽고 고단한 어미들의 슬픈 연가는 쏙독새가 여름의 늪가로 던지는 노래처럼 아이들의 이마 위에서 오래오래 맴돌았다.

노래를 들으면 무명은 표현하기 힘든 어떤 무엇이 마음에 사무치곤 했다. 가락은 아름답고 가사는 아팠다. 무명은 어미의 노래가 나오는 목젖과 입술에 손가락을 대고 싶었다. 저 눅눅하고 어둡고 따뜻한 곳으로 손가락을 따라가다 보면 노래의 뿌리에 닿을 것만 같았다.

무명은 꿈속에서 어미가 짜준 날개처럼 새하얀 모시옷을 입고 한 번도 본 적 없는 궁궐을 날았다. 흙으로 만든 부처 같다는 왕의 곁에서 팔랑팔랑 날개를 펼치기도 했다. 왕은 무명의 날갯짓에 먼지로 사라지며 흩날렸다.

가스락거리는 짚더미 위에서도 먹처럼 까만 잠이 몰려왔다. 무명은 까무룩 밀려오는 잠결에도 어미가 붙박이 살창 밑에 갖다 놓은 달 항아리를 보았다. 물도 담지 않은 빈 항아리였다. 어미는 빈 항아리에 달을 받는다고 했다. 떠내고 떠내도 금세 물이 차오르곤 하는 샘처럼 달은 저 멀리서도 항아리에 들이찬다고 했다. 달의 기운. 달의 정령. 달의 곡조. 어린 무명은 달이 수많은 별들을 데려와 항아리에 가득하기를 빌곤 했다. 하지만 다음 날 아침에 항아리를 들여다보면, 텅 비어 있었다. 손을 넣어 저어 보면 거미줄에 걸린 달 조각이, 사금파리 같은 별 조각이 스르르 항아리 바닥으로 사라지곤 했다.

어미들의 두런거리는 소리를 듣고 일어나면 새로 태어난 것마냥 몸도 마음도 말개졌다. 밤새 항아리에 찬 달빛으로 어미들이 아이들을 씻겼을 테니까. 붙박이 살창에 새벽닭 그림자가 어른거리는 아침이면 하얀 모시처럼 말갛고 깨끗한 새날이 무명의 발치께에 닿아 있곤 했다.

하르르 호르르

강에서 멱을 감았는지 마을 아이들이 알몸으로 돌다리에 앉아 있는 게 보였다.

몸을 말리는 아이들 속에 여여가 있었다. 고픈 배 채우느라 버들치깨나 잡아 마른 풀을 태워 구워 먹었을 것이다.

가늘고 호리호리한 여여의 몸은 멀리서 봐도 볕에 그을려 새까맸다. 여여가 먼발치에서 무명을 봤는지 손을 흔들며 웃어 주었다. 새까만 낯에서 하얀 이가 환했다. 무명은 여여에게 어서 달려가고 싶었다. 무명은 맨발로 한달음에 여여가 있는 강으로 달렸다.

달려오는 무명을 보고 여여는 샅을 손바닥으로 가렸다. 다른 사내아이들은 모래무지처럼 강으로 서둘러 들어갔다. 무명은 개의치 않고 여여만 보고 달렸다. 여여의 입초리가 살짝 올라가고 눈꺼풀이 얇고 갸름해졌다. 무명은 여여가 기분 좋을 때면 짓는 표정이라는 것을 단박에 눈치챘다.

"어여 와." 여여는 땀으로 미끄덩거리는 무명의 낯과 손발을 강물에 씻겼다. 말갛게 씻겨 주고 난 뒤에 여여는 뜨거운 돌덩이로 지그시 눌러놓은 호박잎으로 싼 한 덩이를 무명에게 내밀었다. 무명의 손가락만 한 작은 물고기를 호박잎으로 돌돌 말아서 구운 것이었다.

여여는 어린 무명을 위해 늘 먹일 것을 주려고 바장거렸다. 어린 무명이 마당에 닭들이 싸놓은 닭똥을 먹을 것으로 알고 주워 먹은 걸 본 뒤부터였다. 봄이면 진달래꽃이나 두릅순을, 여름이면 다래나 머루를, 가을이면 돌배나 호박씨를, 겨울이면 밤톨을 무명의 입에 물려 주었다.

절 뒤꼍의 늙은 살구나무 아래에서 무명에게 줄 잘 익은 살구를 찾다가 느닷없이 쏟아지는 작달비에 여여는 살구벼락을 맞기도 했다. 그 서슬에 키득거리고 웃다가 큰스님과 마주쳤다. 살구벼락보다 더 아픈 건 큰스님이 내리친 지팡이벼락이었다. 살구꽃 향기에 취해 나무 그늘에 누워 낮잠을 즐긴다는 멋진 스님 따위는 절에 없었다.

여여의 어미는 무명의 어미와 함께 일하는 절의 여종이었다. 여여는 무명보다 세 살 더 많았다. 여여는 무명더러 늘 오라버니라 부르라고 했다. 여여에게는 배다른 누이들이 넷이나 있었다. 여여는 누이들이 진짜가 아니라는 이상한 말을 하곤 했다.

여여는 곱상한 어미에게 치근덕거리는 남정네들과 그예 씨까지 뿌리고 간 한 남자를 미워했다. 짙은 눈썹과 가느스름한 뺨과 보조개, 웃으면 맑은 강의 물결처럼 귀밑머리까지 미소가 퍼지는 것이 어미를 쏙 닮은 자신의 모습도 싫어했다.

무명이 제 어미를 벗어나 여여와 함께 있으면 날 샜다는 걸 알아

26

챈 사내아이들이 강물에서 더는 못 버티겠는지 슬금슬금 강가로 기어 나왔다.

사동, 미조이, 연복, 성복, 소삼, 효상이었다. 여여와 늘 함께하는 동무들이었다. 강물의 선뜩한 추위에 아이들이 오들오들 떨었다. 앞니가 뻐드러진 연복이의 손에 잔고기 두 마리가 들려 있었다. 멱도 감고 자맥질을 해 댄 사내아이들에겐 어림도 없는 양이었다.

미조이와 소삼이와 성복은 논두렁으로 뛰어갔다. 어릴 적 개에게 불알을 물려 고자가 된 효상은 벗은 몸을 보이기 싫은지 낡은 잠방이로 아랫도리를 가린 채 나뭇가지를 주우러 달려갔다. 금세 통통하게 살찐 개구리 몇 마리가 뒷다리를 잡힌 채 손아귀에서 버둥거렸다.

아이들은 연신 손부채질을 해대면서 불티를 살려냈다. 개구리를 꼬챙이에 꿰어 불에 던졌다. 개구리 살이 타는 고소한 냄새가 강가에 번졌다. 아이들과 무명은 물코를 흘리면서도 개구리를 남김없이 함께 뜯어먹었다.

그나마 허기를 면한 아이들이 작대기를 바위에 두들기며 노래를 불러댔다.

"똥글똥글 똥굴레야 똥글똥글 여여야 아랫옆 대밭에서 웬 한 꼬비가 굽는다. 잔대 굵은대 다 제쳐 놓고 무명이만 고른다. 똥글똥글 똥굴레야 똥글똥글 무명이야. 아랫옆 대밭에서 웬 한 상제가 굽는다. 잔대 굵은대 다 제쳐 놓고 여여만 굽는다. 잔대 굵은대 다 제쳐 놓고 여여만 고른다."

무명은 사내아이들이 부르는 노래의 뜻을 알지 못했다. 아이들의 노래에 여여의 얼굴이 벌게졌다. 하지만 아이들은 개의치 않고 고래

고래 악을 쓰듯 노래를 불러 댔다. 노래를 부르면 배가 홀쭉해지는데도 불러 댔다. 노래를 부르면 배가 더 고파지는데도 아이들은 바락바락 노래를 불렀다.

여여는 작대기를 하나 추켜들어 아이들을 향해 때리는 시늉을 했다. 절집 그늘 아래 사는 사내아이들이 알궁둥이에 벌이 쏘인 것처럼 냅다 도망쳤다.

강가 건너 숲 속 조릿대가 바람에 쓸려 갔다가 밀려오는 소리가 났다.

"잠깐만 여기 가만히 앉아 있어 봐. 어디 가지 말고 여기 얌전하게. 알았지?" 여여가 결심한 듯 무명의 어깨에 손을 얹고 말했다.

무명은 암말도 하지 않고 고개만 끄덕였다. 여여는 잠방이를 손에 쥐고 강물 속으로 풍덩 들어갔다. 한참 후에 여여가 잠방이에 징거미 새우를 한 가득 채워 왔다. 여여는 한 손은 무명의 손을 잡고, 한 손에는 불룩해진 잠방이를 꼭 쥐고 집으로 향했다.

고추잠자리 떼들이 허공에 왱왱거리며 낮게 날았다. 저 먼 하늘이 비를 몰고 올 모양인지 구름은 먹빛이었다. 땅에서는 벌써부터 축축한 물비린내 같은 것이 스멀스멀 올라왔다. 무명의 땀으로 미끈거리는 작은 손이 여여의 손 안에서 꼬물거렸다.

"너는 어데 가지 말고, 나한테 시집와야 돼. 알았지? 약속하는 거다." 여여는 무명의 손을 꼭 쥐며 말했다.

"……!" 무명은 목구멍이 막힌 것처럼 말이 나오지 않았다.

무명은 어미 말고는 피붙이 하나 없는 외톨이인지라 짐짓 오라버니 행세를 하는 여여가 싫지만은 않았다. 여여를 따라다니며 쥐 잡이도 하고 숨바꼭질도 하는 게 숨넘어가게 좋았다. 특히 가마타고 시집 가는 놀음과 말 타고 장가가는 놀음을 하면서 밤이 어둑하도록 북적하게 노는 건 너무 신났다. 하지만 정작 여여가 시집 운운하니까 뭐라 표현할 수 없는 부끄러움 같은 게 관자놀이에 불툭 튀어 오르다가 귓불께로 사라졌다. 무명은 침을 삼켰다.

대단하고 엄청난 비밀 같은 것을 하나쯤 말하고 싶어질 만큼 마음이 괜히 곤두섰다. 뱀이 밤마다 풀숲을 기어 나와 자신의 어두운 잠 속으로 스르륵 스르륵 헤집고 다닌다는 말을 할까 말까 잠시 망설였다. 어쩐지 말을 해서는 안 될 것 같은 생각이 들어 입을 다물었다.

일주문에서 대웅전까지 휘황찬란한 가마들과 말들과 구름 같은 옷을 입은 사람들이 늘어서 있었다.

"원나라 공주 마마가 절에 납시셨대! 얼른 와! 니네 엄마들도 이미 와 있어!" 효상이 헐레벌떡 뛰어와서 숨가쁘게 호들갑을 떨었다.

'공주 마마가 왜?' 물어봤자 효상 따위가 알 리 없었다. 수박처럼 큰 우박이 떨어졌다고 말한 것과 전혀 다른 뜻이었다. 옥황상제가 납시셨다는 말처럼 뜬금없고 현실감이 없는 말이었다.

원래는 곧 무너질 것 같은 토담 너머 굴뚝이 보이는 곳으로 가야 했다. 처마 끝 차양 밑에서 눈 먼 흰둥이 개가 기척을 듣고 애먼 곳에다 꼬리를 흔드는 것을 보는 곳으로 가야 했다. 여여는 일주문 앞에서 무명을 내려놓았다. 공주 마마가 아니라 어미들이 있기에 절로 들어섰다.

대웅전 불상 앞에 놓인 법고 좌대에 어떤 여인이 앉아 있었다. 연꽃무늬가 조각된 높은 좌대에 앉은 여인은 마치 커다란 한 송이 꽃

같았다. 그 여인은 어미들이 만든 희디흰 베옷을 입고 있었다. 어미들이 베 짜는 모습을 옆에서 지켜봤던 여여와 무명은 단박에 알 수 있었다. 어미들은 여자 앞에 납작 엎드려 있었다.

지팡이 벼락을 내렸던 주지 스님이 웬일로 인자하기 그지없는 미소를 지으며 들어오라 손짓을 했다. 여여는 무명의 손을 잡고 어미들의 뒤꽁무니에 붙었다. 주지 스님이 수제비를 떼듯이 아이들을 뒤꽁무니에서 떼어다 여인 앞으로 끌었다.

"마마님께서 너희들을 보고자 하시는구나. 공손하게 가까이 가거라. 너무 바짝 가지는 말고." 어인 일이지 주지 스님은 다정한 목소리로 낮게 속삭였다.

아이들은 무릎걸음으로 여인 앞으로 다가갔다.

가까이에서 보니 수월관음상보다 더 화려하고, 아름답다기보다는 차라리 소녀처럼 앳된 얼굴이 좌대에서 아이들을 내려다보고 있었다. 가파르게 솟은 광대뼈가 유독 하얗게 번득였다. 빨갛고 조그마한 입술은 고양이의 코처럼 촉촉했다. 뭉게구름처럼 동그랗게 올라온 이마로 흘러내린 몇 올의 머리카락은 윤이 반질거리고 새카맸다. 매끄럽고 가느다란 손가락들엔 한 마디를 덮을 만큼 커다란 보석들이 박힌 반지들이 끼어 있었다.

흙으로 만든 부처 같은 왕과 궁궐에서 산다던 분이었다. 하지만 가까이에서 보니, 사람이었다. 숨 쉬는 사람이었다. 가늘고 길게 찢어진 눈에서 검은 눈동자가 호기심으로 가득했다. 분홍빛 살결을 가진 갓 눈을 뜬 생쥐가 세상을 처음 쳐다보는 듯한 동글동글한 호기심이 가득한 눈빛이었다. 여여와 무명에게 그녀의 눈길이 머물렀다. 순간, 호기심을 거두고 짐짓 위엄 있는 눈빛을 아래로 향했다.

사람이지만 여여와 무명과는 다른 존재였다. 주지 스님보다 백만 배는 높은 자리에 있는 존재였다. 사람이되 사람 아닌 존재 앞에서 모두가 숨을 죽이고 엎드렸다. 엎드린다는 것은 우러러보는 것과 같은 것이었다. 부처님에겐 모두가 엎드렸으니까.

"너희들은 내 백성이다. 내 백성은 내가 다스릴 것이다." 마마님께서 자신의 나라 말로 말씀하셨다. 두 손을 맞잡고 서 있던 역관이 이 나라 백성의 말로 바꿨다.

자신의 백성에게 떠나온 제 나라 말로 다스린다는 게 이상했지만, 여여는 나무아미타불 관세음보살이 무슨 뜻인지도 모르고 줄창 읊조리는 것과 같다고 여겼다. 여여는 효상이라면 마마님의 몽골말을 알아들을 수 있을지도 모른다고 생각했다. 효상이는 원나라로 가서 황제의 환관이 되는 것이 꿈인 놈이기 때문이었다. 여여는 효상이가 몽골말을 잘 해서 쏼라쏼라 알아듣기 쉽게 통역을 해 줬으면 좋겠다는 생각을 잠깐 하다 말았다.

"내가 입고 있는 옷은 내 백성이 만든 것이다. 백성의 손으로 만든 정성을 치하하기 위해 몸소 내려온 것이니, 보은하는 마음으로 길쌈에 더욱 정진하도록 하라." 마마님의 백성 타령에 주지 스님은 몸을 배배 꼬았다. 마마님의 은덕을 입은 절이라고 소문이 나기 시작하면 시주함은 벼락 맞은 것처럼 시줏돈으로 터져 나갈 것이고, 공양미는 고을의 쥐들까지 배가 터지도록 쏟아질 터였다.

"베를 짜는 아낙네들의 아이들을 앞으로 데려오라." 마마께서 주지 스님에게 일렀다.

주지 스님은 무명과 여여의 등을 밀어 마마님 앞으로 나가게 했다. 아이들은 마마님이 앉아 계신 법고 좌대 밑에서 고개를 숙였다. 마마님은 손짓으로 아이들을 가까이 오라고 일렀다. 옆에서 마마님의 말씀을 통역하던 역관이 아이들에게 마마님을 향해 손바닥을 펼치라고 했다. 아이들의 손바닥에 마마님이 뭔가를 올려주었다.

"유밀과라는 것이다. 제국의 어린 아이들이 즐겨 먹는 과자이니라. 특별히 너희들에게 하사하는 것이니 그리 알라." 역관이 마마님의 말씀을 전했다.

아이들은 손바닥에 얹힌 과자를 신기한 듯 바라보았다. 흰 잣들이 꽃처럼 박혀 있는 과자를 입안에 넣었다. 달고 부드러웠다. 태어나서 처음 경험한 맛이었다. 혀로 맛을 보았는데 머릿속에서 이상한 풍경 같은 것들이 펼쳐졌다. 아이들은 서로를 쳐다보았다. 여여는 무명도 신기하게 혀에서 들러붙으면서도 금세 녹아 버리는 맛에 놀라고 있다는 걸 알아차렸다.

마마께서 일어났다. 귓불에 달린 기다란 귀걸이가 찰랑거렸다. 잠자리 날개 같은 치맛자락이 너무 길어서 발은 보이지 않았다. 걸음을 옮기는 소리조차 나지 않아서 마치 대웅전 바닥에 구름을 깐 것 같았다. 여여는 엎드린 채 공주 마마가 대웅전 앞문으로 걸음을 옮기는 것을 느꼈다. 한 걸음 한 걸음 지날 때마다 이곳에 없는, 하지만 저곳에는 있을 듯한 꽃과 풀잎과 과일과 이슬을 섞은 향기가 났다. 그 향은 두루 퍼지되 닿을 수도 만질 수도 없는 종류의 냄새였다. 향의 존재가 아니라 존재의 고귀한 향.

여여 옆에 엎드려 있던 무명이 손바닥을 펼쳤다가 오므렸다. 마치 팔랑거리는 나비를 잡으려는 듯이. 여여는 무명도 향을 맡았다는 것을 알아차렸다. 무명이 원하면 뭐든지 주고 싶은 여여는 공주 마마의 향을 잡아채서 무명의 손바닥에 얹어 주고 싶었다. 향은 잡을 수도, 만질 수도 없어서 여여는 이마를 바닥에 가만히 찧었다. 마마가 준 과자의 맛과 마마의 향은 영원히 잡을 수 없는 것처럼 아득해서 슬퍼졌다.

어미들은 남아서 마마님의 행차에 필요한 잔일을 거들어야 했기 때문에 절에 남았다. 아이들은 절을 떠나 집으로 향했다. 평생에 한 번 볼까 말까한 마마님을 가까이에서 봤지만 아이들에게 돌아온 것은 헛헛함뿐이었다.

무명은 맨발이었다. 맨발바닥에 닿는 뜨겁고도 거친 길을 참았다. 업히는 짓은 어미에게나 통하는 어리광이란 걸 알고 있기 때문이었다. 무명은 발가락을 꼬무락거리며 걸었다. 불편한 기색을 느꼈는지 여여가 걸음을 멈췄다. 여여가 무명보다 한 발짝 앞에서 쭈그려 앉았다.

"업혀." 여여가 무명을 향해 고개를 돌리며 짧게 말했다.

"싫어." 무명이 도리질을 쳤다.

"빨랑 업혀. 멧돼지 나온다. 멧돼지 엄청 무섭다." 여여가 겁나는 소리를 했다.

무명은 무서워서 냉큼 여여의 등에 가슴팍을 댔다. 여여가 두 손을 깍지 껴 무명의 엉덩이를 받쳤다.

"못자리가 출렁거릴 때는 멧돼지들이 개구리를 잡아먹으려고 밤이면 논까지 내려온대." 여여는 무명이 등짝에서 내려 달라고 할까 봐 부러 겁나는 소리를 했다.

"그걸 어떻게 알아? 밤은 캄캄하잖아." 무명은 멧돼지가 바로 뒤에 있는 것 같아 무서워서 여여의 목을 두 팔로 끌어안으며 물었다.

"개구리 울음소리를 들으면 알 수 있지."

"어떻게?"

"개구리 울음소리가 나는 논에는 멧돼지가 없고, 울음소리가 없는 논에는 틀림없이 멧돼지가 있거든."

"왜 안 울어?"

"개구리들이 멧돼지가 오면 울지 않거든. 무서워서. 울지 않는 게 아니라 못 우는 거지."

무명은 귀를 쫑긋 세웠다. 개구리들이 와글와글, 빠골빠골, 개골개골, 울어댔다. 무명은 안심이 됐다. 하지만 여여에게 들키지 않으려고 한숨을 포옥 목구멍 안으로 밀어 넣었다. 한숨이 꺼지면서 배도 꺼졌다.

"맛있어? 먹어 봤어?" 무명은 너무 배가 고파서 멧돼지 고기 누린내라도 맡고 싶었다. 개똥 참외 같은 노란 허기로 어질어질했다.

"여름에는 맛없어. 정말 맛없어." 여여는 등에 업힌 무명의 무게가 너무 가뿐해서 가슴이 저렸다. 무명의 허기가 고스란히 등줄기를 타고 전해졌다. 맛있다고 말하면 무명은 더욱 배가 고플 터였다.

"쳇! 맛없는 고기가 어딨어? 고기는 다 맛있지." 무명은 단내 나는 침을 삼키며 말했다.

"멧돼지는 몸이 따뜻할 때 운반하면 고기가 썩거든. 그놈은 잡자마자 바로 배를 갈라서 내장을 꺼내야 돼. 잡았다고 얼씨구나 좋다

하고 배를 안 가르면 깨끗한 고기를 먹을 수 없어. 눈이 없는 초겨울엔 도랑의 차가운 물에 고깃덩이를 식혀서 하룻밤 재운 다음에 솔잎이나 대나무 잎으로 싸놔야 해. 그래야 썩지 않거든. 내장은 족제비나 다른 산짐승 먹으라고 산에다 뿌려 놓고 와야 해." 여여는 절의 어른 노비들과 함께 멧돼지 사냥을 따라갔던 때를 떠올리며 신나게 떠들어 댔다.

살생을 금하는 스님들이 알면 노발대발할 사냥이었지만, 늘 배가 고픈 절집 천것들은 몰래몰래 산짐승들을 죽여 몸보신을 했다.

달밤엔 노루 고기를, 대낮엔 들개를, 한여름엔 부뚜막까지 기어들어 온 뱀을 몰래몰래 잡아먹었다. 배가 고프면 사람 고기 말고는 다 먹을 수 있겠다 싶을 만큼 갈비뼈 앙상한 어른들은 부끄러움도 없이 말없는 짐승들을 잡아먹고 입을 닫았다.

사하촌에 사는 어른들은 부처님보다 방 안의 성주님, 부뚜막 조앙님, 굴통의 굴대장군, 뒤울안 능구렁이 귀신, 대문간의 수문장, 연자방앗간의 연자방 귀신, 발뒤축의 달걀귀신을 더 믿었다.

그렇지 않아도 배가 고픈 참에 멧돼지 고기 이야기를 하다 보니 배고픔이 쩌르르 내장을 훑고 지나갔다. 귀하디귀한 소금 몇 알을 털이 듬성듬성 박혀 있는 고기에 살살 뿌려서 구워 먹으면 온 내장이 기름기 발라놓은 것처럼 보들보들해지는 기분을 무명은 알까. 여여는 무명의 입에 노릇노릇 구운 살점이나마 넣어 주고 싶었다.

"왜 그 아까운 것을 족제비한테 줘?" 무명은 괜히 뾰로통해져서 어깃장을 놓았다.

"작은 짐승들도 먹고 살아야 하니까. 그것만 먹고 나가떨어지라는 거지. 큰 둥치는 손대지 말라는 뜻이기도 하고." 여여는 마치 사냥에 이골이 난 전문 사냥꾼처럼 으스댔다.

"나도 족제비 할래. 이젠 앞으로 족제비 할 거야." 무명은 칭얼거렸다.

"안 돼. 넌 내 신부해야 돼. 내가 족제비한테 장가갈 순 없잖아." 여여는 키득거렸다.

강둑의 배롱나무 붉은 꽃이 뉘엿뉘엿 깊고 푸른 밤으로 떠날 채비를 하고, 하늘의 성근 별들은 무명의 여린 어깨로 살며시 내려왔다.

무명은 여여의 앙상한 허벅지가 팔뚝에 닿는 것을 느꼈다. 세상천지에 아무도 없이 둘이만 있는 기분이었다. 무명의 몸도, 여여의 몸도, 너무나 공기처럼 가벼워서 오히려 무거운 종이 매달린 것 같은 기분이었다. 언젠가 갑자기 마음에 달린 종이 미친 듯이 댕그렁댕그렁 울릴 것만 같아 무명은 가만히 여여의 등에 뺨을 댔다. 여여의 등 뒤로 숨소리가 무명의 종잇장처럼 얇은 뺨으로 스며들었다.

붙박이창으로 등잔불빛이 까물거렸다. 무명의 어미와 여여의 어미는 어느샌가 절에서 돌아와 어김없이 베틀에 앉아 있었다.

"풀방개마냥 어디를 그렇게 쏘대고 다니다 이제야 오는 거냐? 빈속에 기운 뻗치지 말라고 했지." 여여의 어미가 아들의 등짝을 찰싹 때렸다.

여여는 아픈 게 아니라 가렵다는 듯 손을 뒤로 뻗어 등짝을 긁적거렸다. 여여의 어미는 그 꼴을 보고 어이없다는 듯 배시시 웃었다. 참 오랜만에 보는 어미의 웃음이었다. 어미의 볼우물이 마른 뺨에 패었다. 무명은 여여의 어미가 예쁘다고 생각했다.

어미들은 여여가 개울에서 잡아온 민물 새우에 무를 숭덩숭덩 썰어서 국을 끓였다. 마마께서 특별히 내려주셨다는 쌀을 어미들은 항아리에 부었다. 쌀이 쏟아지는 소리가 가문 논밭에 쏟아지는 소낙비처럼 쏴르르 쏴르르 시원하게 들렸다. 소복이 쌓인 흰쌀을 무명과 여여는 신기한 듯이 쳐다보았다. 어미는 쌀로 밥을 지었다. 태어나서 처음 본 쌀밥 앞에서 무명과 여여는 어찌할 줄 몰랐다. 쪄 낸 잡곡을 손으로 떼어 먹거나 멀건 죽을 마실 줄만 알았던 아이들은 밥을 어떻게 먹어야 하는지 알 수 없었다. 토기에 담긴 징거미 국에 밥을 부었다. 잎을 떼어낸 나뭇가지로 밥을 꾹꾹 눌렀다. 아이들은 밥을 마셨다.

긴 하루였다. 배부르고 든든한 저녁이었다.

가시리잇고

날은 쉬이 저물었고 길은 가도 가도 멀었다.

무명은 죽은 어미를 달 항아리에 담아 무너질 움막 같은 집과 함께 불태우고 길로 나섰다. 세금과 부역을 견디다 못해 야반도주한 이들의 허름한 움막에 기어들어 가 어린 무명은 소금엣밥을 먹으며 찬이슬을 피했다. 배가 고프면 잠을 잤다. 잠을 자면서 배고픔을 잊는 법은 아주아주 어릴 때부터 익혔다. 옷이 헐면 뒤집고, 닳으면 또 한 번 뒤집어서 입었다.

밤이면 무명의 머리 위에는 별들이 반짝였다. 소리 없는 반딧불이가 내는 빛이 무명의 밤을 가까이에서 지켜주었다. 무명은 품에서 낡고 해진 천 조각 하나를 꺼내보곤 했다. 어미가 아비 떠나는 눈길에 놓아주었다던 이불 조각들 가운데 한 조각을 남겨 둔 것이었다. 코에 천 조각을 대 보았다. 천에서는 마른 풀 삭은 냄새가 났다. 그게 아비의 냄새인지 알 수 없었다. 무명에게 유일하게 남은 핏줄인 아비. 그 아비를 만나면 조각을 맞추어 볼 터였다.

산을 넘어 내를 건넜다. 길은 험하기도 했고 평탄하기도 했다. 어미를 떠난 길의 모든 길은 처음이었다. 낯설고 두렵고 새로운 길을 무명은 타박타박 걸었다. 고양이처럼 먹고 들개처럼 뛰었다. 어린 발이 겪은 길들이 너무 힘들어 무명은 때로 흐느껴 울며 걸었다. 떠나고 나면 모든 길은 뒤에 있었다. 무명은 지나온 길을 다 잊기로 했다. 잊어야 다시는 돌아오지 않을 테니까. 길에 붙잡히면 끝내 그곳으로 갈 수 없을 테니까.

마침내 개경에 닿았다. 무명은 만화경 같은 세상을 우두커니 서서 바라보았다. 연등회가 열리는 날이면 북적이던 절집보다 백배나 천배나 더 크고 시끌벅적했다. 개경 한복판 남대가 거리로 들어섰다. 비단이 길가에 강물처럼 흘러넘치고, 호랑이는 가죽으로만 남은 채 걸려 있었다. 당나귀 가죽으로 만든 외투를 입어 보는 사람이 있었고, 흰 무명을 두루마리로 어깨에 걸치고 지나가는 사람도 있었다.

비늘이 바늘처럼 돋은 커다란 물고기와 어른 팔뚝만 한 과일들이 무명은 신기하기만 했다. 시골 강물에서 뛰어놀던 징거미새우나 버들치 같은 물고기 따위들은 보이지도 않았다. 한 줌도 아까워 어미가 금보다 더 귀하게 여겨 알뜰살뜰하게 썼던 소금은 산처럼 높이 쌓여 있었다. 시고, 달고, 짜고, 맵고, 누린 온갖 냄새가 섞여 무명의 콧방울 속으로 거침없이 파고들었다.

광장에는 자주색, 붉은색, 진홍색, 녹색의 철릭을 입은 어른들이 활개를 펴고 걸어 다니고 있었다. 흰옷을 입은 사람들은 그들과 어깨를 부딪치지 않으려고 한쪽으로 비켜섰다.

어디선가 앳된 목소리의 노랫소리가 들려왔다. 무명은 자신도 모르게 노랫소리를 따라 발걸음을 옮겼다. 수많은 구경꾼들이 둘러싸고 있었다. 어른들의 어깨와 머리통 위로 줄이 높다랗게 놓여 있었다. 색동옷을 입고 붉은 고깔을 쓴 소녀가 줄 위를 걷고 있었다. 양 손에 부채를 팔락거리며 소녀는 노래를 불렀다. 줄 위에서.

비 오다가 날이 개어
다시 눈이 많이 내린 날
서린 나무 숲 좁게 굽어 도는 길에서
잠 앗은 내 님을 그리워하나니
님이야, 무시무시한 길에 자러 오시리이까
때때로 벼락이 내리어 무간지옥
금방 죽어 갈 이 몸이
내 님 두옵고 어떤 님을 따르오리까
이렇게 저렇게
이렇게 저렇게 기약이 있으오리까
아소 님하, 나의 기약은
죽어서라도 오직 함께하고자 함이오이다

무명과 비슷한 또래로 보이는 소녀가 아슬아슬한 높이에서 부르는 노랫소리는 맑고 구슬펐다. 소녀의 노래는 죽은 어미를 무명의 가슴으로 파고들게 했다.

어미는 늘 노래를 불렀었다. 언제나 사랑 노래를 불렀다. 관음보살도를 그리는 불화사를 사랑해 버린 절의 계집종이었던 어미. 손발

바닥이 말발굽처럼 단단해지도록 일해도 입에 들어가는 것은 말이 먹어 치우는 여물만큼도 못한 천한 계집종이었던 어미.

어미는 처음으로 아름다움을 보았다고 했다. 어미는 자신이 짐승이 아니라 사람이라는 걸 알았다고 했다. 아름다움에 눈뜬 순간. 아름다움과 사람을 동시에 알아보았으니 사랑하지 아니할 수 없었다고 했다. 전생에서도 저승에서도 만날 수 없을 사람이자 사랑이니 운명 따위는 입 닥치고 있으라고 했다고 했다. 그건 부처님도 말릴 수 없는 일이었다고 했다.

그림을 마친 불화사가 떠나던 날, 단 하나 남아 있던 이불을 천 조각을 내서 가시는 걸음걸음에 놓아드렸다고 했다. 그 길 끝에서 인연의 한 자락을 부여잡아 무명을 낳았다고 했다. 무명은 아비의 짙은 눈썹과 진지함 그리고 깊은 슬픔이 배인 커다란 눈과 길고 오똑한 코와 산딸기같이 붉은 입과 찔레꽃처럼 흰 피부를 닮았다 했다.

다만 그토록 아름다운 사람의 아이임에도 어미가 계집종이어서 무명도 계집종이 될 팔자라는 걸 서러워했다. 다른 계집종들은 버러지가 알을 슬듯이 자식을 낳았지만, 자신은 별을 품어 무명을 낳았음에도, 아름다움을 너무도 사랑했던 아비를 닮은 예쁜 딸임에도, 장차 마주할 세상은 경멸과 무례와 천대로 무명을 대할 것이라는 게 한스럽다 했다.

어미는 쉰다섯 개의 선지식을 찾아다니는 어린 동자 선재와 가르침을 줬던 관세음보살님을 그린 아비가 무명의 삶을 이끌어 달라고 기도하곤 했다. 얼굴조차 모르는 아비를 어린 딸이 그리워하거나, 자신의 오직 하나뿐인 님이 죽도록 보고 싶으면 어미는 노래를 불러 주었다.

가시리 가시리잇고 바리고 가시리잇고
날러는 엇디 살라하고 바리고 가시리잇고
잡사와 어리 마나난 선하면 아니올셰라
셜온님 보내압나니
가시난닷 도셔 오셔셔

무명은 어미의 노래가 무엇을 뜻하는지 이해하지 못했다. 다만 어
미가 부르는 목소리가 좋았다. 어미처럼 어른이 되면 노래를 잘하고
싶었다. 가슴을 이상하게 움직이는 노래, 어딘지 슬프면서도 아름다
운 노래를 부르는 어른이 되고 싶었다.

소녀의 노래와 곡예는 끝났다. 소나기가 들이치는 것처럼 소녀의
발치에 은화들이 빗발쳤다. 소녀는 새의 날개처럼 두 팔을 활짝 벌린
채 허리를 굽혔다.

소녀의 노래가 끝나자 곧바로 한 사내가 깃발을 입으로 토했다.
깃발은 불꽃을 튀기더니 금세 흰 새 한 마리로 변했다. 다른 두 소년
은 서로 날카로운 검을 주고받았다. 곡예가 이어지는 동안 붉은 두건
을 쓴 한 여인이 부채를 들고 구경꾼들에게서 돈을 받았다.

"백제 떨거지들이 곡예는 잘하누만."

"양수척들이 동냥질 안 허고 몸뚱이 굴려 먹고 사는 걸 보니 아직
도 뻣뻣한 자존심은 죽지 않았나 보네 그려."

"고려 땅이 그리 싫으면 지들 조상들처럼 바다 건너 왜놈들 섬으

로 기어들어 가던가 하지. 중이 절 싫으면 떠난다는 말도 있잖은가 말일세."

무명은 구경꾼들이 보리 껍질처럼 거칠거칠한 말들을 내뱉는 것을 들었다. 비아냥과 이죽거리는 말들이 쏟아지는 북새통 속에서도 아랑곳하지 않고 소녀는 말없이 물을 마시고 있었다. 땀으로 짙은 화장기가 사라진 소녀의 말간 얼굴은 외려 더 어른스럽게 보였다. 나이를 가늠하기 힘든 얼굴이었다.

소녀의 곁에는 생전 처음 본 새 한 마리가 있었다. 녹색의 몸통에 파란색 목덜미를 가진 우아한 새였다. 새의 머리 위에는 끝이 뾰족한 꽃술 모양 장식깃이 곧게 서 있었고 얼굴은 잿빛이 도는 흰색이었다. 소녀는 새가 무척이나 사랑스럽다는 표정으로 새의 부리에 곡식 낟알을 먹여 주었다.

무명이 정신없이 바라보고 있는 찰나에, 거짓말처럼 새는 무명을 향해 동글동글한 무늬가 있는 꽁지깃을 부채처럼 천천히 펼쳤다. 무명은 그 기적 같은 꽁지깃 부채에 뺨을 얻어맞은 기분이었다. 너무도 아름다워 폭력적이었다. 강렬한 아름다움은 예리하고 확고하고 강렬한 것이기도 했다. 당혹과 매혹의 감정으로 비칠거리는 무명을 소녀는 물끄러미 바라보았다. 무명은 몸은 어린애지만 세상의 온갖 일을 겪어 낸 듯한 고단하고 쓸쓸해진 소녀의 눈빛을 피해 뒤로 주춤거리며 물러섰다.

구경꾼들을 헤치고 나와 다시 거리를 걸었다. 사천왕상같이 코가 크고 눈이 퉁방울만 한 사람들이 머리에 천을 둘둘 만 채 귀에 너무도 설은 이방의 말들을 주절거리며 지나갔다. 소도 아니고 염소도 아닌 등에 혹을 붙인 커다란 짐승이 그 남자들의 손에 이끌려 터벅터벅 걸었다. 짐승의 등에는 윤기가 자르르 흐르는 담비와 여우와 늑대의 가죽들이 실려 있었다.

무명은 세상에서 태어나 처음 본 사람들이 너무도 신기해서 자신도 모르게 뒤를 우줄우줄 따랐다. 그들은 거리 양쪽에 길게 잇대어진 행랑들을 지나쳤다. 골목 어귀에 형형색색의 유리가 끼워진 어느 상점에서 멈췄다.

무명은 유리창에 얼굴을 대고 들여다보았다. 마치 별세계 같았다. 화려한 옷을 입고 보석으로 치장한 여자들의 얼굴이 파란색 유리 때문에 선녀들처럼 보였다. 상점 안에는 선녀나 둘렀을 법한 아롱다롱 빛나는 보석들이 진열되어 있었다. 강가의 모래에 박힌 사금파리들과는 너무도 다른 보석이었다. 그건 땅에 내려온 별이었고, 해였고, 달이었고, 알이었다. 보석들이 상점 안에 햇살을 받아 무지갯빛처럼 퍼지고 있었다. 무명은 보석의 이름들을 알지 못했다. 유리 장식장 앞에는 얼굴이 새하얀 유리처럼 말갛고 흰 남자가 여자들에게 보석을 보여 주고 있었다.

무명은 숨이 멎는 것 같았다. 이제까지 알고 있던 세계와는 너무도 다른 풍경 앞에서 무명은 숨을 쉴 수가 없었다.

그곳은 환상의 왕국이었다. 아름다움과 도취와 빛이 함께한 탐미적인 제국이었다. 미칠 것 같은 극단적인 아름다움이 그곳에 있었다. 어미가 아름다움에 반한 후에는 죽어도 좋았다고 말했던 것이 그곳에 있었다. 가질 수 없는 자에게는 너무도 지독한 채찍이자 형벌인 아름다움이 거기에 있었다.

무명은 울었다. 마구 울음이 쏟아졌다. 때에 전 무명의 여윈 뺨으로 더러운 눈물이 흘렀다. 상점 안 남자의 바닷물처럼 깊고 퍼런 눈이 울고 있는 무명을 바라보았다. 무명은 보석처럼 박힌 남자의 눈에서 도망쳤다.

번화가의 소음과 번잡함은 석류 빛 해 질 녘 속으로 스러지고 있었다. 상점 주인들은 내놓은 물건들을 안으로 들여 넣느라 분주했다. 땅거미 진 어둠 속으로 사람들은 모습을 감췄다.

무명은 혼자였다. 시장에 무명의 자리는 없었다. 광대 소녀처럼 줄을 탈 수도 없었다. 무엇보다 함께해 줄 새가 없었다. 은화를 빗발처럼 던져 주게 만들 만큼 아름다운 보석을 무명은 당장 가질 수도 없었다.

무명이 가야 할 곳은 산의 능선을 따라 장대한 나성으로 둘러진 요새 같은 궁궐과 붉은 등에서 비친 불빛으로 강물이 벌겋다는 벽란도 항구밖에 없었다.

물속에서 천 일을 견디다 스물다섯 번 허물을 벗고, 성충이 된 뒤에 하루 만에 죽는 하루살이처럼 될지라도 무명에게는 기어이 맞이해야 할 운명이 있었다. 망설이거나 머뭇거릴 수도 없었다. 오로지 운명을 향해 뛰어넘을 것만을 생각해야 했다. 아니, 운명이 발을 이끌어 줄 것이었다.

붉은 불빛을 좇아 무명은 재개 발걸음을 옮겼다. 종종, 종종종, 걸었다. 저 멀리 궁궐의 불빛이 커다랗고 커다랬다. 궁궐의 불빛은 하늘에 떠 있는 별보다 더 빛났다. 무명은 그 불빛을 향해 고개를 한 번 돌렸다.

'엄마.'

무명은 불빛을 보며 어미를 불러 보았다. 눈물이 흘렀다. 불빛이
어룽거렸다.

칸의 딸

봄이었다. 봄볕이 수도 연경에 담뿍 찼다.

원 제국의 공주가 고려의 왕자와 하례를 올린 때는 음력 5월이었다. 황제의 무덕전 광장에서 그녀는 결혼식을 올렸다. 겨우 열여섯 살이었다.

결혼을 하기 전에 공주는 백포도주와 송악 고무, 당나귀 기름, 염소 담즙, 박쥐 피, 독사 가루에서 추출한 이상야릇한 것들로 온몸을 문질러 털을 죄다 뽑아야만 했다. 대몽골제국의 공주임에도 그녀는 신랑을 위해 몸을 매만져야 하는 신부일 수밖에 없었다. 열여섯 소녀의 몸이 두려움 속에서 희게 빛났다.

궁전 전각의 어탑 보좌에 황제와 황후가 나란히 앉아 있었다. 앞에서 호위를 담당한 도導와 뒤에서 호위를 책임지는 종從들이 어탑을 둘러쌌다.

황후는 후궁의 딸인 공주의 결혼식에 너그러움을 과시하듯 양 700마리, 술 500독을 내어 잔치를 베풀어주었다. 높이가 무려 1장 7

척이나 되는 거대한 술항아리에는 고급 마유주가 그득했다. 숱한 제왕들과 화려하게 치장한 여러 공주들, 칸에게 눈도장이라고 찍으려는 여러 대신들이 모두 모여 날이 저물도록 마유주를 거나하게 마시고 또 마셔댔다. 그들의 왁자한 취기 사이로 몽골의 마두금 연주가 흘러 다녔고, 밤의 흥성한 불빛을 고려 악관들의 감은곡이 흔들어댔다. 거듭 연회가 열렸다.

결혼 전에 신랑과 신부가 서로 얼굴을 볼 수 없는 몽골의 전통 탓에 공주는 고려의 왕자가 어떻게 생겼는지 전혀 알지 못했다. 한낱 변방의 왕자에게는 황제 가까이에 올 수 있는 자격이 이전에는 부여되지 않았건만, 이번 축하연에서 황제는 왕자들과 함께 고려의 왕자가 배석할 수 있도록 배려를 아끼지 않았다.

공주는 진주, 금, 산호, 마노 보석이 주렁주렁 박힌 머리장식을 하고 비단 옷을 입었다. 왕자는 고려인이었는데도 몽골 전통 의상인 황금색 비단 델을 입고 있었다. 황제 앞에서 상체를 굽힌 국궁 자세로 있는 왕자는 비단으로 감싸긴 했지만 몸피와 근골을 가늠할 수는 있었다. 정복한 땅의 사람들은 물론이거니와 고양이나 개마저도 사그리 불태워 죽여 버릴 만큼 잔인하고 호전적인 원나라 사내들의 몸과 전혀 다른 분위기를 풍겼다. 원 제국 전사들의 몸은 한 조각의 뼈도 한 점의 근육도 적을 없애기 위해 철저하고 단단하게 벼려진 칼 같다면, 고려 왕자의 몸은 마구간에 평생을 묶인 유약한 흰 말 같았다.

왕자는 머리카락을 머리 꼭대기에서 이마까지 방형으로 깎고 한가운데의 머리를 남겨둔 겁구아를 하고 있었다. 그의 머리 모양 덕분에 얼굴 생김새가 고스란히 드러났다.

공주는 그를 보았다. 살집이 거의 없는 탓인지 황궁 축하연에 켜둔 수천 개의 촛불에 얼굴 골격이 조각처럼 도드라졌다. 관자놀이에서 턱으로 흐르는 선이 단아했다. 살짝 튀어 올라온 광대뼈를 경계로 구레나룻이 아래로는 턱관절로, 위로는 관자놀이까지 퍼져 있었다. 이마에서 미간으로, 미간에서 콧방울로 떨어지는 선이 매끄러웠다. 콧방울 밑으로 깎아지른 듯 인중이 선명하고, 입술은 축하연을 편하게 즐기고 있다는 듯 연붉게 빛났다.

경추골에 닿을락 말락한 숱 많은 머리카락들 속에 흰 터럭 몇 올이 공주에 눈에 띄었다. 그의 흰 머리터럭이 공주가 닿을 수 없는 먼 세월을 증명하는 것만 같았다. 공주는 가파르게 시선을 그의 눈으로 옮겼다. 거의 눈초리까지 밀고 내려온 눈썹 밑의 큰 눈은 웃고 있지 않았다.

공주의 시선을 느꼈던가.

그가 공주를 향해 미소를 지었다. 그녀는 미소에 화답하지 않았다. 그의 미소가 순식간에 사라졌다. 진짜 미소는 사라지는 데 오래 걸린다는 것을 그녀는 알고 있었다. 그의 미소는 어쩐지 가짜 같았다. 축하연에 앉은 주인공의 미소가 아니라 말뚝에 매인 늙은 염소의 슬픈 웃음이었다. 그 미소가 공주를 오싹하게 만들었다.

공주는 고개를 돌려 궁전 앞에 심어 놓은 사초莎草들을 바라보았다. 황제가 고비 사막 북부에서 친히 가져온 풀이라고 했다.

'고비……, 고…비…….' 공주는 속으로 고비를 중얼거렸다.

고비는 풀이 잘 자라지 않는 거친 땅이라는 뜻이 아니던가. 하늘과 땅이 맞닿을 만큼 넓고도 넓은 사막엔 그저 검은 속살을 드러낸

49

돌들이 뒹굴고 있을 뿐이라고 했던가. 그 허허벌판에서 혹독하게 살아남아야만 했던 조상들과 사초를 동일시한 황제가 궁정의 사치와 안일함에 빠져들지 말라는 뜻으로 궁전에 심었다던가.

사막에서 움을 틔우고 꽃을 피워낸 사초처럼 힘겹게 살아갈 미래가 공주는 암담하게 느껴졌다. 공주는 어쩐지 실컷 울고 싶은 마음이 들었다. 그녀는 은쟁반에 담긴 꿀로 맛을 낸 구운 양귀비 씨를 한 움큼 집어 들어 입안에 털어 넣었다. 달콤하고 끈적끈적하고 말랑말랑한 씨앗들이 두려움과 슬픔을 녹여 주길 바라면서.

공주는 붉은 승복을 입은 라마승이 이끄는 대로 황제와 황후 앞에 섰다. 혼례 집전에 따라 그녀는 왕자와 함께 술잔을 올리는 사은숙의 예를 바쳤다. 왕자에게는 전통 방식에 따라 수태차를 끓여 바쳤다. 충실한 결혼생활을 약속하는 의례였다.

원래 신랑은 신부에게 선물을 건네면서 청혼을 해야 했다. 신부가 선물을 받아들이면 청혼이 이루어졌다. 신랑인 그는 공주의 아버지인 칸에게 신부대新婦貸를 바쳐야 했다. 일반 백성들은 신랑 측이 신부 측에게 술 몇 병이나 옷감 몇 필을 끊어 선물로 줬다. 하지만 고려의 늙은 왕자는 황제에게 자신의 나라를 신부 값으로 치렀을 터였다.

그녀는 황제가 공주들 가운데에서도 가장 신분이 높은 그녀를 동방의 끄트머리에 달랑거리며 매달린 조그만 나라의 왕자에게 신부로 내어준 이유를 잘 알고 있었다. 원의 무시무시한 무력에 맞서 삼십여 년 동안 항복의 깃발을 흔들지 않은 유일한 나라의 왕자가 제 발로 걸어와 황제의 슬하에 귀속되겠다고 나선 마당이었다.

"인색한 자는 땅도, 명예도, 여자도 정복할 수 없다는 걸 알아라.

반드시 값을, 제대로 된 값을 치르라." 황제는 딸을 사위에게 맡기는 장인의 마음과 정복자의 야심을 함께 담아서 말했다.

"제게는 그림자 외에는 동무도 없고, 꼬리 말고는 채찍도 없습니다. 온 힘을 다해 목숨을 부지하게 해주신 황제의 은혜를 평생 잊지 않겠습니다. 공주를 아내로 맞이하여 신의 충성을 더욱 간절히 보답할 도리를 날마다 궁리하겠습니다." 그는 아내를 맞이한 남편의 신의를 강조하기보다는 충성을 바치는 신하의 도리만 말했다.

나라를 바치면서 그가 얻어간 게 신부인 공주뿐이었을까. 공주는 변방의 한 나라에 해당하는 자신의 몸값이, 처녀성이 그저 아깝고 분했다. 아무리 후궁의 딸이었지만 엄연히 황제의 공주이지 않던가. 원 제국에 귀속된 하찮은 땅의 하찮은 신분의 공주들이 신부가 되는 것과는 차원이 다르지 않던가 말이다.

그녀는 세계를 제패한 원 제국의 엄연한 황녀였다. 황제는 변방의 고려를 속국으로 삼아 왕자를 부마로 만들면서 무엇을 챙겼던 걸까. 딸인 황녀를 건네주고, 고려 왕자는 한 나라의 주권을 갖다 바치면서 황녀를 신부로 얻었다.

황제는 고려 너머 거친 풍랑으로 장벽을 친 섬나라 일본을 마저 갖고 싶어 했다. 동방을 향한 칸의 정복욕의 끝은 일본을 둘러싼 너른 해양이었다. 단 한 번도 해양을 가지지 못한 그에게 일본은 해양에 돛을 달 수 있는 기착지였다. 일본으로 가기 위해서라도 고려는 황제가 반드시 접수해야 할 지점이었다.

그렇다면 고려는 무엇을 보장받을 수 있을 것인가. 그에게는 이미 젊은 날에 결혼해서 세자비와 자식들을 둔 기혼남이었다. 그럼에도 원의 부마로 전락하는 것을 받아들인 이유는 무엇인가. 나라의 주권을 건네주고 무엇을 얻었는가. 그것은 백년 난리 끝에 누릴 태평시절일 터였다. 도착적인 파벌 싸움과 강토를 황폐화시킨 수십 년간의 전쟁과 취약한 왕권을 한꺼번에 끝낼 수 있는 유일한 길은 황제의 신민이 되는 것일 터였다. 황제는 새로운 세계사를 열어젖혔고, 그 젖힘 속에서 고려는 장렬하게 소멸하는 대신 사력을 다해 종묘사직을 붙들어야 했을 터였다.

두 사내의 권력 판에 열여섯 어린 소녀가 있었다.

제국을 쟁취하는 아들을 낳으리라

융복궁의 신방에서 열여섯 살의 공주는 서른아홉 살의 고려 왕자를 기다렸다.

별궁엔 이미 시녀들이 차양을 치고, 정원에 꽃을 뿌렸다. 정원 한 가운데 있는 연못에 물줄기가 뿜어져 나오게 했다. 이슥한 저녁이 되자 시녀들은 곳곳에 등잔을 밝히고, 박공을 색색의 비단으로 치장했다. 신방에는 향과 호박과 야생 마조람을 피웠다.

겨울 혹한기를 거치고 다급하게 달려온 말처럼, 마침 봄이 별궁에 들이쳤다. 공기는 훈훈했다. 소나무와 측백나무, 노간주나무의 향이 정원을 가득 채워 출렁거렸다. 알싸하고 야생적인 약초 향이 풍기는 깨꽃의 향내와 달콤하고 쌉싸레한 금작화의 향기에 공주는 머리가 지끈거렸다.

마흔을 코앞에 둔 남자가 공주의 밀실을 찾아들었다. 황제가 보는 앞에서 해를 향해 허리띠를 풀어 목에 걸고, 모자를 팔에 끼고, 손으로 가슴을 치며, 해 쪽으로 아홉 번 무릎 꿇고 젖술을 뿌려 바치고 영원과 충성을 맹세했던 남자였다.

신방에 들어선 그는 만다라의 무늬가 어지러운 양털 깔개 위에 그저 우두커니 서 있을 뿐이었다. 공주는 그가 서 있지만 말고 어서 빨리 어깨와 등까지 아프게 하는 머리장식부터 벗겨 줬으면 하고 바랐다.

남자는 공주를 향해 수줍은 듯, 슬픈 듯, 웃었다.

그의 미소를 어떻게 이해해야 할지 그녀는 알지 못했다. 이해 따위는 하고 싶지 않았다. 무엇보다 공주는 변방의 나이 많은 남자 앞에서 주눅 들고 싶지 않았다.

공주는 어릴 적부터 저 머나먼 이방의 나라들과 퇴락한 낯선 제국들을 정복하기 위해 늘 집을 떠나곤 하는 사내들을 대신해서 대를 이어 가야 하는 여자들의 이야기들을 들어왔다. 남자 없이도 얼마든지 아이를 낳아 댔던 아름답고 강한 여자들은 공주의 선조들이었다.

"밤마다 누런 금빛을 띤 어떤 존재가 게르의 천창을 통해 빛처럼 들어와 한 여자의 배를 비벼댔단다. 여자는 과부였지. 여자의 남자는 성스러운 산에서 활을 가장 잘 쏘는 자로 추앙받았단다. 하지만 다른 부족과 용감하게 싸우다가 의연하게 죽었단다. 천창에서 쏟아져 내리는 빛은 여자의 희고 둥근 배를 힘차게 비벼댔지. 빛이 여자의 배 속으로 들어왔다는 걸 알아챈 사람은 아무도 없었단다.

여자만이 죽은 남편이 화살로 태양을 쏴서 터져 나온 빛이 자신에게 들어온 걸 믿었어. 혼신의 힘을 다해 여자는 빛을 받아냈지. 빛은 밤새도록 그분과 함께 머물다가 달이 지고 게르 밖이 양젖처럼 뽀얘진 새벽 무렵이면 사라졌단다. 천창으로 들어왔던 빛은 여자의 곁을 떠날 때는 마치 누런 개처럼 기어 나가야만 했었지. 여자가 그 빛의 정령과 기력을 다 품어 버렸거든.

여자는 빛을 품은 뒤에 열 달을 꼬박 채워 아들 셋을 낳았지. 여자는 남편 없이 낳은 세 아들들이 하늘의 아들이자 죽은 남편의 씨라는 걸 알았단다. 평범함이라곤 눈을 씻고 찾아봐도 없을 정도로 너무도 비범한 아들들이 모두 황제로 등극할 것이라는 여자의 믿음은 핏줄을 의심하는 다른 사람들을 기세 좋게 눌러 버렸단다. 여자의 아들들이야말로 몽골의 가장 순수한 핏줄이라는 여자의 믿음은 흔들림이 없었지. 무척이나 아름답고도 강하신 그분의 이름은 알랑 고아란다. 알랑 고아! 칭기즈 칸의 어머니이신 그분의 이름을 언제나 기억하렴.”

공주는 걸음마를 떼고 말귀를 알아들을 때부터 계모인 황후와 친모인 왕비로부터 핏줄의 뿌리에 대해 귀에 못이 박이도록 들어왔다. 지고하신 하늘의 축복으로 태어난 잿빛 푸른 이리와 흰 암사슴이 한 쌍의 부부가 되어 낳은 아들이 황제의 진정한 첫 뿌리가 되었다는 말도 함께.

공주는 침상에 누워 게르의 천창으로부터 누런 금빛이 들어와 자신의 배를 문지르는 걸 꿈꾸며 어린 시절을 보냈다. 하늘에 흐르던 은하수들이 홍수처럼 게르의 천창으로부터 쏟아져 내리면 감격스러워서 소리를 지르곤 했다.

두려움을 모르는 여자, 세간의 불신에 휘청거리지 않는 여자, 남자가 밀쳐도 엎어진 채로 가엾게 울지 않는 여자, 제국의 원류를 만들어 내는 긍지로 가득한 암사슴 같은 여자, 그런 여자 선조들의 피가 흐르고 있다는 사실에 늘 공주는 가슴이 뿌듯해지곤 했었다.

봄이라고는 했지만 깊은 저녁 공기는 쌀쌀했다. 타닥타닥 타오르는 난로의 열기에도 공주의 몸은 좀체 풀리지 않았다. 성대한 잔치를 정작 즐기지 못한 공주는 양모 이불을 뒤집어쓰고 양젖처럼 뽀얗고 수밀도처럼 달콤한 잠을 자고 싶을 뿐이었다.

연신 하품을 해 대는 공주를 멀거니 바라만 보고 있던 그가 금잔에 술을 자작하더니 단숨에 털어 넣었다.

희기만 한 그의 알몸이 공주의 앞에 놓여 있었다. 공주의 황금 생명과 신변 안전을 위해 밀실 사방에는 무장한 숙위들이 포진해 있었다. 공주는 숨죽인 채 서 있는 숙위들이 거세마들처럼 느껴졌다. 공주는 어떻게 할지 알 수가 없었다.

그가 무릎을 꿇고 그녀의 발에 입을 맞췄다.

암사슴의 종아리 가죽을 무두질해 만든 신발로 죄어졌던 발이 풀려나가서인가. 여울의 송사리가 발을 간질일 때의 간지러움이 장딴지를 거쳐 허벅지 안쪽까지 퍼져 갔다. 그녀가 샐쭉, 고개를 돌렸다.

자랑스러움인지 부끄러움인지 알 수 없는 미소가 그의 입초리를 스쳤다가 사라졌다. 그가 공주의 무릎에 입술을 갖다 댔다. 그의 입술이 뜨겁고 축축했다. 그녀의 샅에 그의 까칠까칠한 턱수염이 살짝 닿았다. 그녀는 자신도 모르게 그만 주먹을 꼬옥 쥔 채 허리를 비틀었다. 그녀의 불쑥 솟은 광대뼈가 불에 달군 쇠처럼 벌겋게 달아오르는 게 스스로 느껴졌다. 남자의 몸과 한 번도 닿아 본 적 없는 그녀의 몸과 마음은 너무나 예민해져 있었다.

"홀도로게리미실! 너무 두려워하지 마시오. 제 갈비에 도랑이 패이도록, 무릎이 먼지 흙이 되도록 황제를 위해 이 한 몸을 바칠 것이

오." 그가 은밀한 목소리로 공주의 귀에 대고 속삭였다.

홀도로게리미실. 그가 불러 준 그녀의 이름. 몽골 대평원에 얼음과 얼음이 서로 비비고 녹아대며 일으키는 비취빛 안개 속에 핀 희디흰 꽃처럼 강하고 아름답게 살라고 아버지인 황제가 지어 준 이름을 그가 불렀다. 아무도 함부로 부르지 못했던 이름이었다.

마치 먼 옛날부터 말의 볼기짝을 채찍으로 쳐 대면서 안개를 뚫고 달려와 사랑을 고백하는 연인처럼 속삭이는 남자의 밀어가 그녀는 귀에 설었다. 안개에 눈이 멀어 버린 사내처럼 자신의 아내가 될 여자를 품으면서 황제를 위해 살겠다는 말은 어쩐지 앞뒤가 맞지 않았다.

그가 성에 대해서는 영 숫보기인 공주의 긴장한 허벅지를 사납게 벌렸다. 누런 금빛 따위 없었다. 환한 빛살이 그녀를 어루만지는 숭고한 느낌도 없었다. 그는 바위에 덤벼드는 표범처럼, 제 분을 누르지 못하는 사자처럼, 제 그림자에 덤벼드는 송골매처럼, 제 새끼의 뒤꿈치를 물어뜯는 수낙타처럼, 눈보라 속에서 밀려드는 이리처럼 어린 그녀의 살갗을 파고들었다.

그녀의 눈에 어른거리는 것은 봄날에 핀 작고 앙증맞고 하얀 들꽃들이 아니라 벌판을 할퀴며 소용돌이치는 눈보라들뿐이었다. 열여섯 살의 신부는 터질 듯이 발기한 사내를 천창을 통해 쏟아지는 별빛이라 여기고 받아들였다. 자수틀에 팽팽하게 당겨진 비단 천을 뚫고 들어온 바늘처럼 그의 바짝 곧추선 물건이 그녀의 깊은 안쪽을 찔렀다. 신랑의 육체적 접촉이 노련함에서 나온 것인지, 야만성에서 기인한 것인지 도무지 알 수 없었다. 다만 울부짖거나 비명을 지르거나 신음소리를 내뱉는 것만은 하고 싶지 않았다. 그의 정복욕을 만족시켜 주고 싶지 않았다. 이미 아무도 그녀를 도와줄 수 없는 절대적 상황이란 걸, 그녀는 깨달았다. 이를 악물었다.

그녀가 앞으로는 모든 걸 통제할 것이었다. 이상하게도 분노와 외로움이 동시에 느껴졌다.

'눈에는 불이 있고, 얼굴에는 빛이 있는 사내아이를 낳으리라. 커다란 담력을 가지신 알랑 고아께서 수태한 아이를 홀로 낳아 기를 때 잇개나무 꼬챙이를 잡고 오이풀과 수리취를 캐서 먹이고, 부추와 달래로 허기를 채워 주며 키운 철부지 사내아이가 헌헌장부가 되게 하고 제국을 쟁취하게 만든 것처럼, 사내아이를 낳아 왕이 되게 하리라. 내 아이는 고려의 왕이 되리라.'

서로를 밀어내기 위한 권력 투쟁이 필요 없는 유일한 통치자가 될 사내아이는 그녀만이 낳을 수 있을 터였다. 아무리 황제의 딸이어도 그녀는 끝내 원 제국의 통치권자가 될 수는 없었다. 그녀가 낳은 아들은 고려 왕실에서 피 한 방울 묻히지 않고 권력을 독점할 것이었다. 그것은 다른 황녀들이 절대로 이룰 수 없는 위업이었다.

좋든 싫든 그녀는 고려의 남자를 선택할 수밖에 없었다. 이날의 합방이 향하는 곳은 단 하나였다. 원 제국과 고려 속국을 통치할 씨를 잉태하는 것이었다. 그의 입술이 그녀의 뺨에 닿았다. 그녀는 그의 뺨을 세차게 물어뜯고 싶었지만 꾹 참았다. 그녀는 땀 흘리며 달리는 말의 안장에 올라타듯이 그의 둥글넓적한 배 위로 올라앉아 가랑이를 힘껏 벌렸다.

태양과 달과 별에 이르기까지

공주는 황제의 슬하를 벗어나 고려로 들어왔다.

연경을 출발한 수레가 국경 부근의 서북면에 닿았다. 서북면에는 너무도 이른 겨울이 당도해 있었다. 싸락눈이 싸륵싸륵 내렸다. 공주는 검은담비 외투를 꼭 여몄다. 그녀는 수레에 앉아서 바라보았다.

그녀는 남편 없이 혼자 고려에 와야만 했다. 연경의 황궁에서 가례가 치러지고 난 뒤에 부친인 고려의 왕이 갑자기 돌아가시는 바람에 급히 세자인 그가 혼자 귀국했기 때문이었다. 세자는 아버지가 죽었는데도 고려에 빨리 돌아가지 못했었다. 왕의 장례 기간인 팔십이 일 동안 세자는 흉례절차를 온전히 지킬 수 없었다. 선왕이 죽으면 바로 권력이 승계되는 정치적 상황이 아니었다. 제국이 국왕 승계를 인정해야만, 그는 왕이 될 수 있었다. 왕이 죽었으나, 그는 여전히 세자인 채였다. 그가 왕이 되는 것도, 폐위되는 것도, 복위되는 것도 제국이 정할 터였다.

몇 달 만에 보는 남편이었다. 그녀는 한참을 걸려 세자에서 왕으로 즉위한 남편의 모습이 궁금했다.

그는 전장에서나 입을 법한 융복戎服 차림이었다. 불어오는 바람에 허리에 잡힌 주름이 펄럭였다.

'내가 적국의 병사란 말인가.'

그녀는 일순간 숨을 멈췄다. 다정한 지아비의 모습은 간데없고 사신을 영접하는 의례적이고 엄격한 자세의 뻣뻣한 왕을 보자 그녀는 어쩐지 속이 뒤집히는 것 같았다. 원 제국의 장수들이나 입는 철릭을 걸친 고려의 왕이 제 나라의 백성들에게는 어떤 모습으로 비칠지 그는 알기나 하는 걸까. 자신의 아비는 고려 조정의 법을 갑자기 변경시킬 수 없다며 끝내 고려의 머리 모양과 복식을 고집했던 걸 잊었는가. 자신이 죽거든 마음대로 하라고 했던 아비의 유언을 듣는 효성스런 아들이라는 건가.

그가 굳이 원 제국의 복장을 고수하는 게 그녀의 눈에는 겉으로 영합하면서도 속내를 숨기는 위장술의 달인처럼 보였다. 비위를 맞추면서도 언제나 제 이득을 챙겼던 왕이 영리한 여우처럼 느껴졌다.

수레에서 그녀가 내리자 왕을 따르는 문무백관들이 서 있는 게 보였다. 정수리에서 이마까지 모난 모양 수백 개가 그녀를 향해 조아렸다. 산천 풍경은 설었지만 그들의 모습은 그녀의 나라에서 익히 보았던 것들이었다. 황제께서 왕이 세자 신분으로 연경에 머무를 때 이미 불개토풍不改土風이라 하여 몽골이 고려의 풍속을 고치도록 강요하지 않겠다는 후한 약속을 한 것을 그녀는 기억하고는 쓰게 웃었다.

중국을 정벌할 때에도 황제가 보시기에 말을 기를 만한 목초지가 형편없다고 여겨 중국인들을 몰살하고 모든 도시와 땅을 파괴하여 풀을 자라게 하는 게 낫다던 분이 아니시던가. 그런 황제께서 부마국의 입장을 고려하여 풍속을 유지하도록 해 주었음에도 이들은 미리 알아서 기고 있는 게 아닌가 말이다. 황제가 고려 왕조를 인정하는 것으로 이해할 머리조차 그에게는 없단 말인가.

그녀는 수레에서 왕이 가까이 오기를 기다리며 꼼짝도 않고 앉아 있었다. 왕이 다가와 그녀에게 손을 내밀었다. 그녀는 소매 속에 넣었던 손을 빼서 왕의 손을 잡았다. 왕의 손은 칼집에서 막 빠져나온 단도처럼 차갑고 단단했다. 그녀의 작고 따뜻한 손이 왕의 손에서 움츠러들었다. 그녀는 뻣뻣해지는 자신을 추스르기 위해 고개를 발딱 젖혔다.

눈을 내리 깔고 바라보니 말총갓에 씌운 붉은 비단 빛이 왕의 얼굴에 어렸다. 추위에 빙판처럼 얼어붙은 왕의 낯에 스민 붉은빛은 흥분으로 인한 것인지 수치심으로 인한 것인지 알 수 없었다. 한 여자를 맞이하기 위해 오랫동안 애틋한 설렘을 간직한 남자의 표정은 아니라는 것만은 알 수 있었다.

눈길을 느꼈는지 왕이 그녀를 내려다보며 미소를 지었다. 자신의 땅에 진지를 구축한 병사 같은 약간은 오만한 듯한 미소였다. 그녀는 뭔가 치명적인 덫에 걸린 것 같은 고약한 기분을 떨쳐 버릴 수 없었다. 무엇보다 단 몇 달 만에 한참은 늙어 버린 남자의 얼굴 거죽이 낯설기만 했다. 자신 앞에 놓인 새로운 나라 사람들에 대한 혐오감과 낯설고도 묘한 매력 때문에 심장이 덜컥거리는 것을 느꼈다.

그녀는 부러 왕을 앞질러 걸었다. 왕이 철릭을 펄럭이며 그녀의 뒤를 종종거리며 따랐다.

비빈과 궁주와 재추의 부인들이 그녀를 향해 일제히 절을 했다. 그녀들은 고운 비단으로 지은 표의를 입고 그 위에 검은색 너울을 쓰고 있었다. 비단 치맛자락 옆으로 금방울과 향주머니가 달린 오색 비단 끈이 눈보라에 흩날렸다. 그녀들이 구름처럼 높이 불린 가발에 휘감은 보석들이 일제히 공주를 향해 번쩍였다. 공주는 그들을 향해 오만한 표정을 지으며 고개만 까딱했다.

환영행사장에 매서운 겨울 칼바람이 들이쳤다. 호종하던 장군 한 명이 재빨리 일산을 펴서 공주의 머리 위로 받쳤다. 고려는 태어나서 처음 온 낯선 곳이었고, 그녀는 어떤 이상한 불안으로 묘하게 흥분이 됐다. 뺨이 발그레 붉어지는 것을 들키지 않으려고 그녀는 담비의 보드라운 털 속으로 턱을 파묻었다. 어린 담비의 융모처럼 얼굴의 털들이 파르르 떨렸다.

왕이로소이다

저 멀리, 지평선 위로 떠오르는 태양처럼 휘황찬란하게 꾸민 수레를 위시해서 끝이 보이지 않을 정도로 많은 말들과 시종들이 눈을 맞으며 오고 있다.

눈은 소금처럼 내렸다. 제국의 통치자는 장악한 땅엔 아무것도 자라지 못하도록 소금을 심었다. 군사들은 황제의 명령에 따라 거의 광기에 가까운 잔인함으로 세계를 침략했다. 땅에 소금을 심는 것은 바로 두려움과 미래의 불모를 심는 것이고, 그것이 바로 전제적인 통치력임을 그는 세자 시절에 똑똑히 깨달았다. 자신의 나라가 소금으로 뒤덮인 땅이 안 된 게 다행으로 여겨질 지경이었다.

소금 같은 눈 탓인지, 제국의 공주를 맞이하기 위한 긴장 탓인지, 왕은 기다리는 내내 심기가 불편했다. 왕은 변발을 한 탓에 머리까지 추위에 쩡쩡 얼어붙는 듯했다. 이를 악물고 있는 건 느닷없이 닥친 추위 탓이라고 생각했다. 그래야 마음이 덜 불편할 터였다.

황제와 대면한 뒤로 폐위된 아버님이 다시 왕위에 오를 수 있게 되고 무인 놈들의 숨통을 완전히 끊어놓게 하고 공주를 왕비로 맞이한 일들이 주마등처럼 떠올랐다.

그는 어릴 적부터 변방의 작은 나라인 조국과 대제국의 비대칭적인 반목과 갈등을 몸소 체험하며 자랐다. 제국이 거느린 영토의 한 줌도 안 되는 볼품없이 작은 땅의 주인 노릇을 하겠다고 아등바등 다투느라 진정 힘 있는 권력의 집중은 이루어지지 못했다. 제국의 군사들이 자신의 나라를 무자비하게 도륙하고 있을 때도 언제 항복해야 할지 결정할 만한 판단력도 분별력도 이미 상실한 상태였다.

왕의 핏줄이었지만 한 치 앞도 알 수 없는 참화 속에서 그의 유년의 천진함이 끝났다. 강화도로 천도하는 과정에서 아비규환의 현장을 적나라하게 목도한 어린 아이는 어떤 것도 확실하게 믿을 수 없었다. 그는 의심하고 또 의심했다. 고독한 의심 속에서 그는 다시 태어나야만 했다.

그는 연경에 머물러 있는 세월 동안 권력을 최종적으로 잡을 인물이 누구인지 따지고 또 따졌었다. 바로 쿠빌라이였다. 그는 쿠빌라이가 대칸에 오르리라는 것을 알았다. 그는 바로 쿠빌라이에게 밀착했다. 어쩌면 그가 왕이 될 운명은 그때부터였는지도 몰랐다.

그가 아직 왕이 아닌 세자 신분이고 쿠빌라이 또한 황제가 되기 전이었을 때, 그는 제국의 땅에 볼모로 있었다. 볼모로 잡힌 변방의 작은 나라 왕자에게는 아무도 관심이 없을 줄 알았는데, 쿠빌라이는 달랐다. 쿠빌라이는 복종과 헌신에 대해 관심이 많았을 뿐만 아니라 그것을 연구하고 공부했다.

어느 날, 쿠빌라이는 그를 자신의 거처로 초대해서 기르고 있는 사냥개 네 마리가 마당에 묶여 앉아 있는 광경을 보여 주었다. 그 개들은 사흘을 굶었고 그날은 먹이를 주는 날이라고 했다. 단지 개를 보여 주기 위함이 아니라는 걸 알아차린 건, 개들의 앞에 고기가 아니라 펄펄 끓는 기름 솥이 있었기 때문이었다.

"기다려!"

쿠빌라이는 부하들이 가져온 토막 난 토끼 고기 한 점을 배가 홀쭉한 개들의 앞에 놓고 명령했다. 굶은 개들은 침을 질질 흘리면서도 엎드린 채 명령에 복종했다. 한 마리 개만 애처롭게 짖어대며 고기 앞으로 발을 내밀었다.

짐승은 사람이 아니기 때문에 반복해서 명령하는 게 중요하다고 쿠빌라이는 그에게 말했다. 그는 쿠빌라이가 개에게 명령한 기다려의 뜻을 헤아려보았다.

"가장 왼쪽에 있는 개는 기른 지 얼마 되지 않아 복종이라는 걸 완전히 배우지 않았다. 복종을 배우지 못한 개의 말로를 볼 수 있을 것이다." 쿠빌라이가 말했다.

덩치가 가장 작은 개가 참지 못하고 기어이 앞으로 나와 게걸스럽게 토끼 고기를 탐했다. 오도독, 오도독, 얼마나 배고팠는지 개는 뼈까지 씹어 먹었다.

쿠빌라이는 때를 아는 호랑이처럼 차분히 기다렸다. 먼저 토끼 고기에 입을 댄 개가 허겁지겁 식사를 시작하자 그가 왼손을 들었다. 다른 개들은 여전히 엎드려서 명령을 기다렸다.

"저놈을 보아라. 복종을 몰라 주인의 마음도 못 알아보고 제 놈의 배 속만 생각하는 꼴을."

건장한 사내 두 명이 몽둥이를 들고 나섰다. 분위기가 심상치 않음을 뒤늦게 알아차린 개가 사납게 짖기 시작했다. 새빨개진 눈알을 부라리며 한 번 짖을 때마다 주둥이에서 흘러나온 침이 사방으로 퍼졌다. 목줄에 걸린 쇠사슬이 피로 적셔질 때까지 매질은 멈추지 않았다. 이윽고 사내들은 죽은 듯 바닥에 널브러져 겨우 숨만 쉬는 개를 번쩍 들어 펄펄 끓는 기름 솥에 던졌다. 목줄의 길이는 딱 거기까지였다. 동족이 튀겨지는 냄새를 맡으며 다른 개들은 쿠빌라이의 명령에 따라 비로소 고기를 게걸스럽게 먹어치우기 시작했다.

그는 자신의 목덜미에 채워진 쇠사슬이 고스란히 느껴졌다.

"전하, 이렇게까지 해야만 합니까?"

머릿속에서 사시나무처럼 떨고 있는 목소리가 울렸다. 그의 외척이자 아내이며 한 나라의 왕비이기도 한 그녀가 두려움에 떨며 물었다.

"이렇게라도 해야 하오." 그는 말했다. 시종은 잘 벼린 삭도를 들고 그의 머리 꼭대기에서 이마 방향으로 머리카락을 깎아내리고 있었다. 그녀는 내내 호랑이에게 부모를 여읜 사람처럼 울먹였다.

앳된 기색이 사라진 큰아들은 창백한 얼굴로 말없이 지켜보고만 있었다. 그를 닮아 살집이 없는 큰아들은 장차 벌어질 자신의 미래를 예감하기라도 한 듯 마른 나무처럼 우두커니 서 있을 뿐이었다. 아들의 예민하고 내성적인 성격 탓에 그는 언제나 권력을 승계할 수 있을지 걱정이었다. 이제는 왕의 자리에 오르지 못할 불운보다 더한 비극이 어떤 식으로 펼쳐질지 두렵기조차 했다. 그의 장자라는 이유만으로 아이는 목숨을 부지하지 못할지도 몰랐다.

왕비가 슬피 우는 이유는 바로 아들의 운명을 예감하고 있기 때문일 터였다. 아들의 운명과 잇대어 있는 왕비의 운명도 절망적이었다.

시퍼런 삭도가 움직이면서 머리카락이 끊어질 때마다 그의 몸에서 살덩이가 떨어져 나가는 아픔이 전해졌다. 변발을 한 그의 모습을 자신은 볼 수 없었다.

그는 몽골에서 오는 공주를 맞이하기 전에 모두 변발을 하라는 명을 내렸다. 변발을 하지 못하겠다는 신하들은 모두 불러내 직접 회초리로 사정없이 때려 내쫓았다. 오른손에 힘이 다하면 왼손으로 때렸고, 왼손마저 힘이 다하면 물을 한 잔 마시고 잠시 쉬었다가 오른손으로 다시 때렸다. 그들은 변발을 하고 돌아왔다. 한 사람도 빠짐없이.

그의 무기는 복종과 헌신이었다. 황제와 대면할 때마다 그는 무력해 보이지만 실현가능성은 높은 무기를 썼다. 황제의 불신을 불식시키기 위해서, 황제의 딸을 아내로 맞이하기 위해서 그는 무조건 엎드렸다. 다행히도 공주를 왕비를 맞이하면서 권력구조를 확실하게 재편했고 왕의 권좌를 차지할 수 있었다. 과거는 청산되었고, 이제 새로운 왕조를 열어야 한다는 욕망이 솟구쳤다. 권력은 거부되거나 철회될 수 없을 터였다. 공주가 바로 권력의 질주를 하게 해줄 터였다.

그의 권력은 황제의 권력과 단단히 연결되어 있음을 보여 주어야 했다. 충성을 의심받지 않아야 했다. 단 한 번의 뒷걸음질도 허락하지 않기 위해서 그는 스스로 변발을 했다. 제국과 한 몸인 것을 과시하기 위해 호복도 입었다. 그는 황제의 사위이자 제 땅의 중심이었다.

그는 새로운 시대에는 새로운 풍습이 필요하다고 여겼다. 선왕께서 죽을 때까지 고려의 머리 모양과 옷을 고집한 것에 대해 그는 속으로 비웃었다. 그건 고집이 아니라 미련함이었다. 세계의 판도를 읽지 못한 문맹이었다. 그는 선왕의 시대와 단호히 결별했다.

마침내 수레가 당도했다. 수레를 호위하는 자들 중 화려하게 꾸민 안장을 올린 말을 탄 세 사람은 익히 아는 얼굴이었다. 홀라대, 차○대, 삼가. 황제가 숨만 내쉬어도 그 소리를 듣고 마음을 헤아려 움직인다는 심복들이었다. 그들은 너무 지쳐 흥분한 말의 등을 쓰다듬으면서 그를 내려다보았다. 원에서 봤던 그 눈빛 그대로였다. 세 놈이 복종하는 대상은 단 한 분, 공주일 뿐이라는 눈빛이었다.

윤기가 흐르는 담비 외투를 두른 공주가 수레에서 꼼짝도 하지 않고 앉아 있었다. 여전히 말을 타고 있는 세 사람의 눈빛은 공주의 명령을 기다렸다.

십 대 소녀의 앳된 얼굴과 달리 공주의 눈빛은 왕의 복종을 요구할 만큼 전제적이었다. 그는 순간 내면에서 분노가 이는 것을 느꼈다. 그는 어금니를 사리물었다. 이곳은 엄연히 그의 땅이었다. 이 땅에서 그는 개가 아니라 왕이었다.

'이 땅에서는 절대 굽히지 않으리라.' 궁을 나서면서 전장에서나 볼 수 있는 융복을 갖춰 입은 건 마음가짐을 다잡기 위해서였다.

'그런데 이게 다 무슨 소용인가.' 자신의 감정에서 그는 고개를 돌려야만 했다.

공주를 수레에서 내리게 하기 위해 발걸음을 옮기려던 순간, 선한 눈매를 가진 아이의 얼굴이 하늘에서 제 몫을 다하고 떨어지는 꽃잎처럼 생긴 눈송이에 맺혀 어른거렸다. 휘청거리는 그를 보고 황급히 다가와 부축하려던 신하들을 물리쳤다.

'황제는 의지가 약한 개를 멸시한다.'

그는 공주에게 다가가 정중히 손을 내밀었다. 복종의 의미였다.

그녀의 작고 여린 손이 소맷자락 안에서 한 마리 토끼처럼 튀어나왔다. 그는 토끼 귀를 쥐듯이 그녀의 손을 꼭 쥐었다. 눈빛과 달리 그녀의 손은 따뜻했다.

'이건 복종이 아니라 헌신이다. 공주처럼 작고 따뜻한 손을 가진 내 진짜 아이와 내 여자를 위한.' 그는 본심을 들키지 않기 위해 미소를 지어 보였다. 추위에 얼어붙은 뺨이 푸들거렸다.

짧은 겨울날이 벌써 저물고 있었다.

뱀처럼 노래하다

"너는 뱀처럼 노래하는구나. 다들 하나같이 새처럼 노래하려고들 허지. 허나 너의 노래는 뱀처럼 온몸을 휘감고 심장에 똬리를 틀고 끝내 떠나지 않는구나." 악사가 거문고를 부둥켜안은 채 꿈결에 젖은 눈길로 무명의 노래를 찬탄했다. 늙은 악사의 짓무른 눈가에 눈물이 습습하게 맺혀 있었다.

무명은 악사의 말을 곱씹었다.

'뱀처럼 노래하는구나. 뱀처럼…….' 무명은 제 몸에 깃들다가 사라졌다던 뱀을 떠올렸다. 갓난아기 때여서, 그녀에겐 아무런 기억이 없었다.

무명은 교방에서 벗들을 사귀었다.

비 그친 언덕에 둥실 떠오르는 듯한 둥근 달을 닮은 명월, 푸른 나무 붉은 봄 안개처럼 아련한 미소가 고운 도홍, 연꽃의 절개를 닮아 꼿꼿한 연심, 바람 부는 봄날 정오에 버드나무 가지에서 우는 앵무새 같이 종종거리는 앵앵, 깊은 산속을 헤치고 다닌 것처럼 떠난 임을 그리워하며 울어 대는 운심, 거문고를 잘 타는 탄금, 넉살 좋고 배포 넓은 금난, 봄비에 꽃이 떨어지는 것처럼 늘 우울한 낙춘······.

남자에게 몸은 주되 마음은 다 주지 않는 벗들이었다. 그래서인지 서로를 생각하는 정이 유달리 애틋했다. 남자를 받고 돌아오면, 언니들은 격렬하게 타오르다 꺼져 버린 숯덩이 같은 캄캄한 얼굴을 했다.

장밋빛 유두와 밀화빛 허벅지를 애무하다 떠나 버린 정인들의 품에서 벗어나지 못한 언니들은 목구멍이 타오르는 듯한 독주를 마셔 댔다.

"사랑? 얼어 죽을 사랑! 무명아, 너는 사랑 같은 거 절대 하지 마라. 알았지?" 술에 취한 언니들은 화장이 덜 지워진 얼룩덜룩한 얼굴을 구기며 말했다.

"사랑은 원래 치사한 거야. 치사한 게 사랑이야. 품에 안을 때는 너 하나만을, 누구도 아닌 너만을, 죽도록, 죽을 때까지, 죽어서라도 사랑하겠다고 말하지." 앵앵 언니가 말했다.

"그건 사랑이 아니라 거짓말이고 협박이고 수작일 뿐이야." 금난 언니가 안주를 입에 한가득 넣고 잘근잘근 씹으며 말했다.

"수작을 사랑으로 착각하고, 협박을 순정이라고 오해하면 백창처럼 되는 거야. 백창처럼 약에 취한 미친년이 되는 거라고!" 탱탱하게 줄을 맨 거문고를 튕기듯이 탄금 언니가 말했다.

언니들이 혀 꼬부라진 소리로 미친년이라고 부르는 백창을 무명은 본 적이 있었다. 색주가의 북쪽 그늘진 응달 방에 거처한 여자. 저 추운 얼음나라에서 왔다던 여자. 세상의 끝에서 왔다던 여자.

교방엔 저 추운 나라 얼음나라에서 온 여자들과 원나라에게 패망

한 한족 출신의 여자들이 섞여 있다고 했다.

흰 살결에 금빛 머리카락을 틀어 올린 여자는 어쩌다 여기까지 흘러들어 온 걸까.

교방의 언니들은 그녀를 백창白娼이라 불렀다. 그녀는 폭풍이 일어 떠나지 못해 벽란도 항구에 배를 정박한 회회사람이나 밑바닥 인생들인 숯쟁이나 마약장사나 거울닦이들을 받았다.

백창의 너무도 하얀 얼굴엔 병적인 그늘이 어둑하게 덮여 있었다. 백창은 하루 종일 입도 뻥긋하지 않았다. 고려 말을 모르는지 안 하는 건지 알 수 없었다. 백창은 마당을 걸으면서도 언제나 자신의 그림자를 뒤돌아서 바라보곤 했다. 마치 제 그림자가 자신을 못 따라오면 어쩔까 하는 것처럼 말이다. 그런 백창을 보고 언니들은 그녀가 마약쟁이한테서 오석산이라는 약을 받아먹어서 미쳐 가고 있기 때문이라고도 했다.

언젠가 백창이 손님을 받는 으슥한 방을 몰래 들여다봤다. 화대로 던지고 간 듯한 숯덩이나 금이 간 청동 거울이 방 안엔 뒹굴고 있었다. 백창의 방에서는 짙은 분 냄새와 함께 야릇한 누린내가 났다.

무명은 너무도 투명하고 흰 백창의 얼굴이 금방이라도 깨질 것처럼 위태롭게 느껴졌다. 가끔 마주치는 백창의 몸에서는 늘 뜨겁고 화한 술 냄새가 났다. 독주를 마신 탓인지 백창의 낯빛은 점점 더 납처럼 희어졌다. 백창이 붉은 손수건으로 흐르지도 않는 땀을 거울을 닦듯이 닦아 내면 낯은 더 말개지고 하얘졌다. 언니들은 백창이 백분을 바른다고 수군거렸다.

벽란도에 아라비아의 배가 들어왔을 때 받았던 푸른 눈의 상인을 백창이 사랑했다던가. 아라비아의 남자는 백창만 찾았다고 했던가. 예성강의 노을처럼 붉고 아름답던 사랑이 떠나자 그녀는 벽란도에 몸을 던졌다고 했던가. 늙은 뱃사공이 그녀를 건져 주어서 목숨은 부지했다던가. 아라비아 사내가 주고 간 유리 팔찌를 깨서 손목을 그었다던가. 백창을 둘러싼 숱한 이야기들은 사랑해서는 안 될 사람을 사랑한 기생이 받은 죄와 벌에 대한 것들뿐이었다.

무명은 아기기생이라서 언니들이 참석하는 연회의 술자리에 나갈 수 없었다. 언니들이 하는 치장 수발을 드는 게 고작이었다.

무명이 되고 싶은 건 예인이었다. 천애 고아가 되어 버린 자신의 운명과 대결하기 위해서는 몸을 사르는 일밖엔 없었다. 목표를 이루기 위해서는 먼저 노래를 제대로 부를 수 있는 목을 가져야만 했다. 골방에 들어가 동백나무 북채를 손에 쥐고 밤낮으로 두드리며 노래를 불렀다. 목이 쉬면서 가래나 담이 차오르곤 했다. 똥을 먹으면 제대로 된 목을 가질 수 있다는 말을 들었던 무명은 제가 눈 똥을 먹었다.

새벽에 일어나 부처님께 기도하고, 지쳐서 쓰러질 때까지 연습하고 또 연습했다. 목소리가 방 하나 가득 찰 정도로 뱃심을 기르기 위해 배에 복대를 친친 동여매고 노래 연습을 했다. 가끔 눈앞이 노랗게 번지면 쓰러지곤 했다. 일어나서 노래했다. 진정으로 노래를 잘하는 예인이 되고픈 갈망을 목으로 터트렸다. 몸피가 북채처럼 말라갔다.

노래를 맞춰 줄 거문고도 잘 타야 했다. 가늘고 야윈 소녀의 손으로 줄을 하루 종일 튕기다가 보면 손가락이 퉁퉁 부었다. 손가락이 돌 자갈처럼 단단해지도록 단련을 해야 했다. 버드나무를 꺾어다가 화롯불에 꽂았다. 뜨거운 숯불에 꽂힌 버드나무에선 뜨거운 거품이 바글거렸다. 그녀는 부은 손가락을 거품에 지져 댔다. 어리다고, 여자라고, 고아라고, 천것이라고 세상은 절대 너그럽게 봐주지 않을 것이기에, 그녀는 거문고 줄을 단 한 번도 무르게 매지 않고 손가락이 끊어질 정도로 세게 매어야만 했다.

별처럼 아름답되 태양을 가려서는 안 되는 존재

드디어 정식 기생이 되는 날이 다가왔다.

언니들은 머리 올리기라고 말했다. 뒤로 땋은 머리를 풀어 빗으로 가지런히 빗은 뒤에 다리라고 하는 가발을 올렸다. 무명이 날마다 빗질 끝에 묻어 나오는 머리카락을 모아서 만든 가발이었다. 교방의 어르신이 하사한 마노와 호박 같은 보석으로 가발을 장식했다.

무명의 머리를 올려주기를 자청한 남자는 개경의 내로라하는 한량이자 상인이라고 했다. 이재에 밝아 고려의 인삼이나 삼베를 떼어다 송인들에게 팔고, 송인들이 싣고 온 비단이나 차나 약재를 전매해서 개경 남대가 상인들에게 비싼 값을 쳐서 팔아넘긴다고 했다. 언니들은 부럽다며 야단들이었다. 무명은 자신의 머리를 올려주고 뒤를 봐주겠다고 나선 남자를 상상해 봤지만 아무것도 떠오르지 않았다.

무명은 남자를 만났다. 무명보다 나이가 세 배나 많은 남자였다. 남자는 무명을 보자마자 이년이라 부르며 뺨을 때렸다.

이름을 물어서 무명이라고 답했다.

"무명이라? 무명이란 이름은 처음 들었다. 그건 이름이 아니로다."

사내가 침을 뱉듯이 말하더니 또 뺨을 때렸다.

나이를 물어서 열세 살이라 답했다.

"네 년은 시화試花로구나, 맛보기 꽃이로다."

사내가 기분 좋다는 듯 말하며 뺨을 때렸다.

"이제 네 년의 이름은 적향赤香이다. 붉을 적, 향기 향. 적향. 앞으로 너는 적향이다. 알겠느냐?"

"아름다운 이름을 주셔서 감사합니다." 무명은 낯선 이름을 앞에 두고 먹먹해졌다.

"네 붉은 꽃이 어디에 있는지 한 번 보아야겠다."

사내가 무명의 치마를 홱 젖혔다. 그 서슬에 그녀가 치마를 손으로 움켜쥐었다. 사내가 무명의 손을 그러쥐었다. 손가락이 부러질 것만 같았다.

사내는 그녀의 손목을 제 눈앞에 들어올렸다.

"오호라, 앵혈이 있다더니, 거짓이 아니로구나. 비싸게 값을 치러 주마. 오늘 내가 맛보기 꽃이 어떻게 피어나는지 제대로 가르쳐 주리라."

사내가 거칠게 무명을 요에 눕혔다. 사내의 손이 그녀의 옷을 꽃잎 뜯어내듯이 벗겼다.

무명은 두려움으로 목구멍이 막힌 듯했다. 가슴이 아려왔다. 눈물이 핑 돌았다.

사내의 얼굴이 다가왔다. 사내의 붉게 달아오른 뺨과 송충이 같은 눈썹과 몇 올의 흰 터럭이 보이는 턱수염과 극도의 흥분이 고스란히 담긴 벌건 눈이 보였다. 사내의 손길이 스치는 곳마다 솜털이 부스스 일었다. 무명은 언니들이 자신을 곱게 단장시켜 주면서 대합 속의 게가 슬슬 움직이듯이, 닭이 품고 있는 알이 이제 막 껍질을 깨고 나오려는 듯이 굴어야 한다던 말을 떠올렸다. 언니들이 말하는 교태와 성적 몸짓을 어떻게 해야 하는지 그녀는 알지 못했다. 무명은 미친 듯 자신의 살갗을 헤집고, 음부를 호미로 찍듯이 박아 대는 사내의 발기한 성기를 묵묵히 받아 낼 뿐이었다. 사내의 헐떡이는 숨소리를 들으며 무명은 스스로를 다독였다.

'슬퍼하지 마. 두려워하지도 마. 울어야 할 이유가 전혀 없어. 이제 나는 더 이상 슬프지 않아.'

머리는 천 번도 넘게 무명을 타이르지만, 그녀는 그예 뜨겁게 울고 말았다. 술에 취하고 욕정에 취한 사내의 거친 헐떡임을 받아들이면서 스스로를 놓기가 힘들었다. 칼로 봉우리를 갓 맺은 음순을 두 쪽으로 갈라내듯이 탱탱하게 독이 오른 듯한 남자의 성기를 이를 악물고 받아 내면서 무명은 수치심을 느끼지 않으려 애썼다. 앞으로 기생의 삶을 살아가기 위해서는 무엇보다 자신 안의 숱한 감정들을 비워 내야만 할 터였다.

사내의 몸이 거칠게 들썩이는 동안, 그녀는 뱀이 스쳐 지나갔던 갓난쟁이 시절을 떠올렸다. 기억조차 나지 않은 순간을 애써 떠올려 보았다.

'만약 살아남기 위해 안간힘을 썼다면 뱀이 살려 두었을까.' 다듬잇돌처럼 무거운 사내에게서 살아남으려면 긴장을 덜어 내고 힘을 놓는 것인지도 몰랐다.

'뱀은 네가 너무 예뻐서 살려 두었대. 애기무당이 그러더구나. 너는 세상에서 가장 아름다운 곶감을 가지고 있다고. 그러니 너는 끝내 왕의 여자가 될 거라고.'

어미는 무슨 생각으로 그런 얘기를 들려주었을까. 그토록 위험하고 무서운 말을 어린 딸에게 들려준 이유는 무엇이었을까. 어미는 미친 애기무당의 말을 정말로 믿었던 걸까. 어미는 아비와 어떻게 사랑을 나눴을까. 닳고 새기고 깎고 갈아야만 비로소 생은 보석처럼 빛나게 되는 걸까.

한 번의 입맞춤으로 아이가 생긴다고 믿었던 순진한 열세 살의 소녀는 이제 비로소 기생이 되었다. 무명은 언니들이 말하는 사랑이란 게 사실은 자신들의 삶을 너무도 견딜 수 없어서 왜곡했다는 걸 비로소 깨달았다. 언니들은 오입쟁이들의 욕정을 사랑이라 우겼던 것이다. 욕정을 사랑의 일부라고 억지를 부리고, 욕정을 사랑이라는 말로 바꿔 말했던 것이다.

무명은 요 위에 덧댄 흰 면이 숫처녀임을 증명하는 피로 물들어 있는 것을 오래토록 지켜보았다. 손목을 들여다보았다. 점은 사내와 잠자리를 하고 난 뒤에 사라졌다. 붉은 점이 뿌연 새벽빛에, 다시, 또렷해졌다.

그녀는 머리맡에 있는 청동거울을 집어 들었다. 언니들이 발라 주었던 미안수와 분이 말갛게 가신 얼굴이 거울에 흐릿하게 비쳤다. 헝클어진 머리카락 몇 올이 젖은 뺨에 들러붙어 있었다. 부풀어 오른 뺨엔 사내의 손자국이 고스란히 남아 있었다. 언니들이 미리 말해 주지 않았더라면 왜 그토록 뺨을 맞아야 하는지 이해하지 못했을 것이다. 머리를 올려주는 건 기생으로서 살아가야 할 마음가짐까지 올려주는 것이라고 했다.

기생의 마음과 욕망과 몸을 통제하기 위해 필요한 일종의 통과의례였던 것이다. 사내를 사랑하되 조종해서는 안 되고, 사내의 몸을 받들되 제 것으로 소유해서는 안 된다는 것까지 가르쳐 주는 게 머리를 올려 주는 자의 임무라고 했다. 기생은 별처럼 아름답되 태양을 가려서는 안 되는 것임을 배워야 한다고도 했다.

사내가 지진처럼 해일처럼 덮친 몸은 여전히 바들바들 떨리고 있었다. 제 것이 아닌 것 같은 얼굴이 거울에 있었다. 청동빛 창백한 가면이 거울에 비쳤다. 소매로 거울을 닦고 또 닦았다. 다시 들여다보았다. 미우면서도 가여운 얼굴이 그녀를 가만히 들여다보았다. 그녀는 다시 거울을 문지르고 또 문질렀다.

그녀의 이름은 무명

무명은 몸과 마음이 상처를 입을 때마다 기억조차 나지 않는 갓난쟁이 시절을 애써 떠올렸다. 바구니에 담긴 어린아이에게 다가온 뱀에 대한 이야기. 어미가 들려준 이야기. 무명이 살아남은 이야기, 살아남아서 반드시 이루어야만 하는 이야기를 떠올렸다.

초여름이었다.

갓난아기는 짚으로 엮은 광주리에 담겨 있었다. 말랑말랑한 아기의 귀밑이 저릿저릿하리만큼 볕이 담뿍 따사롭고 바람은 습했다. 단옷날이라고 그네 뛰러들 갔는지 사방은 조용하기만 했다. 북 치는 소리도 피리 소리도 들리지 않았다.

어미는 콩밭에 엎드려 호미질을 했다. 금세 차오른 젖이 저고리를 적시고 푸석대는 흙으로 툭툭 떨어졌다. 머리 꼭대기까지 기울인 볕이 장글장글 뜨거웠다. 어미는 호미를 던져두고 아기가 잠들고 있을 나무 아래 그늘로 향했다.

어디선가 물큰 비린내가 끼쳤다. 어미는 정신없이 아기를 들어 올리고는 새된 비명을 질렀다.

뱀이 광주리를 스르르 타 넘고 풀숲으로 기어갔다.

어미는 아기를 부둥켜안았다. 아기의 몸에서 달고 시고 비린 냄새가 확 끼쳤다. 어미의 팔딱거리는 심장 소리를 들었는지 아기가 방싯 배냇웃음을 지었다. 어미는 아기를 벗겨 놓고 뱀 물린 자국이 없는지 샅샅이 살펴보았다. 뱀의 날카로운 이빨이 박힌 흔적은 찾을 수 없었다. 아기의 여리디 여린 손목에 팥알처럼 동그랗고 작은 빨간 점이 찍혀 있었다. 어미는 아기가 태어났을 때부터 생긴 점인지 뱀에 물린 자국인지 알지 못했다.

어미는 땀에 젖은 앞섶을 들추어 아기의 입에 젖을 물렸다. 아기는 팅팅 불은 어미의 젖을 어쩐 일인지 전혀 빨지 못했다. 어미는 아기의 알궁둥이를 거친 손바닥으로 힘차게 때렸다. 아이는 울지 않았다.

그때였다. 하늘에서 구렁이 알 같은 것이 툭툭 내렸다. 난데없는 우박이었다. 콩밭에서 막 여물기 시작하는 콩꼬투리들이 다 떨어지고 있었다.

뱀이 스치고 지나간 뒤에 아기는 사흘 내리 흰 똥을 싸질렀다. 아기의 정수리 주변으로 빨갛게 반점이 퍼졌다. 열이 아기를 덮쳐서 몸이 불덩이처럼 뜨거워졌다가도 불현듯 뱀의 껍질처럼 차가워졌다. 아기는 하루에도 몇 번 씩 까무러치곤 했다.

마을 아낙들은 아기에게 뱀 꽃이 피었다고 했다. 더러는 무기巫氣가 뱀의 몸을 빌려 그날 바구니에 담긴 아기를 덮쳤다고도 했다.

어미는 북두칠성이 또렷한 새벽에 뒷산으로 올라가 아무 손도 타지 않은 맑고 차가운 물을 길어 왔다. 귀가 하나도 떨어져 나가지 않은 반듯한 독개그릇에 정한수를 올려놓고 아기가 낫기를 빌고 또 빌었다. 아기는 울지도 보채지도 젖을 먹지도 않았다. 아기는 잠도 자지 않았다. 아기의 눈빛이 가물거렸다.

어미는 재 넘어 아랫마을로 갔다. 아랫마을에는 신이 내린 애기무당이 살고 있었다. 전생에 너무 일찍 죽은 어떤 애기 영혼이 애기무당의 몸에 넋 집을 얹었다고 했다. 애기 무당은 단것을 좋아한다고 했다. 가난한 어미는 복채가 없어서 애기 무당에게 줄 단것을 부처님 불단에서 훔쳤다. 단것을 소맷자락에 집어넣으면서 부처님께 빌었다. 이번 한 번뿐이라고. 자식새끼 살리기 위해서 하는 짓이니 딱 한 번만 눈 감아 달라고.

삭아 내릴 것 같은 사립문을 열고 어미는 보았다. 애기무당이 북채를 잡는 아버지의 무릎을 베고 낮잠을 자고 있는 것을. 마당에 들어선 어미를 보고 애기무당은 선하품을 하며 깨어났다. 애기무당의 한 손엔 울긋불긋한 옷을 입힌 때에 전 헝겊 인형이 들려 있었다.

"아이 좋아, 아이 좋아. 애기가 좋아해. 네가 훔쳐온 단것을 보고 애기가 좋아서 어쩔 줄 몰라 해. 도둑년, 도둑년! 맛난 것 빨랑 내 놔."

애기무당은 혀 짧은 소리를 내며 아비의 무릎 위에서 폴짝거렸다.

어미는 애기무당이 자신이 들고 온 단것을 훔쳐왔다는 걸 단박에 알아챈 사실에 흠칫 놀랐다. 어미는 머리를 조아리고 냉큼 애기무당에게 단것을 바쳤다. 애기무당의 뺨이 발그레해졌다.

"니 애기가 꼬치였으면 재상도 왕도 부럽지 않았겠어. 곶감을 달고 나왔으니, 재상이나 왕이 될 재목이 오직 답답허겠어. 이승이 당췌 맘에 들지 않겠어. 어쩌겠어. 곶감 달고 나온 죄지. 니가 니 배 속에서 니 애기를 곶감으로 만들었으니. 니 죄가 제일 커. 근데, 죽어! 죽어!" 애기무당은 단것을 입안에 오물거리면서 신풀이를 해 댔다.

"누가 그렇게 말해요?" 어미는 놀랍기도 하고 무섭기도 했다.

"이년아, 누구긴 누구야. 우리 애기지. 애기는 거짓말 못 해. 애기가 시키는 대로 말하지 않으믄 내가 아퍼." 애기무당은 손가락에 묻은 단물까지 작은 입으로 빨아대면서도 서슬 퍼런 말을 쏟아냈다.

"제가 죽어요? 우리 갓난쟁이가 아니라 제가 죽어요?" 어미는 가슴을 쓸어내리며 물었다.

"우리 애기가 말한다니까! 죽는다고!" 애기무당은 너무 말라 툭 튀어나온 앙가슴을 조막만 한 손으로 탕탕 두드리며 말했다.

"제 딸년 목숨은 살려주시나요?" 어미는 애기무당의 신들린 말들이 자기에게만 들이닥치기를 비는 심정으로 물었다.

"니 애기 곶감은 세상에서 제일 예뻐. 뱀이 니 애기를 만진 것도 예뻐서 그랬어. 너무 예뻐서 못 죽였어. 니 애기의 곶감 땜에 세상이 우당탕거릴 거야. 이 나라 제일 큰 꼬치가 니 애기 곶감 때문에 제 명에 못 죽어. 니 애기는 곶감 때문에 살고 죽어." 애기무당은 주문과도 같은 말을 뱉었다.

어미는 애기무당을 향해 허리를 굽실거리며 수천수만 번 비손질을 했다.

어미는 그날 들고 있던 호미로 기어이 찾아낸 뱀의 대가리를 내리치지 않았던 게 천만 다행이다 싶었다. 아름답고 무섭고 소름 끼치는 뱀. 뱀이 딸의 육신을 놔두고 영혼 속으로 기어들어 갔다 나왔다면, 딸도 뱀처럼 아름다울 수 있을 텐가. 비천한 천민 계집이 평생 남의

밭을 기어 다니는 짓을 하지 않을 수 있는 유일한 길은 아름다운 기생이 되는 것이었다. 어미가 바라는 바는 딱 하나였다. 그런데 애기무당이 마치 어미의 소원을 알고 있는 것처럼 신 내린 소리를 해 대지 않는가.

'혹시……. 아기가 왕의 여자가 될 운명이란 말인가?'

만약 한갓 볼품없는 중생이 감당할 수 없는 운명이라면, 그건 천지신명의 잘못일 것이었다.

뱀이 만지고 덮치고 훑고 지나간 뒤에도 아기는 끝내 살아남았다. 비단같이 보드라운 뱀의 살갗, 팽팽한 늑골, 눈처럼 차갑고 흰 얼굴을 고스란히 받아들였다. 아기의 팔뚝 안쪽에 팥알 크기의 붉은 점이 찍혀 있었다.

아기는 잘 자랐다. 아기는 어느새 일곱 살이 되었다. 그때까지 아기에게는 이름이 없었다. 계집종의 비천한 딸에게 이름 따위를 붙여 줄 이는 없었다. 날짐승에게도, 길짐승에게도, 하다못해 풀에게도 이름이 있건만, 하물며 사람짐승에게 이름이 없을까 보냐. 어미는 아기를 무명無明이라 불러 주었다.

어미는 무명에게 풀숲에서 오줌을 눌 때면, 동서남북 사방에 침을 먼저 뱉으라고 일렀다. 사람의 침은 세상에서 가장 더럽고 무서운 독이라고 했다. 사람의 침은 뱀독보다 더 독해서 침 묻은 자리에는 지네도 전갈도 가까이 오지 않는다 했다.

뱀은 밤마다 그녀의 잠속을 스르륵 스르륵 헤집고 다녔다. 꿈에서 무명은 비단구렁이, 백사구렁이들과 함께 뒤엉켜 놀았다. 친구처럼 놀아 주는 뱀에게 침을 뱉을 수는 없었다. 무명은 어미에게 꿈 얘기도, 오줌 눌 때 침을 뱉지 않는다는 말도 끝내 하지 않았다.

어미는 무명을 데리고 다닐 때면 늘 등에 업었다. 뱀이 지나간 뒤로 무명은 다섯 살이 될 때까지 걷지 못했다. 어린 것은 뱀처럼 방을 기었다. 어린 무명의 가슴과 배와 허벅지가 매번 거친 바닥에 쓸려 성한 곳이 없었다. 굶주린 들개의 다리뼈처럼 앙상한 어미의 발목이 무명의 무게에 휘청거렸다.

절의 일주문 앞에 심어진 은목서와 금목서의 향내가 무명의 코를 휘감았다. 너무도 달큰해서 무명의 텅 빈 위장을 날카롭게 후비고 들어왔다. 아무런 무게도 없는 향기는 무명을 어지럽게 했다. 무명은 어미의 낡고 해진 옷에 코를 파묻었다. 아련한 풀냄새 비슷한 어미의 살내가 좋았다. 어미는 무명의 엉덩이를 두 손으로 추스르며 노래를 불렀다.

오리야 오리야

어린 비오리야

여울일랑 어디 두고

못沼에 자러 오느냐

못이 얼면 여울도 좋거니 여울도 좋거니

남산에 자리 보아

옥산을 베고 누워

금수산 이불 안에

사향 각시를 안고 누워

약 든 가슴을 맞추옵시다 맞추옵시다

무명은 어미의 가슴팍을 지나 등짝으로 자분자분 울려오는 노랫가락을 듣는 게 세상에서 가장 좋았다. 어미의 구성지면서도 탁하고 걸진 노랫가락을 타고 무명은 어린 비오리가 되어 상상 속 못을 건너 여울로 하염없이 흘러갔다. 사향 각시를 안고 누워 약 든 가슴을 맞춰 줄 서방은 어디로 간 걸까.

"엄마, 아부지는 누구?" 무명은 어미에게 물었다.

"아부지는 금어金魚." 어미가 대답했다.

"금어는 무엇?" 무명이 재차 물었다.

"금어가 금어지 무에야?" 어미가 대답했다.

"아부지는 어떻게 생겼지?" 무명이 물었다.

"달처럼 둥근 머리 꼭대기에는 혹처럼 뼈가 올라왔지. 눈썹과 눈썹 사이는 한 길 다섯 자 흰 털이 하나 있는데 바른쪽으로 말려 있지. 혓바닥을 내밀면 얼굴을 다 덮고 머리카락이 나는 곳까지 덮어 버렸지. 똑바로 서 있으면 팔이 무릎까지 닿고, 발가락과 손가락 사이에는 물오리처럼 물갈퀴가 있지. 발바닥은 땅에 딱 붙어 있어서 바늘도 못 뚫지. 피부는 비단처럼 얇고 밀전병처럼 부드럽고 빽빽해서 먼지 한 톨 묻을 수 없지. 목소리는 우레처럼 깊고 멀지. 온몸에는 금빛 광채가 뿜어져 나와 한 길 사방으로 비치지. 걸어 다니면 발바닥에 수레바퀴 무늬가 있지. 귀부인처럼 우아하고 왕처럼 강인하지." 어미는 달뜬 목소리로 아비의 형상을 마치 노래처럼 읊조렸다.

무명은 어미가 들려주는 아비의 형상은 도깨비 같기도 하고, 물오리 같기도 하고, 귀신 같기도 했다. 이래저래 아비의 모습은 어린 무명에겐 오리무중이었다.

"아부지는 어데?" 무명이 또 물었다.

"네 아부지는 동쪽으로 갔지." 어미가 대답했다.

"아부지 찾으러 동쪽으로 가자." 무명이 어미의 땀에 젖은 축축한 목덜미를 두 팔로 끌어안고 칭얼거렸다.

"아가야. 꽃잠을 자렴. 우리는 이곳에 살기 위해 온 게 아니야. 우리는 잠자기 위해, 꿈꾸기 위해 이곳에 왔단다. 그러니 잠을 자렴. 꿈을 꾸렴. 꿈꾸고 나면 아부지가 보일 거야." 어미는 무명의 작고 동그란 엉덩이를 달을 받치듯 두 손으로 추어올리며 다독였다.

흰 송골매가 해와 달을 움켜쥐고 날아와

공주는 입덧을 했다.

구토증이 일어 은 요강에 토할 때마다 쇄골에서 어깨뼈까지 싸르르 통증이 밀려왔다. 격렬한 입덧으로 열일곱 살의 몸이 가늘게 떨렸다.

좁고 오밀조밀한 내전에서 공주는 한동안 지냈다. 내전은 정전을 중심으로 하는 외전의 안쪽에 위치했다. 외전이 장엄하고 화려한 것에 비해 내전은 초라하게 느껴졌다. 궁녀들은 항상 커다란 가발을 쓰고 얼굴엔 짙은 화장을 하고 눈썹을 아예 밀어 버리고 가느다랗게 한 줄로 그었다. 치렁치렁하게 늘어뜨린 비단옷을 입고 머리와 허리에는 금박 장식을 했음에도 무표정인 궁녀들이 공주는 마뜩찮았다. 그녀에게서 등을 돌릴 때, 어떤 표정을 지을지 상상하면 오심이 일었다. 밀폐된 궁중에서 활기와 윤기를 잃은 채 가면 같은 얼굴들을 마주칠 때면 섬뜩하기조차 했다.

입덧이 시작된 공주는 그녀들의 진한 향수가 역겨웠다. 그들의 표정에서 아무것도 읽을 수 없다는 것도 답답하기만 했다. 몽골말을 알아듣지 못하는 궁녀들에게 포위될 때면 내전이 아니라 감옥에 갇힌 심정이었다. 그녀는 몽골에서 데려온 하녀들과만 대화를 했다. 고려의 말은 알고 싶지도 않았다. 할 수만 있다면, 고려인들에게 자신의 모국어만 쓰게 하고 싶었다. 하지만 살아남기 위해서 그들의 말을 알아들어야만 했다.

황제의 신망을 받은 뒤로, 그녀를 왕비로 취한 뒤로, 왕은 마치 자신이 얻은 권력이라도 되는 양 그녀에게 더 이상 가까이 오지 않았다. 그가 원하는 것은 그녀가 아니라 그녀의 배후, 그녀와 강력하게 연결된 끈에 대한 권력이었다. 그와 그녀의 관계는 실리적이고 현실적이고 형식적이었다. 그녀는 다 알고 있었음에도 가끔씩 소름이 끼쳤다. 그녀는 너무 멀리, 너무도 낯선 곳에 있었다.

그녀의 곁에는 왕 대신 주로 홀라대와 삼가와 차고대 세 남자가 가까이 있었다. 그들은 원에서부터 공주를 따라온 겁령구怯怜口들이었다. 공주가 자신의 그림자밖에는 다른 친구도 편도 없다고 느낄 때면 마치 그림자처럼 떨어지지 않고 붙어 있으면서 마음을 편안케 해주는 존재들이었다. 그들은 공주가 쌀가루를 빻어 바싹 말린 뒤에 기름으로 튀겨 꿀을 바른 유밀과만을 입덧하는 와중에도 먹는다는 것을 알고 준비해 둘 정도로 가까웠다.

"간밤에 꿈을 꾸었다. 흰 송골매가 해와 달을 움켜쥐고 날아와 내 손에 앉았어. 길조인 것 같긴 한데 무슨 뜻일까?" 공주가 목울대로 치미는 신물을 간신히 삼키며 물었다.

"현자가 이르기를, 해와 달을 움켜쥔 꿈은 제왕을 낳을 꿈이라고 했습니다. 공주님은 고려를 통치할 아들을 낳으실 것입니다." 푸른 눈의 금발을 한 홀라대가 공주에게 해몽을 아뢰었다.

홀라대는 위구르인이었다. 황제는 홀라대를 친히 납린 합라라고 불렀다. 칸의 물음에 응답하는 것이 그의 크고 오똑한 코처럼 날렵하고 민첩하며, 동작이 경쾌하다 하여 납린이라 이른 것이고, 그의 수염이 수사자의 갈기처럼 아름답기 때문에 합라라고 하였다. 칸은 그가 공주를 보필하는 데 합당한 인물이라고 해서 특별히 수행하도록 당부했다.

"공주님의 아들은 눈에는 불이 있고, 얼굴에는 빛이 있는 아이일 것입니다." 차고대가 말을 덧붙였다.

차고대는 말벌 같은 코와 길게 째진 눈, 승냥이 같은 목소리, 늑대의 심장을 가진 남자였다. 공주를 위해서는 목숨을 아끼지 않는 강직한 충성심을 가졌지만 공주를 해하려는 자는 아무런 거리낌 없이 죽일 수 있는 두려움 없는 야만성을 가진 사내이기도 했다. 공주는 '붉은 저승사자'라는 별명을 가진 그와 있으면 안심이 됐다.

"드디어 칸의 숭고한 피를 이어받을 천하의 귀한 왕자님이 태어나실 것입니다." 삼가가 마지막으로 아들의 잉태를 축하하는 말을 했다.

삼가는 고려 왕실과 원의 황실 사이를 잇는 접촉과 사교에 능한 인물이었다. 무슨 일이 일어나고 있는지 늘 주시하고, 정보를 수집해 반역과 음모의 태동을 예측하고, 향후의 추세를 간파했다. 그는 어디에나 촉수를 대고 있었고, 고려 조정에 모르는 사람이 없었다. 공주가 고립되지 않기 위해서는 그의 기민함과 기동성은 긴요했다.

'이제 나의 생애에, 칸과 함께 떠오르는 태양과 달과 별에 이르기까지, 온 세상에 내가 낳은 아들의 이름이 닿게 하리라. 왕이 될 아들의 온몸은 무쇠처럼 단단해져서 어떤 송곳으로도 찌를 틈이 없고, 쇠를 두들겨 만든 큰 바늘로도 찌를 틈이 없게 강하게 만들리라.'

그녀는 유밀과를 입안 가득 넣고 어금니로 씹어 삼켰다. 자신이 먹어야만 배 속의 아기도 살아남을 터였다. 자신의 남편에게는 허락되지 않았던 진짜 권력을 되찾아 아기에게 주기 위해서는 자신이 강해져야만 했다.

밀랍 모란꽃

왕은 공주를 위해 양루에서 연회를 베풀었다.

공주는 왕과 함께 비단과 금실과 은실로 수놓은 천이 바닥에 깔리고 장주목에까지 휘황찬란하게 늘어뜨린 누각 상단에 앉아 격구를 관람했다.

비단으로 감싼 공이 단청을 입힌 공채에 맞아 허공을 갈랐다. 서로 공을 빼앗으려 달려드는 선수들이 올라탄 말들이 일으키는 먼지가 양루까지 이르지는 못했다.

공주는 왕이 술을 퍼마시고 있는 꼬락서니를 내내 옆에서 지켜보느라 격구에는 거의 눈길도 두지 않았다. 그깟 공 하나를 뺏고 뺏기는 데 죽을 둥 살 둥 덤벼드는 사내들의 놀음이 공주에게는 같잖기 그지없었다. 진정한 승부를 가리는 게 아니라 그저 안장말과 의복의 화려함을 서로 과시하기에 힘쓴 모습을 보는 것도 구미에 맞지 않았다.

공주는 왕이 연회를 수시로 열어 대는 것이 단지 왕 스스로가 다스리는 나라의 정복자라는, 칸의 사위이기 때문에 자신도 세계의 정복자라는 착각에 탐닉한 것임을 알고 있었다.

공주가 연회를 너무 즐기는 것을 삼가라고 그에게 말을 건넨 적이 있었다. 그는 한 나라의 통치자란 때를 잘 골라서 백성에게 바삐 일을 시키기도 하지만 때론 축제나 왁자한 구경거리를 만들어 만사를 잊게도 해야 한다고 너스레를 떨었다.

그는 그것이 권력이라고 착각하는 듯했다. 공주의 눈에 축제나 연회에 환장하는 그의 행동은 제대로 된 권력이 아니라 스스로 권력을 발휘할 줄 모르는 무력함을 만방에 과시하는 것으로 비쳤다. 공주가 보기에 그는 국가를 통제할 수 있는 능력을 잃어 가고 있었다. 그는 허영심에 가득 찬 허랑하고 화려한 놀음에 휩쓸려 가고 있는 방탕아에 불과했다.

왕은 궁중 연회에서 늘 어김없이 만취했다. 공주는 술을 한 방울도 마시지 않았는데도 그 꼴을 보고 있노라면 술에 취한 것처럼 머리가 지끈거렸다. 음식들도 모두 입맛에 맞지 않았다. 공주는 두 끼나 거른 채 그만 훌쩍 하루가 지나가 버린 것처럼 헛헛하기만 했다.

얼큰하게 취기가 오르는지 왕은 느닷없이 벌떡 일어서더니 덩실거리며 춤을 추며 노래를 불렀다. 악공들이 연주하는 고려의 가요는 여전히 그녀의 귀에 설기만 했다. 왕은 광대처럼 부끄러움도 거리낌도 없이 어깨를 웨죽거리며 춤추며 노래했다. 몇 마디의 말만 겨우 알아들을 수 있을 뿐인 고려의 언어도, 오로지 남녀의 사랑만 읊어대는 난잡한 고려 가요도 그녀의 귀를 피곤하게 할 뿐이었다.

술에 취한 재신들과 추신들은 왕의 비위를 맞추느라 모두 손을 추켜들고 춤을 추며 법석을 떨어 댔다.

'아버지 칸은 말술에도 끄덕하지 않고 과묵하면서도 남자다운 위엄을 보였건만.'

공주는 지난번 개경 밖 회심사에 출행했을 때 지팡이로 두들겨 팼던 것처럼 이번에도 왕을 흠씬 때려 주고 싶었다.

'제발……'

그녀는 마음속으로 왕의 옷자락을 부여잡으며 울부짖었다. 그와 함께 있으면서도 늘 멀리 떨어져 있는 듯한 극단적인 감정을 감당하기 힘들었다. 아비인 칸이 다스리는 속국의 조무래기 왕의 여자가 된다는 것은 그녀에게 양가적인 감정을 불러일으켰다. 한 나라의 왕인 남자의 아낌없는 사랑을 받고 싶은 욕망과 자신의 발밑에 깔아뭉개고 싶은 욕망이 뒤엉켜 수시로 마음이 찢어졌다.

그녀의 마음처럼 하늘이 갑자기 찢어졌다. 비단 공이 포물선을 이루며 떨어지는 허공에서 새의 알 같은 것이 툭툭 내렸다. 난데없는 우박이었다. 우박에 맞은 작은 새들이 비명도 지르지 못한 채 추락했다. 연회장에 졸속으로 만든 정원의 모란꽃이 다 떨어지고 말았다.

왕이 떼꾼한 눈으로 공주를 쳐다보았다. 우박도, 떨어져 버린 모란꽃도 느닷없다는 눈빛이었다.

공주는 두 눈을 부릅떴다.

왕의 얼굴이 하얗게 질렸다.

공주는 공포에 질린 왕의 눈을 맞바라보았다. 그녀는 그에게서 위엄을 보고 싶었다. 그의 위엄은 곧 그녀의 위엄이기 때문이었다. 그는 그녀의 지아비이며 동시에 한 나라의 왕이기도 했다. 겁에 질려

절절매는 왕은 그녀가 외면하고 싶은 대상이었다. 그는 그녀보다 더 나은 존재이거나, 적어도 대등한 존재여야만 했다.

그의 위엄을 사랑해야 하기 때문에 그를 무시할 수밖에 없는 갈등을 견딜 수 없을 때가 많았다. 실제의 그보다 더 나은 그를 갈망하는 간극에 미칠 것 같은 사람은 정작 그녀였다. 때때로 증오와 경멸을 보내면서 그녀가 느끼는 수치심이야말로 그를 진정 사랑하는 유일한 증거로 여겨지기조차 했다.

"뭣들 하느냐. 당장 꽃을 피워 내도록 하라. 꽃을 만들라. 지금 당장!"

왕의 성마른 목소리가 우박처럼 쏟아져 내렸다. 왕의 공포는 즉각 제신들과 환관과 궁녀들에게로 전달되었다. 왕은 그들에게 공주를 위해 모란꽃을 정원에 피워 내라고 명령했다.

'무슨 수로 우박에 맞아 뚝뚝 떨어진 모란꽃을 다시 피워 낸단 말인가.' 공주는 검은 비단처럼 어두워진 정원을 말없이 바라보고 있었다.

궁녀들은 채색한 밀랍으로 만든 모란꽃을 가지에 매달았다. 어둠 속에서 빛나는 가짜 모란꽃은 낯설고 불길했다.

"꽃 위에 새와 나비를 올리라. 당장!" 왕이 다급하게 소리를 질렀다.

궁녀와 환관들이 얇은 금박으로 새를 오려 밀랍 모란꽃에 올렸다.

공주는 가짜 모란꽃의 붉은 빛과 가짜 새의 황금빛을, 누각에 앉아 꼼짝도 하지 않은 채 지켜보았다. 가짜들이 위악적으로 빛났다.

공주는 소맷자락에서 묵주를 꺼내 손가락으로 돌리기 시작했다.

마음을 진정시키기 위해서 공주는 묵주와 묵주 사이의 매듭들을 손톱으로 밀어냈다.

공주는 왕에게로 향한 분노와 발작적인 슬픔 사이로 어떤 끔찍한 시간들이 머나먼 조국의 광막한 고비 사막의 전갈처럼 날카롭고 재빠르게 흘러가는 것을 느꼈다.

해산

공주는 그토록 바라던 아들을 낳았다.

해산을 하면서 그녀는 수천 개의 흰 돌이 몸에서 부서지는 걸 느꼈다. 참아 냈다. 깊고 뜨거운 물이 하늘로 솟구치는 걸 느꼈다. 이겨 냈다.

그녀는 원에서 보내온 은제 요람에 진주를 미세하게 갈아 넣은 담요를 깔고 아기를 눕혔다. 담비 가죽 배내옷을 입은 아기는 얼굴이 희고 빛났다. 공주를 닮아 광대뼈가 산맥처럼 솟았고, 눈은 사막의 강한 이리처럼 찢어졌다.

공주는 아이가 자라면 담비 가죽 모자를 씌워 주고, 암사슴의 종아리 가죽으로 만든 구두를 신기고, 털을 말끔히 밀어내고 제대로 무두질한 수달피 가죽으로 만든 옷을 입힐 요량이었다. 그 생각만으로도 그녀는 가슴이 뿌듯했다. 어떤 습기에도 어떤 추위에도 젖지 않을 삶을 살게 해 줄 것이었다. 그녀가 죽는 날까지 권력의 전쟁터에서 아들의 방패가 되어 주고, 적들의 위협으로부터 막아 줄 성벽이 되어 줄 것이었다.

제일 먼저, 왕의 주변부터 제거해야만 했다. 왕과 첫 번째 부인 사이에 낳은 아들 하나와 딸 둘은 여전히 공주에겐 눈엣가시였다. 핏줄은 위험하고 불온한 존재들이었다.

왕은 공주가 압력을 넣지 않았음에도 개경에 입성하자마자 첫 번째 부인을 궁주宮主에 책봉하고 별궁으로 내쫓아 버렸다. 후미지고 그늘진 별궁에 첫 번째 부인이 갇히다시피 있음에도 불구하고 공주는 같은 궁궐 안에 있다는 게 영 마뜩찮았다. 존재 자체를 없애 버리고 싶었지만 처음부터 너무 잔인한 모습을 보이고 싶지는 않았다. 원한을 품게 해서 적으로 만드느니 차라리 가까이에 두고 은밀한 방식으로 사라지게 하고 싶었다.

늙고 시어 빠지고 힘없는 첫 부인보다 더 큰 문제는 큰아들인 강양공이었다. 백성들은 여전히 강양공을 고려왕의 원자로 여기고 있을 터였다. 비록 자신이 낳은 아들이 있음에도 불구하고 자칫 잘못하면 강양공이 태자로 책봉되어 왕위를 계승할 수도 있었다. 강양공이 자신의 아들과 왕위 계승 다툼을 할 조건 자체를 말살시켜야 했다. 그런 빌미를 아예 없애야 했다.

하늘의 태양은 하나뿐이어야만 했다. 바늘 하나 떨어지는 소리도 놓쳐서는 안 됐다. 공주는 왕을 수시로 채근했다. 자신의 손에 피를 묻히지 않고 제거해야 했기 때문이다. 사실은 공주가 아니라 왕이 해야만 할 숙청이었다.

그녀는 산후 조리를 하는 와중에도 세자가 태어난 지 한 달 만에 원제국에 사람을 급히 보냈다. 왕에게 특명을 내릴 조서가 필요했기 때문이었다. 원 제국에서 사신 두 명이 조서를 들고 득달같이 달려왔다.

왕은 편전에서 조서를 직접 읽었다.

"그대 나라의 여러 왕씨가 동성에 장가드니 이것이 무슨 이치인 가. 이미 우리와 더불어 일가가 되었으니 자연 서로 통혼하여야 할 것이다. 그렇지 않다면 어찌 일가의 의리가 될 것인가. 다루가치가 와서 그대 나라의 일을 말한 것이 한두 가지가 아니었지만 모두 들어 주지 않았으니 그대는 그런 줄 알라."

조서는 고려의 왕이 동성과 결혼한 것은 윤리에 어긋나는 것이며, 왕이 이미 원 제국의 공주에게 장가들었으니 의리를 지키라는 것을 노골적으로 명시했다. 윤리에 어긋나는 짓을 한 동성의 왕씨 부인은 내치라는 것, 공주에게 장가들어 낳은 아들이 세자가 되어 왕위를 이 어받을 수 있도록 의리를 지키라는 것은 두말하면 잔소리라는 뜻이 었다.

왕은 즉각 명을 내렸다. 강양공은 왕의 명으로 절에 보내졌다.

다시는 돌아올 길이 없도록 공주는 왕을 부추겨 강양공이 스스로 머리를 깎고 중이 되도록 했다. 그건 살아서 지옥을 맛보는 일이 될 터였다.

그녀가 바라는 것에 대적할 수 있는 존재는 없어야 했다. 만약 대 적한다면 그녀는 그들에게 치명타를 날리고 전멸시킬 것이었다. 적 이 진격해 오면 후퇴하고, 적이 야영하면 습격하고, 적이 지치면 공 격하고, 적이 후퇴하면 끝까지 추격해서 끝장내는 것은 그녀가 아비 인 황제에게서, 제국의 군사들에게서 배운 것이었다.

첫 번째 부인이 공주의 득남을 축하하는 잔치를 베푼다는 소식을 궁인을 통해 전해 들었다. 궁인의 몽골어는 서툴고 답답했다. 공주는 궁인이 전하는 말들이 자신을 엉뚱한 곳으로 유인하는 것처럼 느껴지곤 했다. 궁중의 모든 사람들은 자신 앞에서 어떤 표정도 짓지 않았다. 언제나 그녀를 추켜세우는 말을 했지만 진심이 느껴지지 않았다. 부드러운 미소와 읽기 힘든 표정으로 의중을 감추는 그들과 상대하다 보면 진이 빠지는 기분이 들곤 했다. 그녀는 사납지만 용기 있고 잔인해도 정직한 조국의 사람들이 그립고도 그리웠다.

그녀는 황제가 사신을 통해 보내 준 진주 옷 두 벌 가운데 더 화려한 것을 걸쳤다. 애틋하고 자상한 부성애에 그녀는 진주 옷을 한참이나 들여다보았다. 울컥, 그리움이 심장에서 물결치듯 뜨겁고 아릿하게 퍼져 갔다.

그녀는 황제의 딸답게, 진정한 원자의 어미답게, 한 나라의 왕비답게, 보란 듯이 아름답고 우아한 모습을 만천하에 과시하고자 했다. 밋밋했던 가슴은 아이를 낳은 뒤로 제법 풍만해져 있었다. 젖을 한 달만 먹이고 유모에게 맡긴 탓에 유두는 깨끗하고 젖은 맞춤하게 봉긋했다. 익을수록 더욱 단단해지는 사과처럼 살은 탄력을 되찾았다. 해산한 뒤로 관능이 만개한 몸은 부드럽고 촉촉했다.

하지만 절제할 필요가 없는 왕과의 잠자리에서 그녀는 기갈이 들린 암말처럼 뭔가가 부족한 기분에 휩싸이곤 했다. 그것은 어떤 뜨거운 정념, 확실히 강하고 센 감정 같은 것이었다. 아무리 잡으려 해도 닿지 않은 열락에 그녀는 몸부림을 쳤다.

몽골 대평원에 안개처럼 피어나는 하얀 꽃처럼 강하고 사랑스럽다며 불러 주었던 차강체첵이라는 별명은 그녀가 고려에 들어온 이후로 왕은 단 한 번도 불러 주지 않았다.

공주는 원 제국에 특별히 부탁해서 기력이 쇠해지는 왕을 위해 거머리와 자칼의 담즙과 당나귀 젖을 공수해 왔다. 왕은 정력을 되찾은 것 같았지만 여전히 침실에선 잔뜩 겁을 집어먹고 사냥꾼의 올무에서 허둥지둥 도망치는 땅굴토끼처럼 굴었다.

차고대가 몽골족 남자들은 성감을 더욱 자극하기 위해 염소의 눈꺼풀을 사용한다며 공주에게 은밀히 전해 주었다. 차고대는 남자의 거기에 붙이면 염소의 빳빳한 속눈썹이 여자를 미치게 만든다는 말을 마치 치밀한 군사 작전술을 알려주듯이 진지하게 했다. 그녀는 차마 왕에게 염소의 속눈썹까지 거기에다 붙이라는 말을 하지 못했다. 그건 자존심이 허락하지 않았다. 무엇보다 자신의 정욕을 위해서 다 늙은 왕의 물건에 붙이는 짓은 하고 싶지 않았다.

침전寢殿에서 이루어지는 남녀 간의 베갯머리송사까지 일일이 원 황실에 알릴 수는 없는 노릇이었다. 남녀의 접합은 조서로 해결될 일도 아니었다. 수많은 후궁과 잠자리를 해 왔던 왕은 능수능란하게 어린 공주를 이끄는 것 같았지만, 끝내 본질적인 무언가는 주지 않았다. 그녀는 왕과의 잠자리가 끝나면 잘 차려진 제삿밥을 먹은 귀신처럼 헛헛하기만 했다.

어찌하여 저를 눈 흰자위로만 쳐다보십니까?

공주가 화려하게 치장을 하고 하례 장소로 나가기 직전에, 공주의 측근인 식독아가 달려왔다.

"마마, 동편 사랑에 자리를 마련하였다 하옵니다. 마마를 그곳에 앉히고자 함은 정화궁주와 마마를 동등하게 취급하고자 함이 아니겠사옵니까." 식독아가 분노에 찬 목소리로 공주에게 일렀다. 그것은 단순한 자리의 문제를 일컫는 게 아니라는 뜻이었다.

공주는 눈 아래가 급격하게 차오르며 팽창하는 느낌이 들었다. 머리가 하얘지고 있었다.

"왕이 그리 하라 일렀느냐? 정녕 그러하냐?" 그녀의 목소리가 송곳처럼 목구멍을 빠져나왔다. 왕이 시키지 않으면 한갓 궁주 주제에 자리를 동쪽에 있는 방에 펼 수는 없는 일이었다. 그들의 은밀하고 조용한 책략이 자신을 하대하고 조롱하고 있는 것 같아 참을 수 없이 화가 났다.

"왕께서 궁주의 처사를 보고 정침이 좋겠다고 다시 일렀다고 하옵니다." 삼가는 떨떠름한 표정으로 말했다.

"지금 당장 나의 자리를 서편 사랑으로 옮기라 일러라. 지금 당장!" 공주는 소리를 질렀다.

공주가 격노했다는 소식이 화살처럼 궁궐에 급속도로 번졌다. 얼이 나간 궁녀는 공주에게 알리지도 않고 침전으로 달려가서 공주가 앉을 평상을 다시 설치했다. 궁녀의 미친 짓을 알게 된 식독아가 은밀히 끌고 나가 철퇴로 내리쳤다. 공주의 생남을 축하하는 자리이기에 죽이지는 않고 피떡이 된 궁녀를 궁 밖으로 몰래 버렸다.

혼비백산이 된 왕은 궁녀와 환관들을 시켜 급히 서청으로 평상을 옮겨 공주의 자리를 마련했다. 서청에는 원래 이전부터 높은 평상이 있어서 공주가 앉으면 우위에 있을 수 있었다.

공주는 잔치를 즐길 마음이 싹 달아나 있었다. 하지만 아들의 탄생을 축하하는 자리를 망치고 싶지는 않았다. 아울러 궁주의 위치와 처신을 제대로 확인시켜 주리라 마음먹었다.

자신의 아들을 태자의 자리에서 내치고 끝내는 돌아올 길마저 끊어 버리게 중으로 만들어 버린 공주를 향해 중년의 궁주는 무릎을 꿇고 축하주가 든 술잔을 올렸다. 궁주의 손이 파들파들 떨렸다. 공주는 궁주의 처지가 어떤 것인지 제대로 맛보게 해 주고 싶었다. 공주는 아무런 일도 없었다는 듯이 너그러운 미소를 애써 가장하며 잔을 받았다.

잔을 받으면서 그녀는 왕을 향해 고개를 돌렸다.

바로 그 순간, 그녀는 보았다. 자신의 옛 아내이자 자식들을 낳아 주었던 옛 왕비이며 자신의 핏줄이기도 한 여인을 애처롭고 안쓰럽게 쳐다보는 왕의 눈빛을! 그의 눈길은 공주를 향하지 않고, 오롯이 저 여인을 향해 있었다.

'왕은 자신을 보고 있지 않다!'

공주는 잔을 바닥에 내팽개치며 왕을 향해 소리를 질렀다.

"어찌하여 저를 눈 흰자위로만 쳐다보십니까? 어찌하여 저를 흘겨보십니까? 왜 저를 눈에 빠진 속눈썹처럼 깔끄럽게 바라보십니까? 어찌하여 저를 입안에 든 가시처럼 따갑게 여기십니까? 저 여인이 내 앞에서 무릎을 꿇고 술잔을 올리는 게 안쓰러워 그러십니까? 진정 그러하십니까?" 그녀의 새된 소리들이 연회장에 날벼락처럼 쏟아졌다. 공주는 자신의 혈관 속에서 전투가 벌어지듯이 피가 툭툭 터지는 것 같았다. 그녀는 왕의 비겁함과 자신에 대한 푸대접 때문에 온몸이 타오르는 것처럼 아팠다.

왕은 기에 질려 아무런 소리도 하지 못했다.

아니라고 부정하면 거짓을 말한다 할 터였고, 그렇다고 하면 궁주를 여전히 마음에 두고 사랑한다고 야단이 날 터였다.

공주는 왕의 아들을 낳았음에도 왜 그토록 쓸쓸했는지 그 자리에서 다 이해가 되는 기분이었다. 그저 정략결혼의 대상으로만 자신이 전락했다는 걸 죽어도 인정하고 싶지 않았던 것들이 현실로 드러난 기분은 미칠 것만 같았다. 그녀는 손에 잡히지 않는 진정한 사랑의 결핍 때문에, 누군가를 완전하게 소유할 수 없는 슬픔과 절망감 때문에 울음이 쏟아질 것 같았다. 눈이 아파 오고 머리가 터질 것만 같았다. 사람들이 왜 사랑하는 사람을 해치고, 자신의 연인을 죽이고, 죽은 연인마저 끝내 누구에게도 줄 수 없는지를 이해할 수 있을 것 같았다.

왕은 자신의 남자가 아니었다는 확실한 깨달음이 몰려왔다. 단지 자리 때문에, 한갓 저 늙은 여자 때문에, 별궁에 버려진 여자 때문에 울고 있다는 걸, 보여 주고 싶지 않았다.

"당장 이 자리를 걷어치우십시오! 저는 한시도 이 자리에 있을 수 없습니다. 어서 잔치를 파하십시오!" 그녀는 왕과 겁령구들 외에는 알아들을 수 없는 몽골어로 소리를 질렀다. 자신의 목소리가 아무에게도 들리지 않을 이방의 외국어처럼 낯설게 들렸다.

평상에서 내려오는데 무릎이 후들거렸다. 사지가 마비된 느낌이었다.

술을 바쳤던 늙은 여인은 아무 말 없이 석상처럼 무릎을 꿇은 채로 있었다.

고개를 숙이고 있는 여인의 좁장한 어깨에 얹힌 치욕을 고스란히 감내하고 있는 모습은 야단법석을 떨어 대는 자신과 비교될 게 뻔했다. 그녀는 이런 상황에서도 거짓 순종과 얌전하고 고상한 척 품위를 지키고 있는 여인의 태도가 더 견딜 수 없었다. 공주의 눈에는 왕비로 오랫동안 궁중을 지켰던 여인이 비련한 처지로 떨어진 것을 만방에 보란 듯이 과시하는 걸로 비쳤다. 자신의 의도와 상관없이 잔인무도한 패악을 서슴없이 저지르는 사태를 만든 왕에 대한 분노와 섭섭함으로 눈물이 쏟아질 것 같았다.

자신을 무시하는 것은 제국의 황제를 욕보이는 것과 같은 것이었다. 이 일은 그냥 좌시할 수 없는 중차대한 문제였다. 황제가 마땅히 알아야만 할 일이었고, 자신을 무시한 저 여인네와 남편이었던 저 남자는 응분의 대가를 치러야 할 터였다.

그녀는 식독아를 불렀다.

"그대는 친히 조서로써 황제를 알현하도록 하라. 그리고 이 일을 황제에게 낱낱이 고하라. 저 비천한 계집이 나를 어찌 대접했는지 고하도록 하라." 그녀는 식독아에게 명했다.

"마마의 심기를 불편하게 한 이 사건은 중죄로 다스려야 마땅할 줄 아옵니다. 하오나, 옛말에 군주는 화 때문에 군대를 출정시키는 일이 없어야 하고, 분노 때문에 전쟁을 일으키는 일이 없어야 한다고 하였습니다. 하오니, 마마, 노여움을 잠시 접으소서. 이 일은 자칫하면 마마와 전하 사이의 부부간 시새우는 말로 전해질까 저어되옵니다. 어찌 이 일을 칸께 시시콜콜하게 다 아뢰오리까? 마마께서 한량없는 자비와 은혜를 베푸신다면, 장차 후회가 없을 것으로 사료되옵니다." 식독아가 몽골어로 재빠르게 말했다.

그의 말은 옳았다. 그는 왕이 옆에 엄연히 있음에도 그녀를 군주라 칭했다. 그녀는 장차 왕이 될 아들의 모후였고, 현재 고려왕의 실질적인 아내였으며, 무엇보다 황제의 딸이었다. 통제력을 뚫고 나오려는 사나운 감정을 다스려야만 했다. 감정을 폭발하는 것은 권력을 보여주는 것이 아니라 무력하다는 표시로 비칠 것이었다.

그녀는 다시 위엄을 갖추어야만 했다. 그녀는 펄떡거리는 맥박을 억누르기 위해 이를 악물었다. 아들이 너무도 사무치게 보고 싶었다. 갓난아기를 품에 안으면 숨이 쉬어질 것 같았다. 말랑말랑한 아기의 뺨에 얼굴을 묻고 울고 싶었다.

그녀는 가마를 대령하라 일렀다. 시녀는 가마를 대령하기 위해 부산스럽게 움직였다.

왕은 옆에 놓인 은호리병을 손에 들고 벌떡 일어섰다. 뛰어가던 시녀를 향해 냅다 은호리병을 던졌다. 등짝에 은호리병을 맞은 시녀는 얼어붙은 듯이 서 있었다. 통증 때문인지 더 다가올 호된 매질에 대한 두려움인지 시녀는 비틀거리면서도 서둘러 물러갔다.

공주는 왕이 은호리병을 던지고 싶은 사람은 몸종이 아니라 그녀 자신이라고 느꼈다. 마음을 세게 맞아 멍이 든 것처럼 아팠다. 살아오면서 단 한 번도 맞은 적 없는 채찍 같은 치욕이었다. 그녀는 뒤도 돌아보지 않고 연회장을 빠져나갔다.

왕이로소이다

"전하, 어찌하여 사냥을 나가시는데 광대까지 부르십니까?" 굶주린 승냥이 같은 차고대가 비아냥 섞인 웃음을 지으며 물었다. 사람을 마치 짐승처럼 취급하며 웃는 얼굴로 때려죽이던 그 야만성도 고려에 와서는 내보일 일이 거의 없어 조금씩 수그러들었으나, 피를 볼 일이 생기면 어김없이 인간 백정과 같은 모습을 드러내곤 했다.

"내 큰아이가 부처님의 품으로 귀의하였소. 내 어찌 칼을 들 수 있겠는가. 활을 들 것인가. 시절을 보내려 사냥을 나가는 것이니 너무 괘념치 마시게나." 그는 애써 담담하게 말했다.

"전하, 어찌하여 사냥에 악기를 들고 나가십니까?" 몽골 군사의 칼처럼 날렵하게 생긴 훌라대가 비천한 악사를 대하듯 물었다.

"공자께서는 음악을 일러 아름다움의 극치이고, 선의 극치라고 하였소이다. 또한 음악을 듣고 석 달 동안 고기 맛을 알지 못했다고도 하였소. 원 제국의 황제께서 그토록 추앙해 마지않는 공자가 사랑한 것이 바로 음악이었소이다. 내 그분의 높으신 뜻을 받들어 나라를 다스리는 데 음악을 써 볼까 하여 궁 밖으로 나갈 때마다 직접 챙기는 것이니 여기에는 더 이상 토를 달지 마시오." 그는 홀라대의 푸른 눈을 똑바로 쳐다보며 말했다. 푸른 눈은 재수 없는 고양이의 눈알처럼 그의 심기를 불편하게 했다.

"전하, 어찌하여 동쪽으로만 사냥을 떠나십니까?" 고비 사막의 전갈처럼 기민하고 독이 오른 표정을 늘 짓곤 하는 삼가가 따지듯이 물었다.

"서쪽도 내 나라 땅이고, 동쪽도 내 나라 땅이외다. 동서남북이 다 나의 땅이니, 어떤 곳을 향하든 그대가 괘념할 일이 아니외다." 그는 말을 마치자마자 등을 돌렸다. 더 이상 어떤 말도 듣고 싶지 않다는 뜻을 보이려고 뒷짐을 지고 성큼 걸어 나갔다.

"사냥감을 풀어라!" 그가 소리쳤다.

몰이꾼들이 징을 치며 사냥감을 숲 바깥으로 내몰았다. 사냥감을 뜻하는 글자가 적힌 천을 가슴에 묶은 광대들은 저마다 맡은 짐승의 흉내를 내며 사방으로 달려 나갔다. 저들은 왕의 사냥 놀이가 이루어지고 있음을 증명하고 있었다. 바깥에서 무슨 변고가 생긴다면 안으로 달려와 소식을 전할 것이었다.

그 모습을 오래 지켜보던 그가 말에서 내려 조용히 숲 속으로 걸음을 옮겼다. 사냥 놀이에 참가한 신하들과 악공들이 분주히 걸음을 옮겨 뒤따라왔다.

고즈넉한 숲 속으로 깊이 들어갈수록 새와 벌레들조차 노래하던 것을 멈춘 듯 고요했다. 바위를 넘어 계곡을 건너고, 이름 모를 덩굴을 붙잡고 한때 산성이었던 야트막한 돌담을 오르니 나무의 밑동 두 개만 덩그러니 남아 있는 한적한 공터가 나왔다.

행여나 들킬까 두려워 수행원조차 대동하지 않았고, 행여나 누군가 알아볼까 두려워 남장까지 한 그의 첫 번째 아내가 그를 바라보며 합장을 했다. 발 디딜 곳 없는 절벽에 가까스로 수백 년 동안 버티고 서서 비바람을 맞은 석불처럼 곧 삭아 없어질 듯, 얼굴에는 생기가 없었다. 그녀가 그를 보고 슬픈 미소를 지었다. 왕비였던 그녀는 이제 아들을 잃은 불행한 어미일 뿐이었다. 한때 그의 정인이자 아내이자 핏줄이었던 그녀는 바람 앞의 촛불처럼 위태로운 목숨이었다. 그녀를 보자 격렬한 통증이 심장으로 몰려왔다.

그와 아내를 닮았던 큰아들은 중이 되었다. 민감하고 사색적인 큰아들은 시를 사랑하고 그림을 잘 그렸다. 좋은 부모를 만났으면 불화를 그리는 화공이 되었을 터였다. 따뜻하고 심성이 고운 아이였으니 운명의 비극을 성찰한다면 중생을 구원하는 큰 승려가 될 수 있으리라. 부디 살아남기만을 바랄 뿐이었다.

"음악을 연주하라." 그는 연민의 감정을 추스르기 위해 소리를 질렀다.

자리를 잡은 악공들이 악기를 연주하기 시작하자, 누가 먼저랄 것도 없이 바닥에 엎드렸다. 그들은 울었다.

"무얼 하느냐! 더욱 크게 연주하라!" 그가 명령했다.

"의심하지 말지어다. 우리는 그저 음악을 듣고 노래할 뿐이지 않는가." 그의 목소리가 숲 속에서만 맴돌았다.

무명의 어미

사하촌 사람들은 사내를 일러 불화사佛畵師라고도 하고 불화공佛畵工이라고도 하고 금어라고도 했다. 절의 계집종이었던 무명의 어미가 금어를 만난 것은 엄청난 불사가 진행되던 때였다. 그의 진짜 이름은 아무도 몰랐다. 하물며 절의 계집종 따위가 알 수는 없는 이름일 터였다.

금어.

계집종은 그의 이름을 금어라고 여기기로 했다.

아무리 천해도 이름은 있었다. 마당쇠, 정월이, 갑돌이, 불드리, 강아지, 도미. 계집종처럼 허드렛일을 하는 절집의 천한 것들의 이름들이었다. 계집종의 이름은 부엌손이었다. 절집 스님들도 절에 드나드는 마님들도 그녀의 이름을 불러 주지 않았지만.

금어가 그리는 것은 수월관음도라고 했다. 중생의 고난과 고통을 안쓰럽게 여긴 관음보살이 자비롭게 안락의 세계로 이끌어 주는 모습을 표현할 것이라고들 했다.

'자신 같은 비천한 것들에게도 자비를 베풀어 주실 여유가 있을까.' 부엌손은 애저녁에 마음을 접었다.

관음보살이 계신 곳은 연옥보다 멀고도 먼 저 남쪽 나라의 어떤 산이라고 했다. 그곳은 온갖 보배와 꽃과 과일이 넘쳐난다고 했다. 그녀는 늘 이곳에서 배가 고팠다.

절에 시주하고 불공드리러 온 마나님들은 관음도란 워낙 대작이라 붓을 손에 쥐고 태어나 수저질 대신에 붓질을 먼저 배운 궁중화원들이나 혹은 불심이 대단한 스님 정도가 되어야 그릴 수 있는 그림이라며 아는 척들을 했다.

마흔 살이 다 되도록 후사를 보지 못한 고을의 어떤 마나님은 왕실의 발원을 위해 내반종사內班從事라는 직책을 가진 궁중화원들 수명이 용맹 정진하며 그려야 하는 작품이라고 아는 척을 했다. 허나 어인 일로 이번 수월관음도 후불탱화는 단 한 명의 화원만 왔는지에 대해서는 어떤 마나님도 설명하지 못했다.

어쩌면 왕실의 후궁이 왕의 씨를 받기 위해 부처님께 발원코자 솜씨 좋은 궁중화원 한 명을 빼돌려 그림을 그리게 했을 것이라고 어떤 마나님이 참견을 놓았다. 마을 산 어귀의 늙은 석불의 코를 뻔질나게 갈아 마셔서 결국 아이를 밴 마나님의 말씀인지라 거기엔 아무도 토를 달지 않았다.

부엌손은 불화사에게 공양밥을 지어 바치는 일을 했다. 그녀는 그림을 그리는 인간을 태어나서 처음 봤다. 목탁 두드리고 염주 굴리고 불경을 외는 중들만이 절의 허드렛일을 하는 그녀가 알고 있는 전부였다.

'문외불출門外不出'

금어가 그리고 있는 공간 앞에는 빗장이 걸려 있었다. 빗장에 못
질된 작은 나무 팻말에 쓰여 있는 글자를 부엌손은 까막눈이어서 헤
아리지 못했다.

밥을 갖다 바치면서 그녀는 그의 얼굴을 흘낏흘낏 몰래몰래 봤다.
봐서는 안 될 얼굴이었다. 붓을 든 금어를 보자 어인 일인지 가슴이
쿵쾅거렸다.

그녀가 공양을 갖다 바치면 그는 바로 붓을 놓았다. 얼음처럼 차
가운 얼굴과 달리 그는 발우를 공손하게 받들었다. 밥을 귀하게 여겼
다. 발우에 든 밥알을 천천히 공들여 씹는 모습에 그녀는 넋이 나간
듯 머리가 텅 비어 버렸다. 그녀는 가슴에서 타닥타닥 타오르는 연정
을 아궁이 앞에 쭈그리고 앉아 불태웠다.

부엌손은 금어가 수행승과 다름없이 무시무시하게 혹독한 수행
절차를 거치는 걸 지켜봤다. 그는 왼팔에 삼베 심지로 살갗을 태우는
연비燃臂를 하면서도 낯 하나 찡그리지 않았다. 발우에 담긴 밥을 먹
을 때도 깔끔하기 이를 데 없었던 것처럼 고통에도 군더더기가 없었
다. 금어는 똥오줌을 누고 난 뒤에는 어김없이 향 담근 물로 몸을 씻
었다.

금어는 그림을 그리러 방을 나설 때면 깨끗이 푸새한 옷으로 갈아
입었다. 그의 앞에는 푸른 옷을 입은 동자 둘이 붓을 받들고 기다렸
다. 그가 지나가는 길마다 동자들이 온갖 꽃을 뿌리고 향로를 받들고
범패를 불렀다. 동자들의 범패 소리는 맑았으나 약하지 않고, 웅장하
면서도 너무 사납게 내달리지 않으며, 흐르되 넘쳐나지 않게 절 안을

채웠다. 금어는 향기로운 연꽃을 손에 받들고 염불하면서 그림 그리는 원당으로 들어가곤 했다.

어느 날, 아무도 출입하지 못하는 원당에 가마를 탄 귀부인이 찾아왔다. 가마 앞뒤에는 긴 칼을 차고 있는 사내들이 근엄한 표정으로 호위를 하고 있었다.

고을의 마나님들과는 격이 다른 것처럼 보이는 부인의 눈이 무척이나 슬펐다. 금어는 부인 앞에서 무릎을 꿇고 고개를 숙인 채 오래토록 말이 없었다.

"강양공, 강양공……." 부인은 하염없이 울고만 있었다.

부엌손은 몰래 그 모습을 바라보았다.

"어마 마마, 저는 부처에게 귀의했습니다. 저는 불가의 법에 귀의했습니다. 저는 승가에 귀의했습니다." 금어가 부인에게 말을 했다.

부엌손은 금어의 말이 뜻하는 바를 곧바로 이해하지 못했다. 그가 어마 마마라는 말을 뱉는 것을 알아듣지 못했다.

부인은 밤이 이슥해져서야 떠났다. 가마가 보이지 않을 때까지 그가 원당에 우두커니 서서 지켜보았다.

그날 이후로 금어는 삼보에 귀의하는 의식을 더 장중하게 올렸다. 불보살과 화엄경에 예를 갖춘 연후에야 원당으로 들어가 뒤를 닫고 앞의 화면과 대결했다. 절 한구석에 마련한 원당은 그의 수행처였고, 그림 그리는 행위는 그의 지극을 다한 정진이자 공덕이었다.

'원당의 어두운 그늘에 갇혀 수도 없이 붓질을 한 까닭에 그의 얼굴이 파리한 게지.' 먼발치에서 그를 바라보며 그녀는 가슴이 미어지곤 했다.

그의 몸피는 갈잎처럼 수척하고 담박했지만 그림을 그리는 재주는 비상하고도 화려했다. 금어가 후불탱화를 그리는 모습은 철저히 비밀에 붙여졌다. 바깥사람들은 소문으로만 들었을 뿐, 금어가 그리는 관음보살의 옷자락 한 올도 구경할 수 없었다. 오직 삼시 세끼 공양을 바치는 부엌손이나 자질구레한 뒷수발을 담당하는 절의 노비들만이 염탐질하듯 볼 수 있을 뿐이었다.

부엌손은 틈만 나면 몰래몰래 훔쳐보았다. 보름달보다 더 둥글고 꽉 찬 얼굴과 부드러우면서 매끈한 어깨와 팔과 손가락들이 그의 붓질에 옅은 금색으로 찬란함을 입고 있었다. 구름문과 봉황이 새겨진 옷은 관음보살의 몸이 다 비칠 정도로 투명했다. 가린 것 같으면서도 살짝살짝 드러냈고, 드러낸 것 같지만 살의 노골성은 감춘 옷이었다. 있으되 없으며, 없으되 있는 기묘한 붓질이었다. 금어의 피와 땀과 눈물로 씻어 낸 것처럼 풀방석이 깔려 있는 암좌에 반가좌의 자세로 앉아 있는 관음보살의 먼지 한 톨 닿아 본 적 없는 것처럼 손가락들은 끼끗했고, 맨발은 갓 낳은 아기처럼 반질반질했다.

금어는 완벽하게 자신을 숨기면서 관음보살의 현신을 실현시켰다. 옷감의 주름과 촉감뿐만 아니라 관음보살의 태도와 정신까지 그는 살려 냈다. 그의 붓에서 관음보살은 솟구치고, 가벼워지고, 유연해지고, 아련해지고, 포근해지고, 묵직해졌다. 금어의 손길에 따라 부처의 향기를 맡을 수 있었으며, 부처의 말씀을 들을 수 있었다. 그의 몸을 통해 부처의 법신이 이드거니 드러났다.

부엌손은 그가 그리는 행위에 현기증을 느꼈다. 마치 조물주의 우주창조처럼 무한한 변용에 자신을 굽히기 위해 그는 얼마나 엄청난 지성과 감수성과 관음보살에 대한 사랑을 바쳤을까. 계집종은 태어나서 처음으로 형언할 수 없는 인간의 위대함에 빨려 들어가는 것을 느꼈다. 절의 주지에게서도 잘 나가는 권문세가의 마나님에게서도 느낄 수 없는 압도되는 감정이었다.

금어 안에 은밀하게 도사리고 있는 예술적 존재의 열기와 정념을 끝내 계집종은 이해하지 못할 터였다. 그럼에도 그녀는 금어의 예술적 불꽃 속으로 한 번만이라도 들어가고 싶었다. 그곳은 이승을 초월하는 지극히 먼 곳 너머의 빛일 것이었다. 그녀는 숙명을 초월하는 심연을 들여다보고 싶었다.

'그의 마음은?' 부엌손이 알고 싶어 미칠 것 같은 그의 마음은 그림이 완성된 뒤에야 보일 터였다. 사실 계집종은 관음보살을 보는 것보다 금어의 모습을 보는 게 더 좋았다.

관음보살 그림은 돈 많은 지주들과 권문세족들과 남편들을 쥐락펴락하는 오만하신 마나님들이 쏟아붓는 돈의 결과물일 뿐이었다. 관음에 기원하면 일곱 가지 난難을 소멸한다고 믿는 부자들이 누리고 싶어 하는 현세의 욕망을 금빛 찬란한 불화에다 들이붓는 것일 뿐이었다. 그녀가 보기에 부자들은 하늘과 달과 별과 자연과 사람에게서 얻는 어쩔 수 없는 재난들마저 피하고자 하는 욕심의 화신들이었다.

하늘을 이불 삼고, 달을 불빛 삼고, 별을 친구 삼아 이름 없는 풀잎처럼 살다 갈 그녀에게 관음도는 멀고도 먼 아름다움이었다. 그녀에게는 고깔 쓰고 복숭아를 들고 있는 삼불제석이나 아랫마을 애기무당이 훨씬 더 신령스러운 존재들이었다.

그나저나 불화가 완성되면 금어는 머물지 않고 떠날 것이었다. 금어를 언젠가는 여읜다는 생각이 미치자 그녀는 벼락을 맞은 것 같았다.

그림이 점점 완성되어 가고 있는 모양이었다. 절집 계집종들은 만나기만 하면 수월관음도를 그리는 불화사가 미쳐 가고 있다고 수군거렸다. 불화사가 어떤 명품 붓도 성에 차지 않아 해서 자신의 뼈를 깎아 붓을 만들었다고도 했다. 관음보살의 옷자락에 어릿거리는 붉은빛은 어떤 채색 안료로도 표현할 수 없어서 자신의 피를 붓에 찍어 그린다고도 했다. 수밀도처럼 뽀얗고 조밀하고 환한 살빛은 불화사의 백옥 같은 피부를 얇게 포로 떠내어 붙인다고도 했다.

그녀가 듣기에는 미쳐 가고 있는 건 사람들이었지, 그는 아니었다. 금어가 그리는 수월관음도가 세상에는 없는 그림이었기에 온갖 억측이 난무했다. 머릿속에만 있던 관음보살이 금어가 그림으로 중생들의 눈앞에 나투신 것을 본 충격 때문에 갖은 말들을 지어낸 것이었다. 그녀는 그리 생각했다.

부엌손은 자신의 남자가 해낸 것 같아 괜히 가슴이 뻐근해져 오는 것을 느꼈다. 그녀는 불화사를 그예 사랑하고 말았던 것이다. 달이 바다에 비치듯이, 그가 그녀의 가슴속에 가득 차 영영 떠나지 않았다. 그녀는 마음이 가슴에 있지 않고 몸 전체에 퍼져 있다는 걸 태어나서 처음으로 알았다.

한 방울의 물

새벽부터 눈이 내렸다.

금어는 이제 곧 떠날 터였다. 그녀는 금어와 한 번만이라도 제대로 맞부딪쳐야만 했다. 딱히 무엇을 하겠다는 건 상상조차 못했다.

꼬박 밤을 지새운 그녀는 덮고 있던 이불을 조각조각냈다. 일주문을 지나 숲길이 끝나는 곳에서 가파른 자갈길로 금어는 발을 디딜 것이었다.

그녀는 눈발로 사라진 길을 떼꾼해진 눈으로 더듬었다. 그녀는 일주문부터 이불 조각들을 눈 위에 얹어 놓기 시작했다. 금어는 차가운 눈 대신 이불 조각을 디딜 것이었다. 그녀는 미친 듯이 길이 끝나는 곳까지 이불 조각들을 눈 위에 얹으며 내달렸다. 길이 끝나는 곳에서 그녀는 뒤를 돌아다보았다. 나무들이 모습을 감추었고, 결국엔 산마저도 더 이상 볼 수 없게 되었다. 이제 그녀 눈에 보이는 것이라곤 벚꽃처럼 흩날리는 눈송이들뿐이었다. 그녀의 시야에 비현실적인 공간이 들이찼다.

어느 순간, 번개를 타고 내려온 것처럼 솜을 누빈 잿빛 납의를 입은 금어가 그녀 앞에 우뚝 서 있었다.

눈안개에 햇빛이 조각조각 부서져, 그녀는 눈이 시렸다. 그가 향 연기처럼 끊어질 듯 멀어져 갈 것만 같아 그녀는 애가 탔다. 공연히 제 발치만 내려다보았다. 눈 속을 내달려온 그녀의 발이 희푸르게 얼어 있었다. 자신의 거칠고 초라한 발이 그저 부끄럽기만 했다.

겨울바람에 따귀를 얻어맞은 것처럼 뺨이 찢어질 듯 아팠다. 추위가 비로소 온몸을 칼날처럼 비집고 들어왔다.

'그를 보고 싶은데. 보고 싶어서 이불 조각을 깔아서 여기까지 왔는데.' 그녀의 눈이 찬바람에 얼어붙어 떠지질 않았다.

금어가 팔을 엇갈려 제 겨드랑이에 손을 집어넣어 비벼댔다. 마찰로 그나마 뜨끈해진 두 손으로 금어가 계집종의 두 눈을 감싸서 녹여 주었다. 눈 녹인 물로 달인 차처럼 향기로운 손이었다.

비로소 그가 보였다. 그의 눈에 담긴 정이 어쩐지 슬픈 듯도 하고 처연하기도 했다. 가슴이 애지고 막막해졌다. 우수에 젖은 눈빛이 그가 그린 관음보살의 눈빛하고 똑같았다. 붓을 쥐느라 손가락 마디마다 옹이가 박인 손가락들이 그녀의 살얼음이 낀 머리카락을 찬찬히 쓰다듬었다. 누구에게도 받아본 적 없는 손길이었다.

'중생들을 보살핀다는 자비의 손길이 이러하겠지.' 그녀는 그의 손길에 몸이 발발 떨렸다. 동시에 불꽃이 튀는 것처럼 몸의 세포 하나하나가 뜨거워졌다.

"불거불래不去不來라. 오고 가는 것이 없다 했다. 불생불멸不生不滅이라. 생이 있으므로 늙음이 있고 죽음이 있을 터. 네가 이곳에 서 있는 까닭은 인연을 만들자고 있는 것이냐. 인연은 슬픈 것이거늘." 그가 눈밭의 탑처럼 우뚝 서서 말을 했다. 그의 입에서 허연 김이 나왔다.

'그가 말을 하는구나. 그가 숨을 쉬는구나. 그는 그림 속 관음보살이 아니라 사람이구나.' 그가 말을 하니 숨이 끊어질 것만 같았다.

부엌손은 그 자리에서 폭삭 늙어도 좋고, 단박에 죽어도 좋았다. 뭘 어쩌자고 이렇게 달려왔는지 알 수는 없지만 그를 향한 정을 이겨낼 수가 없다는 것만은 알았다.

슬픈 인연으로 맺어지고 싶었다. 태어나면 죽는다는 것쯤은 그녀도 알고 있었다. 오면 간다는 것도. 생명을 받고 태어난 것 자체가 상처였다. 평생 상처 속에서 자랐고 상처 안에서 살아갔다. 죽으면 더이상 상처 받을 일도 없을 것이며 죽으면 초라하고 비참한 계집종이기에 겪었던 상처도 더불어 죽을 것이었다.

아비도 절의 종이었고, 어미도 절의 종이었다. 그녀도 종으로 태어났다. 종의 자식은 종일 뿐이라고 종인 애비가 읊조리는 말은 태어날 때부터 귀에 딱지가 생기도록 들었다.

종은 말을 쉽게 했고, 중은 말을 어렵게 했다. 종과 중은 한 끗 차이지만 사는 건 천지 차이였다. 그녀는 그 이유를 알지 못했다. 금어가 앞에서 무슨 말을 하든 상관없었다. 하지만 미륵불이 오시기로 약속한 오십육억 칠천만 년 후에야 만날 수 있다 해도 그녀는 그와 함께한 지금의 찰나를 군말 없이 평생 견딜 수 있을 것 같았다.

그녀는 태어나서 처음으로 아름다움을 보았다. 헤지고 낡고 누덕누덕한 자신의 옷처럼 종살이는 너무도 비루하고 가난했다. 손발

바닥이 말굽처럼 단단해지도록 일해도 입에 들어가는 것은 말이 먹어 치우는 여물만큼도 되지 못했다. 하지만 짐승은 아름다움을 알지 못했다. 아무리 짐승같이 살아도 그녀는 아름다움을 알아보았다. 그녀는 사람이었다. 사람이란 걸 알았다. 아름다움에 눈뜬 순간, 그걸 알았다.

아름다움이란 통증이라는 것도 알았다. 아무리 애써도 참을 수 없는 통증이 바로 아름다움이었다. 진짜 아름다움 앞에서는 숨이 막혔다. 숨이 막히는 통증은 황홀한 통증이었다. 그녀는 아름다운 사람을 알아보았다. 아름다움과 사람을 동시에 알아보았으니 사랑치 아니할 수 없었다. 전생에서도 저승에서도 만날 수 없을 사람이었다. 사랑에 대해 운명 따위는 입 닥치고 있어야 했다. 그건 부처님도 말릴 수 없는 일이었다. 그녀는 그리 믿었다.

'살거나 죽거나. 오거나 가거나. 사랑을 하거나 사랑을 하지 않거나. 둘 가운데 하나만 있을 뿐. 그 사이는 없어.'

찰나의 사랑이 영원을 끌고 갈 것이었다. 찰나여서 의미가 있었고, 다시는 가져볼 수 없는 잃어버릴 순간이기에 유일한 순간일 것이었다.

그는 슬픈 듯 가여운 듯 웃었다. 부처님이 설법할 때 하늘에서 꽃비가 내렸다던가. 꽃비 대신 눈꽃이 사륵사륵 그의 머리 위로 어깨 위로 내렸다. 부처님이 꽃비 가운데 꽃 한 송이를 들어 사람들에게 보였다고 했던가. 오직 한 사람만이 부처님에게 웃어 주었다던가.

그녀는 그의 웃음이 자신에게 꽃비처럼 쏟아지는 걸 느꼈다. 그녀는 그를 향해 꽃처럼 환하게 웃었다.

그가 앞섶을 열었다. 그녀는 그의 품 안으로 들어갔다. 아름답고 마르고 황량하고 쓸쓸한 남자의 품에서 그녀의 얼어붙은 몸이 스르르 녹았다. 물결치고 굽이치는 그의 거대한 격랑에 한 방울의 물로 그녀는 스며들었다.

타박타박 타낙네야

금어는 떠나고 부엌손은 남았다.

그녀는 물방울을 뺐다. 생전에 어미는 물방울이란 뭇 생명체의 종 갓집이라 했다. 물방울이 인간이라 했다. 남녀의 정기가 합치면 물은 형체를 펼친다고 했다. 물방울이 크면 신맛, 짠맛, 매운맛, 쓴맛, 단맛을 품는다고 했다. 다섯 맛이 오장을 만들고, 오장이 갖추어진 후에는 살덩이가 생겨난다고 했다. 폐는 뼈를 만들고, 신장은 뇌를 만들고, 간은 가죽을 만들고, 심장은 살을 낳는다 했다. 오육이 갖추어진 후에는 아홉 개의 구멍이 생겨나 십 개월이 지나면 온전한 생명체인 아이를 낳는다 했다. 부엌손의 어미는 종이 낳은 핏덩이는 그저 아홉 개의 구멍을 가진 상처뿐인 존재라고 했다.

금어가 떠난 지 열 달이 지난 후에 아기를 낳았다. 아기는 남자의 짙은 눈썹과 진지함과 깊은 슬픔이 배인 커다란 눈과 길고 오똑한 코와 산딸기같이 붉은 입과 찔레꽃처럼 흰 피부를 닮았다.

다른 계집종들은 그녀의 아기에 대해 괘념치 않았다. 아비가 누군지 아비만 모를 아이를 낳는 건, 계집종들에겐 아침에 배 아파 똥을 누는 것처럼 흔한 일이기 때문이었다. 계집종들은 싫든 좋든 남자와 자야만 했다. 이 나라의 법이 그랬다. 아비나 어미 한쪽만 종이어도 자식은 당연히 종이 되는 게 법이었다. 아이를 낳은 사람은 계집종인데, 아이는 씨만 뿌리고 간 남자의 것이었다. 시켜 먹을 일이 많은 계집종들은 비싼 값에 팔렸다. 그건 계집종들에게는 다행이지도 불행이지도 않았다. 그건 법이니까. 법이라고 하니까.

그녀는 아기에게 금어가 아비라는 사실을 굳이 말하지 않았다. 부러 숨기지도 않았다. 계집종이 낳은 아이의 소유주가 남자인 법이 차라리 다행이다 싶었다. 금어는 영원히 그녀 곁을 떠났기 때문이었다. 금어가 아이를 찾아올 리는 하늘이 두 쪽이 난다 해도 없을 터였다. 그건 아기를 그녀의 품에서 빼앗아 갈 사람이 없다는 뜻이었다.

다만 그토록 아름다운 사람의 아이임에도 어미가 계집종이어서 아이도 계집종이 될 팔자라는 게 서러웠다. 법이어도 자신과 똑같은 삶을 살지 않기를 바라는 어떤 계집종들은 딸을 낳으면 아무도 몰래 아기를 죽이곤 했다.

그녀는 딸을 살렸다. 다른 계집종들은 버러지가 알을 슬듯이 자식을 낳았지만, 자신은 별처럼 차가운 물방울을 품어 딸을 낳았기 때문이었다. 아름다움을 너무도 사랑했던 아비를 닮은 예쁜 딸이 마주 할 세상은 경멸과 무례와 인신공격이 기다리고 있을 거라는 점이 그저 한스럽기만 했을 뿐이었다.

그녀는 다른 극락은 꿈꾸지 않았다. 다음 생에 다시 태어나고 싶지도 않았다. 어미는 죽으면 불국토로 가겠노라 입버릇처럼 말하곤 했다. 불국토에서는 바느질도 다듬이질도 염색도 빨래도 밥 짓는 일도 필요 없다 했다. 그곳에서는 여자들이 이승에서 죽도록 일한 뒤에 목숨을 바친 연후에는 다시 여자로 목숨을 받지 않는다 했다. 그녀에게 그 말은 죽어서야 종살이가 끝난다는 절망적인 말로 들렸다.

딸에게만은 자신이 하는 짓은 물려주고 싶지 않았다. 이승에서는 자신 하나로 비천한 계집종의 삶을 끝장내고 싶었다.

'그렇다면 딸은 앞으로 어떤 삶을 살아야 하는가.'

금어는 관세음보살에게 가르침을 받는 어린 동자 선재를 그렸더랬다. 금어는 구석에 무릎을 살짝 굽힌 채 합장을 한 어린 선재를 볼 수 있도록 관음보살의 몸의 자세를 틀어 주었다. 세상의 캄캄함을 뚫고 달려온 어린 것을 위해 반짝반짝 빛나는 달빛을 금빛으로 칠해 주었다. 계집종은 금어가 미래에 태어날 아기를 예견했다고 믿었다.

'쉰다섯 개의 선지식을 찾아다녔다는 어린 동자에게 가르침을 줬던 관세음보살님이여! 금어여! 딸이 어떻게 살아가기를 바라는가. 그대여, 당신처럼 아름다움을 위해 생을 바치는 삶을 살게 도와주소서!'

일자무식인 부엌손의 얽은 곰보 자국마다 근심과 다함없는 갈망이 서렸다. 이제 한 생명의 어미가 된 그녀는 머나먼 전생으로부터 기억해 낸 기도를 매일 새벽마다 바쳤다.

"엄마, 노래 한 곡만 더 불러줘." 아이는 노래를 더 해 달라고 졸랐다.

"무슨 노래 해주까?" 그녀는 아이의 촉촉한 뺨이 등에 닿는 게 오지고 또 오졌다.

"엄마가 아부지 생각나면 부르고 싶은 노래." 아이는 한 번도 본 적 없는 애틋한 그리움으로 어미의 등에 귀를 바짝 붙였다. "가시리 가시리잇고 바리고 가시리잇고, 날러는 엇디 살라하고 바리고 가시 리잇고, 잡사와 어리 마나난 선하면 아니올셰라. 셜온님 보내압나니 가시난닷 도셔 오셔셔." 그녀는 금어를 생각하며 노래를 가만가만 불 렀다. 노래를 부르면 언제나 금어가 자신 앞에 서 있던 풍경이 단박 에 가슴에 들이쳤다. 금어에 대한 기억은 닳지도 헤지지도 않았다.

아이는 어미의 노래가 무엇을 뜻하는지 이해하지 못했다. 다만 어 미가 부르는 목소리가 좋았다. 어미처럼 어른이 되면 노래를 잘하고 싶었다. 가슴을 이상하게 움직이는 노래, 어딘지 슬프면서도 아름다 운 노래를 부르는 사람이 되고 싶었다.

아이는 어미가 타박타박 걷는 길옆을 따라 연초록 모가 잠긴 논들 을 바라보았다. 무논에 하늘의 구름이 담겨 있었다. 구름도 무논에서 자라날 벼도 아이와 어미의 것은 없었다. 아무리 어려도 아이는 그것 만은 알고 있었다. 논에 모를 심는 사람 따로 있고, 이삭을 거둬 가는 사람이 따로 있다는 것도. 어미는 그저 햇볕도 잘 들지 않는 돌밭에 엎드려 일군 오이나 가지나 무 같은 것만 제 몫으로 겨우 가져갈 수 있다는 것도. 그래서 자신의 배가 언제나 홀쭉하게 곯을 수밖에 없다 는 것도. 기운 없는 딸을 위해 더 기운 없을 어미가 업어서 뜨건 길을 타박타박 걸어가고 있다는 것도.

강둑에는 뜨거운 여름 볕을 한껏 빨아들인 배롱나무의 꽃들만이 활활 타오르고 있었다. 여름을 스스로 독차지한 채 말이다.

백 일 동안 붉은 꽃 피고 지면 하늘의 북두칠성님도 부엌문 앞에 놓이고 그제야 새하얀 쌀밥을 먹을 수 있다는 나무. 아이는 피고 지고 피고 지고 또 피어나는 그 붉은 꽃들이 싫었다. 먹을 수도 없는 꽃 잎들이 미쳐 날뛰듯 피는 게 싫었다. 살은 한 점도 없이 오로지 뼈와 마른 살가죽뿐인 어미가 한 톨도 가져갈 수 없는 쌀을 만들어 내는 나무 같아서 싫었다.

아이는 눈꺼풀을 한껏 열고 어미의 귀밑을 보았다. 어미의 까맣게 탄 귀때기로 잿빛에 가까운 흰 머리가 몇 올 땀을 먹어 축축하게 젖어 있다. 어미마저 재로 폭삭 사그러질 것 같아 아이는 무서웠다. 아이는 눈을 질끈 감았다.

불거불래不去不來

예성강에 살얼음이 낄 정도로 매섭던 겨울 추위도 다 풀렸다.

사람들은 횃불을 들고 송악산에 올라 달맞이를 했다. 추위를 뚫고 볍씨가 풍성하게 살아나기를, 강물이 풀리듯 논물이 찰랑거려 벼들이 잘 익어 가기를 사람들은 기원했다. 살구꽃도 망울을 터트렸다. 개경 시내에도 피어나는 꽃들의 향기가 퍼졌다. 신록이 남대가를 산뜻하게 채우고, 하늘에 닿을 듯 높이 선 홰나무와 느릅나무가 늘어선 길에 나무그늘이 날로 짙어 갔다.

언니들은 새벽부터 단장을 하느라 부산이었다. 도홍은 은족집게로 얼굴에 난 솜털 터럭 한 올이라도 없애려고 면경을 코앞에 바짝 들이대고 세심하게 하나하나 뽑아냈다. 연심은 백분을 물에 갠 종지를 손바닥 위에 올려놓고 붓으로 꼼꼼하게 바르더니 송장처럼 방바닥에 가만히 누웠다. 백분이 모공을 빈틈없이 채우길 기다리려면 한참은 지루하게 버텨야만 할 것이다. 유독 흰 얼굴에 집착하는 연심은 백분도 모자라 피부를 희게 하려고 독에다 넣어 삭힌 아기 오줌으로 세수를 즐겨했다.

앵앵은 백분이 곱게 발라진 희디흰 뺨에 모란꽃이 피어나듯 붉은 연지를 톡톡 거렸다. 청동 거울에 비친 제 얼굴에 흠뻑 반한 그녀의 눈 위엔 숯으로 그린 버드나무 잎 같은 눈썹이 흐드러져 있다.

얼굴 단장을 마친 그녀들은 머리에 기름을 먹인 것처럼 윤이 반질거리는 가채를 서로 얹어 주느라 손이 바빴다. 남자나 여자나 할 것 없이 일 년 동안 빗질하면서 빠져나간 머리카락들을 빗 상자 속에 넣었다가 액을 물리치려고 문밖에서 태우는 소발燒髮의식도 치르지 않고 악착같이 모아둔 머리카락으로 엮은 가채였다. 나쁜 병을 물리친다고 머리카락 태우는 짓은 그녀들에게 있을 수 없는 낭비기 때문이었다. 그녀들에게 병보다 더 무서운 건 초라함이었기 때문이었다.

새해 첫날인 용날엔 그녀들은 얼음물에라도 머리를 감았다. 머리카락이 용의 몸통처럼 길어진다고 믿었다. 지난여름에 처마 밑에 핀 봉선화를 짓찧어 피마자 잎사귀에 싸서 무명실로 동여매어 물들인 꽃물이 지금은 그녀들의 손톱 끝에 초승달처럼 간당간당 매달려 있었다.

방은 분내와 향내와 색깔들로 그득 찼다. 그녀들은 색의 환희와 향의 도취와 색의 황홀경에 탐닉했다. 짧은 생을 살면서 제 몸에 깃들일 날이 얼마 되지 않는다는 듯, 그녀들은 봄날 볕에 서둘러 색을 드러내고 향을 풍기는 배꽃처럼 복사꽃처럼 피어났다.

그녀들은 터럭이었고, 피부였고, 구멍이었고, 노리개였다. 늘 그렇듯이 향은 빠르게 사라지고, 색은 너무도 허망하게 바랬다. 청동 거울의 표면에 비친 자신의 흐릿한 얼굴을 사랑하는 그녀들, 거울에 녹이 끼듯이 청춘의 얼굴이 언젠가는 사라질 그녀들이었다.

마음을 다잡으려 무명은 구름처럼 부푼 가채에 비녀와 불두잠을 꽂고 머리카락을 조였다. 뒷머리에는 첨과 뒤꽂이를 덧꽂는데, 손이 떨렸다.

아비를 만나러 가야겠다는 마음을 굳힌 뒤로는 남자를 받지 않았다. 인삼 잎을 달인 삼탕에 들어가 나오지도 않는 때를 살갗이 아리도록 벗겨 냈다. 행군 다음에는 복숭아 꽃물로 몸 구석구석을 닦아 냈다. 창포 넣어 끓인 물로 머리를 감았다.

아비 앞에서는 어떤 삿된 마음도 욕정으로 찌든 몸도 벗어버린 순결한 딸이고 싶었다. 그러면서도 아주 아름다운 모습을 보이고도 싶었다. 도망가고도 싶었다. 아비를 직접 대면하면 평생 상상했던 모습이 사라질까 두려웠다. 어떤 누추함과 부끄러움이 아비를 만나지 말라고 부추겼다. 딱히 추운 것도 아닌데도 몸이 발발 떨렸다.

'이제야 볼 수 있으려나. 아비는 딸을 알아보기나 할까. 아비는 어미가 눈길에 깔아주었다던 이불 한 조각이라도 간직하고 있기는 한 걸까.' 답을 구할 수 없는 온갖 물음들이 꼬리를 이었다. 별 생각들이 수시로 찾아들었다.

삼장사에 수월관음도가 안치되어 있다는 말을 들은 건 한 달 전이었다. 마치 벼락을 맞은 것 같았다. 수월관음도를 그릴 수 있는 불화사가 세상 천지에 어디 아비 한 명일까 싶은 불안은 애써 뒤로 감췄다. 단박에 아비를 만나고 싶은 마음이 들었지만 매번 발길은 제자리였다.

'불거불래不去不來라. 오고 가는 것이 없거늘.'

길 끝에서 아비가 어미에게 말했다던가. 인연이란 슬픈 것이라고 했다던가. 무명은 그예 인연의 끝을 찾아 미련스레 찾아온 딸을 아비가 눈밭의 탑처럼 차고 무뚝뚝하게 대할 것 같아 두려웠다. 허나 한 번은 봐야 했다. 어미가 얼마나 그를 그리워하고 사랑했었는지 말해 줘야 했다. 슬픈 인연으로 한 목숨이 이렇게 살아 있다고 말해 줘야 했다. 그녀는 낡고 삭은 이불 한 조각을 향주머니에 넣은 뒤에 옷깃에 단단히 여몄다.

무명은 서울 시내 한복판에 있는 삼장사로 곧장 향했다. 천여 채가 넘는 건물들을 한 품에 품고 있는 거대한 대사찰이었다. 정전인 나한보전 서쪽에는 이백 척이나 됨직한 오층탑이 위용을 자랑하고 있었다.

왕께서 태조진전에 먼저 배알을 하신 뒤에 수월관음도를 보러 오신다는 말들이 입에서 입으로 건네졌다. 황궁에서 삼장사까지 오시는 길에 왕과 왕후께서 백성들을 알현하고 복을 빌어 준다고 했다. 삼장사의 승려 이천 명에게 왕께서 공양을 직접 하시면, 답례로 승려들은 왕과 왕실의 존엄과 안녕을 빌어 주는 등을 이천 개나 밝힐 거라고 했다. 이번 연등회는 특별히 왕후께서 연등을 손수 하시는데, 주옥으로 만든 등을 달 것이라고 했다.

왕과 왕후의 연등회 행차는 백성들에게는 좀체 만나기 힘든 눈요깃감이었다. 이천 명의 승려들과 왕과 왕후의 얼굴을 직접 보려는 사람들로 삼장사로 향하는 길거리는 북새통이었다. 사람들의 틈에서 그녀도 왕과 왕후를 보려고 까치발을 했다. 왕후는 무명이 아주 어릴 적에 대웅전에서 본 적이 있었다. 어미가 지어 준 옷을 입은 왕후를 어미의 뒤꽁무니에서 봤었다. 흙으로 만든 부처 같은 왕과 산다던 원나라의 소녀. 왕후라 불리는 소녀는 무명을 기억이나 하고 있을까. 그 뒤로 얼마나 변했는지 보고 싶은 마음은 굴뚝같았지만, 왕후의 모습은 엄청나게 모여든 사람들의 뒤통수에 가려 보이지 않았다. 무명은 발길을 돌려야만 했다.

어린 시절에 안방처럼 드나들었던 절과는 크기나 규모 면에서 엄청난 차이가 있었지만 절 냄새는 그녀에게 익숙한 것이었다. 허나 어미와 고향을 떠난 그녀에게 절은 묘한 감정을 불러일으켰다. 절을 둘러보고 싶은 맘은 없었다. 무엇보다 수월관음도를 봐야 했다. 그녀는 원당을 찾았다.

활짝 열린 원당 정중앙에 아비의 피와 땀과 눈물로 붓질한 관음보살이 금빛으로 빛나고 있었다. 관음보살은 빛을 솟구치고 있었고, 중생을 향해 포근한 얼굴을 하고 있었고, 생사의 파도 위에서 가볍고도 유연했다. 마치 조물주의 우주창조처럼 관음보살의 무한한 변용에 아비는 얼마나 엄청난 지성과 감수성과 사랑을 바쳤을까. 아비는 불멸의 수월관음도를 남겼지만, 아비의 예술적 불꽃 속으로 한 번만이라도 들어가고 싶어 하다 죽어 버린 어미가 새삼 너무도 안쓰러웠다. 무명은 계집종의 비천한 숙명을 넘어 지극히 먼 곳 너머의 빛에 기어이 닿고자 했던 어미의 마음을 비로소 이해할 수 있을 것 같았다. 어미가 생을 바쳐 무명을 키워 냈던 것은 단 하나, 사랑이었음도.

비천한 계집종이 부처를 그리는 남자를 사랑한 것 자체가 불가능한 것일 터였다. 하지만 끝까지 쫓아간 찰나의 사랑에서 어미는 영원과도 같은 핏줄을 낳아 아름다움을 이었다. 불화사인 아비처럼 아름다음을, 부처처럼 다함없는 사랑을 갖고 누리는 삶을 살기를 원했던 어미를 생각하며 무명은 그림 앞에서 울고 또 울었다.

아비는 없었다. 그 너른 절 어느 구석에서도 아비의 모습을 찾을 수 없었다. 그 사이에 무슨 일이 있었던 걸까. 아비는 그림을 완성하고 운수납자처럼 또 어디로 떠도는 걸까. 그녀는 절을 이 잡듯이 뒤졌다. 다시 원당 앞으로 돌아오길 반복했다. 어미의 죽음이 자꾸 떠올랐다. 아비에게 어미가 어떻게 죽었는지 전해 주고 싶은 절박한 마음에 자꾸 애간장이 탔다. 불거불래. 오고 가는 것이 없다는 말은 천상의 부처나 할 말이었다. 아비는 왔다가 갔다. 어미는 온 적도 간 적도 없었다. 오로지 아비를 마음에 품으며 망부석처럼 세월을 견뎠다. 하지만 둘 사이에서 무명은 존재했다. 살아 숨 쉬고 있었다.

어떤 기별

　겨울이 들이닥치기 전에 왕후 마마가 친정인 원나라에 아들 세자를 데리고 들어간다는 소문이 마을에 돌았다.

　원 황실에 입조할 때 선물로 열서너 살 먹은 고려 양갓집의 어리고 예쁜 딸들도 데리고 간다는 흉흉한 말들도 섞여 있었다. 몽골 남자들은 고려 여자들을 좋아한다고 했다. 고려 여자들은 낯빛이 하얗고 살결이 고와서 서로 가져가겠다고 난리라고도 했다.

　부모들은 어린 딸의 여린 살갗에 독초를 문질렀다. 독초를 바른 아이의 살갗이 비늘이 곤두선 뱀처럼 일거나 벌겋게 문드러졌다. 보기에 흉측한 살갗을 가진 소녀를 순군은 잡아가지 않을 것이라고 했다.

　무명의 어미는 손이 두 개라도 모자랄 정도로 바빠졌다. 사하촌 밖 아랫마을 양갓집 어른들이 아직 초경도 치르지 않은 어린 딸들을 시집보낸답시고 결혼을 서둘렀기 때문이었다.

　어미는 베를 짜는 일을 밀쳐 두고 허드렛일을 하느라 그저 끼니나 챙겨 주는 것밖엔 할 수 없는 탓에 무명은 아랫마을을 혼자 떠돌았다. 원나라에 공녀로 끌려간 고려 소녀가 왕족에게 시집가서 금이야 은이야 온갖 보석을 휘감고 고대광실에서 산다는 꿈같은 소문이 무명의 귀에까지 들려오기도 했다. 원나라 귀족의 네 번째 첩이 된 어떤 소녀는 고향집 부모에게 오로지 쌀로만 빚은 소주와 말발굽 모양의 은화와 색이 알록달록한 채색도기를 보내 주곤 한다는 믿기 어려운 말들도 돌았다. 딸을 공녀로 보내고 오히려 신수가 훤해지고 팔자가 폈다며 절집 노비들은 시새워하며 말했다.

무명은 원나라가 저 머나먼 달보다 더 멀다 해도 가 보고 싶어서 마음이 동동거렸다. 하지만 양가집 규수만이 공녀로 선발될 수 있다고 했다. 공녀는 아무나 되는 것이 아니라고 했다. 공녀로 선발된 소녀라 해도 까다로운 심사를 거쳐야만 원나라로 갈 수 있다고도 했다. 무명에게는 오지 않을 기회였다. 무명 같은 비천한 떨거지에게는 닿지 않을 기별이었다.

호랑이보다 더 무섭다는 순군과 홀치 등이 여러 명의 관리들을 대동하고 아랫마을에 들이닥쳤다. 선발 명단에 들었다는 소식만 들어도 어미와 아비가 딸을 부둥켜안고 날이 새고 밤이 저물도록 울었다. 곡소리는 사흘이 지나고 닷새가 지나도 끊이지 않았다. 선발 소식에 지레 근심과 걱정으로 애가 탄 어떤 소녀는 기절하고 말았다고 했다.

고을 관리들이 제공한 명단을 손에 거머쥔 순군과 홀치는 저승사자보다 더 무서운 존재들이었다. 지옥과 연옥은 태어나면서 귀가 물리도록 들었던 곳이어서 설령 간다 해도 원나라보다 낯설지는 않을 터였다. 그들은 이 잡듯이 집집마다 돌아다니며 소녀들을 수색했다. 낮도 밤도 없었다. 자고 있는 방에 신발을 신고 들어가서 소녀를 잡앉고, 도망간 소녀를 찾아내기 위해 수발들던 노비들을 오랏줄로 꽁꽁 묶어 은신처를 캐물었다. 시집을 이미 보내 버려 늙은 부부만 사는 집의 뒤주도 뒤졌다.

순군에게 잡힌 딸이 끌려가는 것을 보고 그 자리에서 자진해 버린 어미가 종내는 미쳐 버리기도 했다. 한 아비는 이별의 고통이 뼈에 사무치고 근심이 심장을 파고들어 며칠을 시름시름 앓다가 죽어 버렸다. 어떤 어미는 딸의 옷자락을 부여잡고 발을 구르다가 땅에 넘어져 뒹굴었다. 어떤 아비는 끌고 가는 관리의 앞을 막고 울부짖었다. 순군이 박달나무 방망으로 아비의 어깨를 쳐서 부쉈다. 어떤 어미는 너무도 원통해서 마을 우물에 몸을 던졌다. 어떤 소녀는 스스로 목을 맸다. 어떤 아비는 피눈물을 쏟다가 눈이 멀기도 했다. 아랫마을은 순군들로 인해 비명 소리와 통곡 소리로 들썩였다.

딸들을 떠나보낸 어미와 아비의 심장에서 토해 낸 핏빛처럼 붉은 가을이 깊어지고 있었다. 공녀로 뽑힌 소녀들이 왕후 마마와 왕세자의 뒤를 따라 국경을 넘었다는 소식이 전해질 때 절집 나무들이 우수수 나뭇잎을 세차게 떨어냈다. 그렇게 가을이 지나갔다.

무명은 열한 살이 되었다. 어미의 낯빛이 날마다 무섭도록 희어지고 있었다. 기침을 할 때마다 어미의 몸이 격렬하게 흔들렸다. 어미는 요강에 피를 쏟았다. 무명이 요강을 비워 낼 때면 피에서 비린내가 섞인 재의 냄새가 났다. 요강을 들고 밖으로 나가 피를 버렸다. 어미의 피는 질척이고 탁하고 무거워서 땅에 금방 스며들었다. 어미가 땅속으로 스며들까 봐 무명은 겁이 왈칵 나곤 했다. 서른도 안 된 어미의 몸은 곧 부서질 것처럼 얇아지고 있었다. 어미는 위태로운 호흡을 간신히 붙잡고 있었다. 어미의 목숨이 그물에 걸린 나비처럼 죽음에 걸려 파닥거렸다. 약 한 첩도 못 먹고 어미는 숨을 거뒀다.

무명은 어미의 시신을 방에 놓아두었다. 눈 먼 흰둥이 개를 부둥켜안고 어미의 시신 옆에서 자고 깼다. 흰둥이를 데리고 집을 나가 우물에 가서 물을 마시며 갈증과 허기를 해결했다. 먹을 게 없어서 새벽이면 개를 끌고 산으로 가서 칡을 캤다. 어미는 도라지꽃처럼 보라색으로 변해 가고 있었다. 어미의 죽은 몸에서 냄새나는 물이 줄줄 흘렀다. 깊은 밤엔 쇠뜨기풀과 쑥을 베어와 어미의 몸을 덮었다. 어미의 몸에서 구더기가 알을 슬었다.

무명은 날마다 삭정이를 주워 모았다. 텅텅 비어 있는 달 항아리엔 저녁마다 젖빛처럼 달빛이 그득 차곤 했다. 무명은 빈 항아리에 고개를 집어넣고 입을 벌려 소리를 질렀다. 무명의 통곡이 빈 항아리를 울렸다. 죽창 같은 뾰족한 슬픔이 무명의 온몸을 찔러 댔다. 너무 아파서 울고 또 울었다.

무명은 달 항아리에 어미를 넣었다. 둥그런 항아리 안에 들어갈 수 있도록 무명은 어미의 굳어 버린 팔과 다리를 분질러야만 했다. 항아리 안에 들어간 어미는 자궁 속에 있는 태아 같았다.

무명은 부싯돌을 부딪쳐 불을 피웠다. 마른 풀과 삭정이에 불을 붙였다. 아주까리기름을 부었다. 불길이 뱀 혓바닥처럼 날름거리며 집 안 구석구석을 기어갔다. 불길이 무명의 발치께까지 닿았다. 개를 품에 안고 밖으로 나갔다. 불타는 집을 뒤로 하고 무명은 길을 떠났다. 무명은 눈 먼 개를 산에다 두고 왔다. 어미와는 영영 이별이었다. 흰둥이와도 영영 작별했다.

무명은 이제 세상천지에 혼자였다. 태어날 때 혼자였듯이, 죽을 때도 혼자라는 것을 어미의 죽음을 통해서 뼈저리게 느꼈다. 고통도 혼자만의 것이듯이, 슬픔도 행복도 오롯이 혼자만의 것일 터였다. 다시는 저곳으로 돌아가지 않을 것이었다. 과거로 돌아가지 않고, 다른 사람의 생각을 좇아서 살지도 않을 것이었다.

무명의 심장은 개경으로 떠나라고, 왕에게로 가라고 부추겼다. 그녀는 불가능이 무엇인지 알지 못했다. 가져 본 적도, 누려 본 적도 없었으니까. 어미가 생을 바쳐 무명을 키워 냈던 것은 단 하나, 사랑이었다. 어린 노비가 부처의 마음을 그리는 남자를 사랑한 것 자체가 불가능한 것이었다. 하지만 찰나의 사랑에서 영원과도 같은 핏줄을 낳아 아름다움을 이었다. 무명은 어미처럼 꿈을 끝까지 밀고 나가고 싶었다.

마을 끝에 여여가 있었다. 여여가 부친의 집으로 들어간 지 벌써 일 년이나 되었다. 정실부인이 다섯 번째 딸을 낳다가 죽은 뒤였다. 여여의 어미는 아들과 함께 아랫마을로 떠났다.

여여의 어미가 다른 사내하고 낳은 딸들은 절의 노비로 바쳐졌다. 종모법從母法이라나 뭐라나. 짐승이 어미만 알고 아비는 모르듯이, 여여의 어미의 딸들은 말 한 필 값도 안 되는 백쉰 필의 베 값에 팔렸다.

생전의 무명의 어미는 그런 모습을 보고 여여의 어미가 사람이 아니라며 연을 끊었었다. 동시에 베 짜는 것도 끊어 버렸다. 떠나는 여여의 어미는 무척이나 행복해 했고, 여여는 울 듯 말 듯했다. 그토록 가까이 하고 싶어 하던 아비 곁에 가면서도 그랬다.

그 사이에 무슨 일이 있었던 걸까. 검고 억세고 숱 많은 여여의 머리카락은 파르라니 깎여 있었다. 웃음이 얼굴의 반을 차지하던 여여의 천진한 명랑함이 사라진 슬픈 얼굴이었다. 여름 폭풍처럼 격렬한 감정을 가까스로 억누르기 위해서인지 여여의 사각지고 단정한 턱이 미세하게 떨리고 있었다. 무명을 바라보는 여여의 눈만이 촛불처럼 이글거리고 있었다. 여여에게서는 소년이 아니라 다른 존재가 된 느낌이 났다. 어쩐지 낯설고 무서워서 무명은 여여에게서 눈길을 뗐다.

여여는 아무 말 없이 제가 신고 있던 신발을 벗었다. 무릎을 꿇고 무명의 맨발에 신을 신겨 주었다.

"이 신발이 너를 좋은 곳으로 데려가 줄 거야." 여여의 목소리가 눅눅했다.

"고마워, 잊지 않을게." 그녀에게 맞지 않는 여여의 큰 신발은 어디로 데려다 줄까.

"절대로 배곯지 마."

"……." 무명은 여여가 말하는 사랑이 바보 같다고 생각했다. 언제나 뭘 먹여 주는 게 사랑이라고 믿는 배고픈 소년이 여여였다.

"오라버니가 준 신발이 좋은 곳으로 데려다 줄 거라 믿어. 좋은 곳에서는 배를 곯지 않을 테니, 걱정하지 마."

'바보.' 무명은 어른 같은 표정을 지으면서도 여전히 강물의 징거미새우를 잡았던 소년의 마음을 갖고 있는 여여를 향해 짐짓 당당한 척 말했다.

"네가 배를 곯는지 안 곯는지 알아내는 게, 내가 아는 사랑의 전부야." 굳은 다짐을 하듯 말을 하는 여여의 뺨이 살짝 붉어졌다.

사랑이라고 했나. 아직 날개를 펴지 못한 작은 새와 같은 여여의 말이 무명의 귓바퀴를 간질였다.

"좀 더 큰 어른이 되면 너를 꼭 찾아서 지켜 줄게. 미안해." 여여의 왼손이 무명의 왼손을 잡는다. 왼손은 심장 가까이에 있어서 더 따뜻하다던가. 천애고아가 되어 세상 벌판에 나서는 무명의 추위를 버티게 해 줄 따뜻함 한 조각이라도 남겨 주고 싶어 하는 여여의 마음이 손가락에서 무명의 심장으로 전해져 왔다.

"무명아. 세상에 대해 너무 많이 알려고 하지 마. 너무 많이 알게 되면 너무 많이 자라게 되니까. 너무 커 버리면 내가 너를 못 알아보게 될지도 모르니까."

여여가 갑자기 무명을 끌어안았다. 그의 가슴패기에 그녀의 가슴이 눌렸다. 마치 따뜻한 빗물이 무명의 몸을 관통해 심장으로 흘러가는 것 같았다. 나른한 한낮의 몽글몽글한 졸음처럼.

여여의 고개가 기우듬해졌다. 무명은 눈을 감았다. 무명의 뺨에 여여의 뜨겁게 젖은 입술이 닿았다. 그녀의 솜털에 여여의 눈물이 맺혔다. 그가 작별의 입맞춤을 해 줄 때, 무명은 자신 내부에 있는 어떤 감정이 몹시도 여여를 원한다는 것을 느꼈다.

감질나고 막막하고 저릿하면서도 창자가 죄어오는 듯한 무엇. 그것이 무엇인지 정확히 알지 못했다.

여여는 자신의 품에서 간신히 무명을 떼어 냈다. 무명은 여여와 이별했다. 무명은 돌아보지 않았다.

일식

득남 하례식이 엉망진창으로 끝난 며칠 뒤에 일식이 있었다.

궁궐의 용화원 못에서는 물고기들이 난데없이 떼로 죽어 물 위에 꺼멓게 떴다. 혜성이 자미원을 범하고 또 북두성을 범하였다. 도적이 궁궐에 들어와 보옥을 훔쳐갔다.

지진이 일었다. 별에 괴변이 있었다.

궁중 안팎이 뒤숭숭했다. 왕은 재변이 여러 번 일어나는 일에 대해 재신과 추신에게 물었다. 재신과 추신들이 열두 가지 일을 상서하였으나 왕은 비밀에 붙이고 발표하지 않았다.

공주는 알 수 없는 꿈에 시달리곤 했다. 천장에서 칼 하나가 매번 날카롭게 눈꺼풀 아래까지 뚝 떨어졌다가 사라지는 꿈이었다. 꿈은 흉흉했고, 잠자리는 뒤숭숭했다. 왕의 품에서도 꿈속의 칼은 그녀를 향해서만 떨어져 내렸다.

왕은 소를 도살하는 것을 금지시켰다. 칼은 소를 잡지 않고 공주의 꿈속에서 잠을 잤다.

그녀는 원에서 용한 무당을 보내 주기를 황제에게 청했다.

"옷이 있으면 입고, 밥이 있으면 먹어서, 다른 사람에게 빼앗기지 말라. 옷이 있으면 입고, 밥이 있으면 먹어서, 다른 사람에게 빼앗기지 말라!"

그녀는 침전에서 가위눌린 가운데 다급한 외침을 들었다. 거의 귓전에서 들리는 것처럼 가까웠다. 바로 침전 밖에서 급한 발걸음 소리도 나는 듯했다.

'옷이 있으면 입는다는 건 무슨 뜻인가. 밥이 있으면 먹어서 다른 사람에게 빼앗기지 말라는 것은 무슨 뜻인가.'

옷과 밥은 사람이 살아가는 데 가장 핵심적인 조건이었다. 옷과 밥을 빼앗기는 건 생존 조건을 빼앗긴다는 의미였다. 생존을 위협하는 자는……, 바로 적이었다. 제 밥그릇을 챙기고, 제 옷을 수비하려면 적을 죽여야만 했다. 다른 사람이란 누구겠는가. 궁궐에서 다른 사람은 바로 공주 자신이었다. 자신이 바로 적이라는 뜻이었다. 몸에 소름이 돋았다.

바로 그때, 다루가치 석말천구가 득달같이 침전으로 달려왔다. 황급한 일이 아니면 침전까지 오는 것은 무례했다. 그럼에도 다루가치가 달려온 데는 위급한 상황이 벌어졌음을 의미했다. 그는 공주에게 투서를 내밀었다.

'有衣則衣有食則食勿爲他人所得'

옷이 있으면 입고, 밥이 있으면 먹어서, 다른 사람에게 빼앗기지 말라. 옷이 있으면 입고, 밥이 있으면 먹어서, 다른 사람에게 빼앗기지 말라!

공주가 잠결에 들었던 외침을 적은 투서였다. 꿈속에서 보았던 칼날이 그녀의 가슴으로 직접 들어온 것처럼 섬뜩했다.

"누가 보낸 것이냐?" 공주의 목소리가 두려움으로 갈라졌다.

"유인有人이옵니다."

"유인이라니? 어떤 사람이라니? 그 무슨 해괴한 말이더냐? 투서를 보낸 자를 알지 못한다는 것이냐?"

"그러하옵니다."

"투서를 보낸 자의 이름은 있더냐?"

"익명이옵니다."

"익명? 이름이 없다 이 말이냐?"

"그러하옵니다."

"유인에, 익명에, 하나같이 종잡을 수 없는 말을 뇌까리다니. 너희들은 도대체 누굴 위한 자들이란 말이냐?"

"황공하옵니다. 다만 심증이 가는 자가 있긴 있사옵니다."

"심증이 가는 자가 있다?"

"예. 그러하옵니다."

공주는 더 이상 말을 잇지 않았다. 감히 그녀를 겨냥한, 혹은 이 사건에 대해 앞으로 그녀가 겨냥할 상대는 단 한 명이었다.

궁궐은 언제나 권력 투쟁이 일어나는 전쟁터였다. 그녀는 어린 시절부터 보아 왔다. 황궁에서 밤낮으로 벌어지는 권력 투쟁을. 권력이라면 핏줄마저도 가차 없이 재로 날려 버리는 것을. 승리를 거두었다고 안심하며 적을 남겨 두거나 숨 돌릴 틈을 주지 않았던 것을.

"너희들의 다섯 손가락 손톱이 다 빠져 달아나도록, 너희들의 열 손가락이 다 닳아 없어지도록, 나의 원수를 갚도록 하라." 그녀는 얼굴이 하얗게 질린 다루가치에게 명령했다.

득남 잔치를 열었던 그날의 상처가 채찍처럼 그녀의 가슴을 할퀴었다. 긴 말이 필요 없었다.

원 제국을 세우신 황제는 군사를 일으켜 속국들을 치고 회군하면서 속국의 왕자들을 일흔 개의 가마솥에 삶아 죽이고, 머리를 잘라 말 꼬리에 매달고 갔었다. 다시는 고개를 들지 못하도록 하기 위한 살벌하고 확실한 조처였다.

그녀는 날이 밝기만을 기다렸다. 자리에 눕지도 않고 앉은 채로 새벽을 맞이했다. 어둠을 밝히는 과정에서는 대가가 따르는 법일 터. 서늘한 푸른빛이 창에 어렸다.

푸른 여명이 편전에 얇은 비단처럼 깔렸다. 공주는 편전으로 가서 왕의 옆에 자리했다. 다루가치가 익명으로 투서한 종이를 들고서.

그녀는 이미 홀라대와 삼가와 차고대를 별궁으로 보내 궁주를 관청의 창고에 가두고 문을 잠그게 했다.

"무슨 상황인지 낱낱이 고하도록 하라." 왕이 말했다.

공주는 왕의 목소리에서 억제된 긴장과 불안을 느꼈다.

"정화궁주가 총애를 잃은 뒤에 질투를 누르지 못하고 여자 무당에게 공주님을 저주하게 하였습니다."

"무고가 성립되기 위해서는 사실의 핵심, 즉, 궁주가 공주를 저주하였다는 사실이 진실에 부합하는지 알고 하는 말이렷다?" 왕이 물었다.

"그것뿐만 아니라, 핏줄인 제안공과 마흔세 명이 함께 모여 반란을 도모하였사옵니다. 여기, 역모를 꾸민 마흔세 명의 이름이 적혀 있사옵니다. 반란을 꾀하기 위해 강화도로 들어간다 하옵니다." 다루가치는 반란이라는 단어에 힘을 주어 말했다.

"역모라 하였느냐? 반란이라 하였느냐? 역모자들이 강화도로 들어간다고 하였느냐?" 핏줄인 제안공의 이름을 듣자마자 왕이 벌떡 일어서며 물었다.

"예. 그러하옵니다. 역모자들이 강화도로 들어가 원 제국에 항전하려는 계책을 오래전부터 꾸몄다고 적혀 있사옵니다. 왕실의 안위와 공주 마마의 안전을 위해 마흔세 명을 이미 잡아 가두었사옵니다. 아울러 이 중차대한 역모를 주도적으로 획책한 제안공을 먼저 징치하셔야 할 것이옵니다. 더불어 반역자들을 재상들 앞에 불러들여 마마가 친히 국문을 함이 마땅한 줄 아뢰옵니다." 전투를 치를 만반의 준비를 갖춘 장군처럼 다루가치의 목소리에 힘이 들어 있었다.

공주는 다루가치가 들고 온 투서에 적힌 이름을 찬찬히 훑었다. 모두 그 늙은 여우와 긴밀한 관계에 있는 자들이었다. 이름에는 이미 죽은 지 오 년이나 된 자도 있었다. 그건 중요치 않았다. 창고에 갇힌 저 늙은 여인이 바라는 것은 단 하나일 것이었다. 자신의 자리와 남편과 자식과 권좌를 한꺼번에 몰수해 간 공주가 없어지기를 바라는 것일 터였다. 당장은 힘이 없지만 때를 기다려 공주를 치고자 이를 갈았을 것이었다. 공주는 피바람을 몰고 올 상황을 움켜쥐듯이 주먹을 쥐었다.

바로 그때, 흰 머리가 성성한 정승 한 명이 공주 앞으로 걸어와 무릎을 꿇었다.

"이번 다루가치가 얻은 익명서에 대해서 신이 감히 목숨을 걸고 아뢰겠습니다. 하느님이 돌보시어 이 무리들을 제거하고 공주로 하여금 동방에 와 계시게 하시니 무고하게 화를 당하는 일이 일어날 수 없을 것이라 여겼습니다. 우리나라에는 지금 인물이 적은데 몽골군이 사면에 주둔하고 있으니 누가 감히 도망해 숨을 수 있겠습니까. 그리고 이름도 없는 글을 어찌 믿을 수 있겠습니까. 또 정화궁주가 저주하였다는 일 역시 분별하기가 쉽습니다. 공주께서 하가하여 오신 뒤로 온 국민이 안도하여 모두 황제의 은덕에 감격하였는데, 그가 만일 사사로운 감정으로 공주를 저주했다면 저주를 듣는 귀신은 영험이 있어서 은덕을 배반한 화가 반드시 정화궁주에게로 돌아갈 것입니다. 바라건대, 밝은 판단을 내리시어 지금부터 익명으로 적은 문서는 모두 불문에 붙이게 하소서."

그는 말하는 내내 울었다. 물기로 얼룩진 늙은이의 눈가가 짓물렀다. 그는 마룻바닥에 주름진 이마를 짓찧으며 그예 통곡했다. 이마에서 피가 흘러 그의 흰 수염을 붉게 물들였다. 함께 입시한 재신들도 함께 이마를 바닥에 찧으며 울었다.

공주는 그들의 울음 앞에서 웃었다. 그들의 울음은 공주에 닿지 않고, 저 창고에 갇힌 여인에게 닿아 있음을 알기에 웃었다. 그들의 간절함과 애절함은 쥐새끼처럼 창고에서 찍찍거리고 울고 있을 여인을 향한 것이었기에, 웃었다.

공주가 이 빌어먹을 작은 나라의 궁성에 입성했을 때 백성들은 백년 난리 후에 다시 태평시절을 볼 수 있게 되었다며 두 손을 들어 환영했었다. 황제의 은덕으로 백성들은 큰 전쟁을 겪지 않고, 참혹한 병화兵禍를 알지 못하게 되었노라며 춤을 추었었다.

'은혜를 모르는 것들 같으니라고. 자신들에게 태평 시절을 가져다 준 내게 반항과 증오와 배은망덕으로 답해?'

그녀는 역모 사건을 친히 국문해야만 했다. 그들이 강화도로 들어가겠다는 것은 원 제국을 향한 반역을 꿈꾸고 있다는 것이며, 원 제국에 대한 반역은 곧 그녀에 대한 반역이기 때문이었다.

왕은 뒤로 물러서야만 할 터였다. 왕이 이 사건을 제대로 처리할 리 만무했다. 옛 아내에 대한 측은한 마음을 지닌 왕이 단호하게 역모를 해결할 수는 없을 터였다.

공주와 궁주는 화해할 수 없는 관계였다. 이번에 늙은 여우를 없애지 못하면 그녀의 두려움과 증오를 부채질할 게 뻔했다. 버림을 받은 경험이 있는 여우는 굴욕감을 느낄 것이었다. 원한에 찬 늙은 여우를 살려 두면 언젠가는 공주의 목을 물어뜯을 것이었다.

권력이 무엇인지 맛을 보게 해야 했다. 공주에게 대적하는 자들은 끝까지 뿌리 뽑아 뭉개 버려야 하며, 되돌아와 괴롭힐 기회도 완전히 없애야만 했다. 특히 공주와 늙은 여우의 관계처럼 숙명적으로 적대 관계인 경우에는 더더욱. 왕의 여자는 단 한 명이어야만 했다. 하늘이 무너진다 해도 화해나 용서는 없었다. 낮이 지나면 밤이 오는 것만큼 또렷한 이치였다.

공주는 늙은 여우를 섬으로 유배 보내고, 마흔세 명의 반역자의 재산을 몰수하고, 주모자는 죄를 털어놓게 해서 쇠줄을 머리에 두르게 하고 못을 쳤다. 그것으로도 모자라 매질하는 사람을 호령하여 더

욱 세게 치라 명하고, 종일 발가벗겨 세워 두었다. 겨울 찬바람에 주
모자의 살과 피부가 얼어 시퍼렇게 멍이 들도록 문초했다. 주모자의
살이 갈가리 터졌다. 왕의 핏줄인 주모자의 숨이 멎었다.

칼 위에 춤추는 자로다

역모 사건을 처리하고 난 몇 달 뒤에 다시 일식이 있었다.

다음 날 밤엔 불덩이같이 붉고 말같이 큰 것이 점점 넓어져 돗자리처럼 되다가 별궁을 덮치듯이 떨어졌다. 뒤이어 유성이 서로 잇달아 떨어지더니 바람이 갑자기 불고 불이 궁중에서 일어나 나무들을 불태워 버렸다. 궁녀들은 비밀리에 모여 하늘의 꾸지람이 분명하다고들 입을 모아 수군댔다.

입들, 입들, 큰 입들, 저 시커먼 구멍들은 너무도 커서 공주는 빨려 들어갈 것 같았다.

왕은 재변의 책임을 물어 임시로 주, 부, 군, 현의 사심관을 폐지했다. 다만 임시로.

공주의 꿈속에서는 여전히 칼날이 춤추었다. 궁중은 안전한 곳이 아니었다. 그녀는 궁실을 수리하기 위하여 공장工匠을 보내 달라 원나라에 청하고, 각 도의 젊은 남자들과 목수와 토수와 미장이들을 징발했다. 재목을 벌채하여 궁실로 수송하게 했다.

도성에서는 얼고 굶주려 죽는 자가 잇달았다. 공주는 귀를 닫았다.

역모 사건을 알게 된 공주의 모후가 원에서 무당을 보내와 푸닥거리를 했다. 무당과 함께 온 원나라의 추밀원이 고려의 백성들이 활과 화살과 병기를 가지는 것을 금하라는 공문을 들고 왔다.

그럼에도 그녀는 잠을 잘 수 없었다. 역모 사건은 공주의 심장에 깊은 골을 새겼다.

공주는 언제든지 자신을 죽이고자 하는 사람들이 있다는 걸 인식하기 시작했다. 그녀는 침전에서 잠을 이루지 못했다. 침대에서도 그녀는 마치 매복하는 군인처럼 웅크리고 불안한 밤을 보냈다.

고려로 오기 전, 모후의 무릎을 베고 부드러운 양모 이불을 덮고 잤던 달콤하고 기름진 잠을 자고 싶었다. 어린 말처럼 말랑말랑한 잠은 이미 사라지고 없었다. 너무 오랫동안 영혼의 백야 상태가 지속되고 있었다.

그녀는 궁궐 밖 아무도 모르는 사가私家로 거처를 옮겼다. 사람들이 두려웠지만 혼자 있는 것도 무서웠다.

다음 날에는 절로 옮겼다. 끝없이 출몰하는 적을 피해 도망쳐 나와 야생 숲에 엎드려 있는 기분이었다. 언제든지 사가로 절로 은밀한 곳으로 숨은 자신이 적에게 들킬 것만 같아 심장은 두방망이질을 쳤다. 경호가 없는 것도 두려웠지만, 경호를 맡은 자까지도 두려웠다.

그녀는 적이 사방에서 자신을 훔쳐보고 있는 느낌에 시달렸다. 그런 날에는 하루에 두 번도 거처할 장소를 비밀리에 옮겼다. 남의 집 안방에 누워 있어도 마치 물살이 센 여울에 웅크리고 있는 것 같았다. 적이 혹여 볼까 봐 여울에 누워 칼을 물이 흐르는 방향으로 두고 얼굴만 내놓고 누워 있는 것같이 조마조마했다.

겉으로 드러난 그녀의 강한 결의의 말과 태도가 사실은 얼마나 많은 잠재된 불안과 공포와 슬픔을 가장하는지 아무도 몰랐다. 왕은 그녀의 꿈속조차 지켜 주지 못한 존재라는 걸, 그녀는 불안한 잠자리에서 뼈저리게 깨달았다. 왕이 공주의 남자라는 사실을 증명하는 유일한 방법은 공주가 진정으로 필요로 하는 것을 주지 않는 능력뿐이었다.

그녀는 자신을 지켜 줄 유일한 세 남자를 기억했다. 자기를 위해 울어 줄 남자, 자기를 위해 이마를 짓찧으며 통곡해 줄 남자들이 갑자기 애틋해졌다. 그녀는 역모 사건을 처리해 준 공으로 홀라대는 인후로, 삼가는 장순룡으로, 차홀대는 차신으로 성명을 하사하고 관직은 모두 장군으로 승격시켜 주었다. 그녀가 선택한 대안은 왕보다 더 강하고, 더 사납고, 더 잔인해지는 것이었다. 이것만이 그녀가 고려에서 버티는 가장 안정적인 유일한 길이라고 믿었다.

몽진

봄 정월에 대장군을 연경에 보내 일본이 고려의 변경을 침범하는 것을 아뢰게 했다.

그 소식을 전한 지 얼마 되지도 않았는데, 원에 반기를 든 잔당들이 모인 합단적이 몽골 주력부대에게 참패한 뒤 기수를 돌려 느닷없이 고려의 변방을 침략하려고 한다는 다급한 소식이 고려 조정에 닿았다.

공주는 부친인 황제의 도움이 자꾸 필요해지는 상황 때문에 마음이 내내 불편했다. 친정에 잘 살고 있다는 소식을 전하기도 바쁠 판에 불안정한 정치 사태가 연이어 벌어지는 모습을 보이는 게 못내 죄스러웠다.

"적병이 이미 국경을 쳐들어왔다!"

2월에 온 나라가 들끓었다. 중외가 소란하였다.

"종묘사직을 보존하기 위해서 몽진하셔야 하옵니다. 어서 빨리 서둘러 몽진하소서!"

회반죽을 뜬 듯 얼굴이 허옇고 살집이 좋은 신료가 호들갑을 떨며 강화도로 몽진할 것을 건의했다.

"몽진하소서! 몽진하소서!"

몇몇 재추와 중신들이 서로서로 맞장구를 쳤다. 백성들은 안중에도 없이 왕을 핑계로 무조건 강화도로 내뺄 생각부터 하는 이들을 보며 공주는 입맛이 썼다.

합단적이 바닷가 지역을 함락시키고 있다는 전황보고가 들어왔다. 상황은 위급하게 돌아가고 있었다. 장군을 원에 보내 합단적이 고려의 전 국토를 유린할 위난에 대비할 수 있도록 군사를 보내도록 요청했다. 지금이야말로 아버님의 큰 힘이 필요한 때였기 때문이다.

황제의 조서가 빠른 속도로 당도했다.

'적을 토벌할 군사가 고려에 이르자면 길이 돌아서 멀 것이니 마땅히 함평부로부터 남경 해양으로 나가 적의 길을 단절토록 하라.'

그녀는 황제의 명료하고 신중한 조서의 내용에 깊은 감동을 받았다. 전쟁의 목적은 적을 토벌하는 것이지, 그저 단순히 패배를 피하는 것이 아니라는 것을 일러 주는 진정한 군주의 사려 깊음이 배어 있는 조서였다. 실질적이면서도 공주를 위해 가장 다정하게 가다듬은 명령이었다.

허나 황제의 조서에 의해서가 아니라 이 나라의 왕이 직접 참되고 용감한 군주의 모습을 보여야 종묘사직을 보존할 수 있을 터였다.

재신과 추신을 불러서 어전으로 불러 적을 방어할 계책을 의논했다. 누구 하나 제대로 나서서 적을 어떻게 패퇴시킬 것인가에 대해 말하지 못했다. 불편하고 어색한 침묵이 지속되었다.

"성상께서 친히 동계로 나가셔서 적의 길을 끊으소서. 적이 만일 가까운 지경까지 침입해 오면 성상께서는 강화도로 들어가시고, 저희 신하들로 하여금 군사를 거느리게 하셔서 적을 막게 하소서." 첨의참리가 강경한 어조로 말했다.

"백성은 나라의 근본이다. 내가 어찌 피하여 민심을 동요하게 하랴. 적이 아무리 기세등등하여 몰려올지라도 나는 삼三군의 후군이 되어서라도 사직을 보전하겠노라." 왕이 말했다.

'최전선에 서겠다는 말은 죽어도 못하시는군. 오호라. 삼三군의 후군이 되시겠다? 적의 화살받이들을 앞세우고 정작 자신은 후군으로 살아남으시겠다? 사직이 어찌 그토록 쉽게 보존될 수 있을 것인가?'

왕의 소심하고 우유부단하고 옹졸하기까지 한 말을 듣고 공주는 그예 고개를 돌리고 말았다.

전쟁에서 중립지대는 없다는 걸, 단 한 번도 적의 칼날과 직접 겨눠 본 적 없는 아녀자인 자신도 아는데. 화살들로 적을 겨누기에 앞서 가장 먼저 자기 자신의 두려움과 비겁함을 겨누어야 한다는 것을 정녕 왕은 모르고 하는 말인가.

왕의 허랑하기 짝이 없는 말에도 재신들은 훗날을 도모하기 위해서는 강화도로 후퇴해야 한다고 가증스럽게 입을 모았다. 왕실과 사직 보존이 그 무엇보다 우선이라며 충성심을 과시했다.

'무엇이 이들을 이토록 비겁하게 만든 걸까.'

공주는 가슴이 답답해지는 걸 느꼈다.

그들은 사소한 실패에도 미리 백기부터 들었으며, 백성의 희생을 감수하고, 자신의 목숨보전과 안위만을 추구했다. 무엇이 진정한 위험인지 몰랐을 뿐더러 함께 고난을 감당할 인내심도 없고 미래에 대한 전망도 없었다. 싸움을 통해서라야 무엇이 먹히고 무엇이 먹히지 않는지, 본질적으로 힘이 무엇인지 약점이 무엇인지를 알게 되는 것을 전혀 알지 못했다.

몽골군과 삼십 년이나 싸우며 버텼던 오기와 근기는 어디로 사라졌는가. 싸움을 통해서 이들은 자신이 갖고 있는 힘을 깨닫지 못했다는 건가. 그들은 재신들이 아니라 그저 겁에 질린 호들갑만 떨어 대는 어중이떠중이들이었다.

왕은 심지어 적의 칼날이 개경을 겨냥하고 있는 때에도 마제산과 도라산을 돌아다니며 사냥을 했다.

결국 아녀자와 노약자들만 먼저 강화로 옮기게 했다. 뒤이어 국사와 보문각, 비서시의 문적을 강화도로 옮겼다. 궁인들을 강화도로 옮기고, 태조의 소상을 옮겼다.

공주는 이 나라의 안녕을 위해 불경을 베낄 승려를 황제에게 보냈다. 무엇이라도 해야 할 것 같았기 때문이다.

왕은 그제야 궁궐을 벗어나 강화도로 몽진할 채비를 했다. 왕이 떠나기 전, 원 제국의 평장사가 궁궐에 도착해 왕과 왕비를 알현했다.

"황제께옵서 합단적을 토벌하는 것을 돕게 하셨는데, 국왕은 마땅히 개경에 머물면서 우리 원나라 군사를 호궤해야 한다고 명하셨습니다."

"짐 역시 군사를 안전히 호궤하고 싶소이다만, 공주와 세자의 안위를 위하여 잠깐 몽진하여야겠소이다."

"황제께옵서는 당 태종이 친히 정벌했어도 이기지 못하였고 원 제국 초기만 해도 복종하지 않아 여러 번 정벌하였어도 쉽게 이기지 못할 만큼 강한 고려가 이 좀도둑에 대해선 어찌 그리 두려워하느냐고 질타하셨습니다."

평장사가 말을 끝낸 뒤 공주를 쳐다보았다.

공주는 평장사 앞에서 얼굴이 화끈거렸다. 좀도둑 앞에서마저도 벌벌 떨며 도망갈 궁리나 하고 있는 남편이 한없이 부끄러웠다. 황제의 질타에 숨은 강한 실망, 강한 남편 곁에서 평안을 누릴 수도 없는 딸에 대한 아비의 안타까움이 느껴져서 더더욱 부끄러웠다.

"짐에게 가장 위중한 목숨은 공주이고, 지켜야 할 것은 종묘사직이다. 그러니 그리 알라." 왕은 평장사를 쳐다보지도 않고 쐐기를 박았다.

평장사는 더 이상 말을 잇지 못하고 물러났다.

공주는 자신의 치마폭에 숨어 조잘거리는 왕의 말에 귀를 막고 싶었다. 왕은 난쟁이고 광대였다. 왕은 어린 세자의 생일에 연회를 베풀 때도 난쟁이와 광대놀이를 했었다. 어린 아들 앞에서조차 난쟁이이고 광대였던 왕이었으니, 무엇을 더 바라랴.

공주는 차라리 자신이 나서서 적과 싸우고 싶었다. 허나 고려의 총책임자는 왕이었다. 왕을 따라 강화도로 몽진할 수밖에 없었다. 합단적이 개경을 궤멸하려 총력을 기울이고 있었기 때문이다.

결국 세자가 할아버지인 황제를 만나기 위해 원으로 급히 떠났다. 세자가 자청해서 떠난 길이었다. 끔찍이도 사랑하는 외손자의 청을 할아버지인 황제가 거절할 리 없다는 계산이었다. 무엇보다 공주는 세자의 명민함과 백성을 사랑하는 마음을 잘 알고 있었다. 세자는 무슨 수를 써서라도 황제의 마음을 움직일 것이었다.

스승인 학자 정가신과 민지를 대동하고 연경으로 떠난 세자는 결국 황제에게 합단을 토벌하기 위한 원군을 더 지원해 달라고 요청했다. 황제가 나만대 대왕에게 명하여 군사 1만 명을 거느리고 가서 토벌하게 하였다는 소식이 강화도 궁궐에 도착했다. 공주는 가슴을 쓸어내렸다.

공주는 왕과 함께 원군을 총괄하는 장수와 원수를 맞이하여 잔치를 베풀고 치하했다. 왕은 자신이 마치 원군을 얻어 낸 것처럼 희색이 만연한 낯빛이었다. 합단이 원주와 충주에서 고려군과 싸우고 있음에도 마치 승리를 쟁취한 듯한 표정이었다.

"왕도 이제는 친히 나와서 적을 방어해야 할 것이오." 원의 장수가 술기운이 싹 가신 표정으로 냉랭하게 말했다. 원의 장수는 왕을 우습게 보는 기색이 역력했다.

"짐은 이미 늙고 병들어 할 수 없다." 왕이 목소리를 눅이며 말했다.

"적이 집 안에까지 들이닥쳤는데, 어찌 늙고 병들다 하여 스스로 편히 있을 것이오." 장수가 어처구니가 없다는 표정으로 말했다.

"이 자리는 짐의 목숨보다 더 중히 여기는 공주의 안위를 지켜 준 그대들의 노고를 치하하고, 싸우느라 지친 근골을 편히 쉬게 하도록 마련한 자리이니, 다 내려놓고 즐기라." 왕은 너그럽고 인자한 군주의 표정을 애써 지으며 말했다.

"저희가 외람되게도 직접 왕림하셔서 위로하여 주시니 어찌 매우 감사하지 않겠습니까. 그러나 적을 방어하는 일에 대하여 이토록 모르쇠로 일관하시니 저희로서는 실로 알 수가 없습니다. 이웃사람이 불을 냈더라도 가서 꺼주어야 할 터인데, 하물며 이것은 자기 집 일인데 어찌 앉아서 보고만 있을 수 있단 말입니까." 장수의 말투는 공손하였지만 왕의 허물을 조곤조곤 따져 묻고 있었다.

"늙고 병든 이는 적의 칼날에 앞서서 죽음에 베일 수도 있거늘." 왕은 부끄러운 기색도 없이 말했다. 자신을 무색하게 하는 말을 하는 사람을 되려 무색하게 만드는 말이었다.

늙고 병든 난쟁이. 집에 불이 나도 남이 와서 꺼 주기를 바라며 가만히 있는 무력한 광대. 전쟁이 나든 말든, 이기든 지든, 술에 취해 얼굴이 벌게진 어릿광대.

원의 장수는 두말없이 왕 앞을 지나쳐 공주에게 황제가 보내 주신 안장 한 벌을 바쳤다.

'이곳은 섬인데, 그녀를 위한 준마조차 없는데 어찌하여 황제는 안장을 보내 주셨단 말인가. 왕 대신 달려 나가 위난에 처한 나라를 구하시라는 건가. 나의 나라는 어디인가.' 공주는 안장을 부둥켜안고 울고 싶은 걸 참았다.

왕이로소이다

그는 태평성대를 꿈꿨다.

백성들이 전쟁의 참화 속에 살지 않도록 해 주는 것이 그에겐 가장 진정한 왕 노릇이라 믿었다. 평화는 군사적 위협을 제거하고 기민하게 조율하는 왕의 능력에서 비롯되는 것임을 아무도 몰랐다. 강력한 통일 제국과 이전의 선왕들과 무신 무뢰배들이 해내지 못한 관계를 수립해야 하는 과제를 그는 사활을 걸고 해냈다.

약점을 계략으로 삼고 유동적으로 처세를 해야만 했다. 나라를 살리고 백성을 구제하고 왕권을 유지하기 위해서라면 그는 황제의 발바닥이라도 핥아야만 했다. 대외 관계를 몽골 기병이 들판에서 벼 베는 백성들을 사로잡아 벼 베듯이 잔인하게 죽인 것을 보았었다. 살리는 길은 단 하나였다. 전쟁을 끝내고 평화를 가져오는 것. 덕분에 백성들은 마음 편히 논에 모를 심었고, 모내기가 끝난 들판에 잠긴 물에 하얀 구름과 파란 하늘이 찰랑거릴 수 있었다. 오랫동안 전란에 시달려온 백성들은 새로운 시대가 왔다며 크게 반기지 않았던가.

그 어느 때보다 왕권은 강화되었지만, 그는 여전히 악몽을 꾸곤 했다. 꿈속에서 날카로운 무기들이 그의 목을 베기 위해 무더기로 쏟아졌다. 목덜미를 덮은 번질거리는 가죽 투구를 쓰고 검은 옻칠을 한 흉갑을 입은 몽골의 병사들이 수시로 출몰했다. 창자를 단번에 찍어낼 듯한 굽은 군도와 무시무시한 손도끼, 당기면 옴짝달싹 못하게 죄어드는 올가미가 있는 억센 말 털로 짠 밧줄을 휘두르고 작은 쇠판들이 안에 촘촘히 박혀 있는 가죽신을 신은 병사들은 그가 어린 시절에 목도한 형상들이었다. 악몽을 꾸고 나면 그는 잠자리를 바꿨다. 궁궐의 어느 침전에서도 그는 편치 않았다. 궁궐 밖 사가私家에서 그는 심기를 어지럽히는 꿈에서 겨우 벗어나곤 했다.

그는 자신의 운명에 드리워진 그림자가 생겼던 시절들을 자꾸 떠올리곤 했다. 쿠빌라이가 황제가 되기 전, 자신이 왕이 되기 전의 시절들은 그에게서 현재를 앗아가곤 했다.

원 황제 몽케가 급작스럽게 사망하자 황실은 엄청난 혼란의 소용돌이에 빠졌었다. 황제의 자리를 두고 다섯 아들끼리 혈전을 벌였다. 둘째아들 쿠빌라이와 막내아들 에릭부케가 서로 황제의 자리를 놓고 한 치의 양보도 없는 싸움을 벌였다. 황제가 승하하기 전에 막내아들은 수도에 진을 치고 있었고, 쿠빌라이는 마침 전쟁터에서 제국의 영토를 확장하기 위한 전투를 치르고 있었다. 쿠빌라이는 말의 머리를 수도로 향하고 막내를 치러 미친 듯이 달렸다. 핏줄끼리의 전쟁이 4년 동안이나 이어졌다. 원 제국과의 강화를 위해 수도로 향했던 그는 세자 신분이었다. 그는 기민하게 쿠빌라이의 편에 붙었다. 운명은 그의 편인 것 같았다. 마침내 쿠빌라이가 황제로 등극하고, 그는 비로소 고려의 왕이 될 수 있었다. 허나 그에게 왕권을 부여해 준 제국의 황제가 이제는 그의 올무가 되었다.

왕비가 낳은 아들은 겨우 두 살 때 황제는 외손자를 세자로 책봉했다. 자신이 낳은 아들로는 세 번째였다. 황제는 세자에게 이지르부카라는 이름으로 불러 주며 남다른 애정을 과시했다. 그것도 모자라서 손자에게 '의동삼사상주국 고려국왕세자 영도첨의사사'라는 작위까지 주고 은으로 된 인장도 하사했다. 칭기즈칸의 직계 후손이자 황금씨족인 아들은 고려의 왕이 될 것이다. 황제와 아들은 끈끈한 핏줄로 맺어진 관계였다. 핏줄이 이제 그의 정치적 덫이 되어 버린 꼴이었다.

아버지와 아들 사이임에도 불구하고 핏줄의 위계가 엄연히 달랐다. 선왕이 승하하고 난 뒤에도 그는 자신의 핏줄 때문에 순조롭게 왕위에 오르지 못했다. 무인 놈들을 증오했음에도 불구하고 그의 피에는 무인의 피가 흐르고 있었기 때문이었다. 무인 놈들의 권력을 끝장내기 위해 자신의 정치적 역량을 최대한 활용했음에도 그의 혈관에 흐르는 무인의 피가 그의 앞길을 가로막고 있었다. 외조부가 바로 무인집권자였기 때문이었다.

그가 무인의 핏줄임을 알고 있는 반대파들은 왕위 계승을 필사적으로 막고 나섰다. 그는 어떻게든 자신을 결박하는 피를 부인해야만 했다. 그는 선왕이 승하하시고 나서도 수월하게 왕권을 이양 받을 수 없는 운명 앞에서, 불운한 핏줄 앞에서 사력을 다했다. 설령 목숨이 보존된다 해도 언제 황제가 왕위를 갈아치울지 알 수 없었다.

그는 아무도 믿지 않았다. 아무도 믿을 수 없었다. 왕의 자리는 두 사람을 위해 존재하지 않았다. 왕은 단 한 명밖에 될 수 없었다. 왕은 유일한 단독자여야만 했다. 그는 혼자였다. 누구와도 왕의 심사를 나눌 수 없기에 그는 무시로 외로웠다.

그저 무섭고 불편하기만한 타국의 여자와 평생 살아가야 하는 처지와 자신의 아들이면서도 몽골의 피를 이어받은 낯선 존재에 대한 두려움을 느끼는 모순에서 그는 더욱 예민해져 갔다. 그가 왕으로 살아남기 위해서는 그 둘이 절대적으로 필요했지만, 언제든지 그 둘에 의해 자신은 몰락할 수 있었다. 가장 가까워야 할 관계의 틈바구니에서 그는 힘의 공백을 만들지 않기 위해 긴장해야만 했다. 평생 굴욕을 처신으로 삼아야 하는 노릇이 그는 몹시 피로했다.

그는 그 누구보다 천한 것들이 좋았다. 천류의 솔직함, 직정성, 외설스러움, 흥겨움……. 매양 굽실거려야 하는 자신의 비천함과 다함 없는 굴욕감과 마음의 울혈은 천것들과 어울리면 다소나마 풀렸다. 난을 입었을 때도 자신을 업어 피신시키고 자신을 살리기 위해 목숨을 바쳤던 자들은 천한 환관들이었다. 모두 제 목숨을 살피느라 겨를이 없는 순간에 그를 구했던 자들에게서 그는 진정한 충성심을 발견했다. 천한 것들은 그를 기꺼이 숭배했고, 비판 없이 복종하고, 뜻을 따랐다.

제약과 모순의 날들을 위무해줄 것들이 그에겐 절실히 필요했다. 예술적인 정취는 국사의 고단함을 부드럽게 안아 주었다. 운율에 귀를 맡기면 세상사 시름이 잊혀졌다. 칼과 도끼가 아닌 음악과 춤으로 나라를 풍요롭게 하고 싶었다. 그가 원하는 세계는 무기가 아닌 예술적인 세계였다. 창과 칼로 세상을 지배하는 무력은 지긋지긋하고 신물이 났다.

황제가 그토록 숭상해 마지않는 공자께서 시를 음률로 바꾼 음악은 능히 음양의 기를 조절할 수 있으며, 비바람이 때에 맞게 이르게 하고, 백성들이 화목하고 이익이 되게 하며, 신과 인간이 합일되는 상태에 이르게 할 수 있다고 하지 않으셨던가 말이다. 아름다움이 세상을 구원할 터였다.

어차피 태양은 하나, 달로 그 빛을 가릴 수는 없을 터였다. 비록 위광威光일지언정 예술로 자신을 태양에 버금가는 빛으로 빛나게 해줄 음악으로 나라를 다스리려는 자신의 정치적 전략을 한갓 아녀자인 왕비가 알 턱이 없지 않은가.

천류賤流는 그 종자가 다르니

여여는 아비 앞에서 머리를 조아렸다.

"이제부터 부처가 너의 세간지부다. 이승에서 핏줄로 맺어진 너와의 인연은 여기까지다. 부처를 아버지로 여기고 업을 끊어 내라. 부디 다시는 태생으로도, 난생으로도, 습생으로도, 화생으로도 태어나지 마라. 무엇보다 천인으로 태어나는 업을 멸하도록 하라."

여여는 집을 떠날 때 부친의 마지막 말을 떠올렸다.

여여는 세상 만민의 아비인 부처의 아들이 아니라, 자신의 피와 뼈의 근원인 아비의 새끼이고 싶었다. 허나 끝내 아비는 여여를 내쳤다. 평생 욕망했으나 끝내 얻지 못한 아비의 사랑이었다.

아비가 기품 있고 고상하게 이별을 고할 때 여여는 몸을 떨었다. 곤란하고 멋쩍은 상황을 모면하는 아비의 기품 어린 표정은 아주 근사한 가면처럼 보였다. 그는 아비가 아니었다. 그저 아비인 척했던 것뿐이었다.

아비는 절에다 아들의 몸값을 내주고 아랫마을 당신 집으로 데려왔다. 어린 남자 노비는 낳아 준 어미가 절의 노비였기에, 여여도 의당 절의 소유였으므로 값을 치렀다.

막상 아비는 데려온 뒤에는 애틋함도 부정의 뜨거움도 보여 주지 않았다. 낳은 정 하나만으로 아들을 애지중지하기에는 아비의 품이 좁았던 걸까. 여여는 밥이나 축내는 새끼라고 욕 먹을까 봐 남몰래 물로 배를 채우곤 했다. 계집종 밑에서 크느라 예의범절도 모르는 천한 놈이라 멸시할까 봐 발걸음 소리도 죽였다.

아비 앞에서 여여는 벙어리가 되곤 했다. 그래도 여여는 아비의 눈에 어떻게든 들고 싶었다. 어미가 옛날의 비참한 생활로 다시 되돌아갈까 봐 두려워했기 때문이었다.

불안하고 불편하고 불화하는 집. 서로가 어떻게 사랑해야 하는지 알지 못하는 집. 아비가 곁에 있어도 늘 아비가 그리운 집. 어엿한 아내가 아니라 여전히 계집종처럼 구는 어미가 함께하는 집. 물에 기름이 겉돌듯이 서로 스며들지 못하는 집구석.

"삼계무안三界無安하니, 유여화택猶如火宅이로구나." 아비가 혀를 끌끌 차며 말했다.

세상에는 편안함이 없으니 마치 불난 집과 같다, 라는 뜻은 절집 주지에게 물어서 나중에 알았다.

여여는 편안했던 집에 불을 지른 장본인 같아서 너무도 죄스러웠다. 아비를 편안하게 하지 못하고 불쏘시개처럼 마음을 들쑤시는 놈인 것 같아서 몸 둘 바를 몰랐다. 모든 세상의 아들들이 아비에게 노비처럼 구는 건지조차 알 수 없었다. 아비를 가져 본 적 없었기에. 태어나서 처음으로 아비라는 자를 가까이에서 보았기에.

차라리 자신이 노비라면 마음만이라도 편할 것 같았다. 차라리 아
비라는 자가 없었을 때가 나았다. 너무도 낯설고 어려운 어른 남자가
자신의 아비인지 의심스러울 만큼 거리는 좀체 가까워지지 않았다.

아무리 배불리 먹을 수 있고 따뜻한 잠자리에 몸을 누일 수 있어
도 여여는 예전의 삶에 대한 그리움을 지워 버릴 수가 없었다. 차라
리 어미와 함께 힘들고 가난하고 무지하고 자유롭던 시절로 돌아가
고 싶었다. 강가에서 놀던 동무들의 시절로 가고 싶었다.

허나 뻐드렁니 연복은 몽골말을 배워 통역관이 된다고 연경으로
떠났고, 어릴 적 불알을 개에게 물려 고자가 된 효상은 원나라 왕실
의 환관이 되겠다고 자청해서 연경으로 향했다. 무엇보다 함께 있으
면 가장 살뜰하고 애틋했던 무명이 그곳 그 시절에 없었다.

"천류賤流는 그 종자가 다르니 그들로 하여금 양인이 되도록 하지
말지어다. 무릇 천류가 됨은 아버지 혹은 어머니 가운데 하나가 천예
이면 천예이다. 주인이 놓아주어 양인이 됨을 허용해도 태어난 자손
은 천예로 환원된다. 주인에게 후손이 끊기면 천예는 주인의 친척이
소유한다. 이렇게 하는 이유는 천예로 하여금 끝내 양인이 되지 못하
도록 함이다. 만약 양인이 되도록 허용하면 후에 반드시 벼슬길에 올
라 점차 요직을 차지해 국가를 어지럽히려 꾀할 것이니라. 이 훈계를
어기면 사직이 위태로워지리라."

아비는 마치 자신이 왕인 것처럼 읊조렸다. 한미한 고을의 유지가
절의 계집종과 사통해서 낳은 아들을 끌어안기에는 턱없이 부족한
깜냥이 왕의 전언을 어떻게 어디서 들었는지 여여는 알지 못했다.

왕에게 시집온 공주가 몽골 여자라는 것은 삼척동자도 알고 있는 사실이었다. 잔인무도하고 야만적인 몽골 사람들은 침략한 나라의 사람을 노예로 삼을지언정 동족을 노비로 만들지 않는다는 것쯤은 아이들도 알고 있었다. 동족을 노예로 삼지 않는 몽골이 이상한 게 아니라 아무렇지도 않은 듯 동족을 노비로 삼는 이 나라가 이상하다고 아이들은 수군거렸다.

왕이 공주에게 지팡이로 맞고 신하들 앞에서 뺨을 맞는다는 소문이 어쩌면 사실일지도 모른다고 여여는 잠깐 생각했다. 이런 헛소리나 해 대는 왕이라면 맞아도 싸다고 생각했다.

천예가 끝내 양인이 되지 못하도록 고집을 부리는 왕이 어떤 존재인지 여여는 무척이나 궁금했다. 양인이 되도록 허용하면 후에 반드시 벼슬길에 올라 요직을 차지해서 국가를 어지럽히는 인물이 될 천예는 누구일까 무척 궁금했다. 사직이 위태로울 정도로 대단한 천예는 어떤 인간일까 몹시도 궁금했다. 왕이라는 엄청난 존재가 그깟 천예를 양인으로 환원시키는 문제 하나에 그토록 안달복달하는 이유가 진짜로 궁금했다.

누구네 콩밭에 콩꼬투리가 몇 개나 달렸는지 다 꿰고 있는 좁아터진 시골 마을에서 자신의 평판이 어떻게 돌고 도는지 아비는 귀를 팔랑거렸을 터였다. 위세를 부린 척해도 아비는 남의 눈길에 입질에 자유롭지 못했다.

아비가 부자유했으므로 아들도 부자유스러웠다. 양인인 아비를 두었음에도 어미가 천예여서 끝내 여여도 천예일 수밖에 없는 운명의 고리를 아비는 끊어 주지 못했다. 아비 역시 왕에겐 천예일 테니까.

그래서였을까. 아비는 세간지부인 부처를 아비로 여기라 했다. 그 말은 중이 되라는 뜻이었다. 결국 헤어져서 각자 자기의 운명을 따르기로 했다.

여여는 어린 중이 되었다.

하지만 처지는 하나도 달라지지 않았다. 절의 중들은 여여의 출신을 너무도 잘 알고 있었다. 어미가 절의 천한 계집종이었다는 이유로 곁자리를 내주지 않았다. 그들이 친 울타리에 여여는 들어갈 수 없었다. 출신성분은 낙인과도 같아서 속세에서도 절에서도 끝끝내 여여를 따라다녔다.

세속의 모든 것으로부터 무애한다던 중들마저 각자의 이익을 구하느라 바빴다. 각각 문중을 좇아 네가 높네 내가 높네 우열을 따지고 다퉜다. 그들 역시 이름을 구하고 명예를 좇았다. 욕심이라는 허망한 바람, 분노의 불같은 바람, 어리석음의 망령된 바람……무명망풍無明妄風이며, 허풍虛風이며, 진풍塵風이며, 온갖 먼지바람이 수시로 산방을 덮쳤다. 여여가 보기에 몸은 산사에 묶였으나 마음은 세속적 욕망으로 천 리 밖 만 리 밖을 떠도는 승려들이 대부분이었다.

그들은 여여를 따돌렸고, 여여는 겉돌았다. 여여는 홀로 산방에 틀어박혔다. 세간지부인 부처님이 계신 절집에서도 버림받았다는 사실 때문에 견딜 수 없이 외롭고 참을 수 없이 수치스러웠다. 온갖 슬픔과 분노와 쓸쓸함과 절망감이 수시로 마음속에 갈마들었다. 외톨이로 남겨진 이유, 천것이라고 멸시받는 이유가 무엇인지 끝내 이해할 수 없어서 돌아 버릴 것 같았다. 똑같은 목숨인데 자신의 목숨은 굼벵이나 송충이처럼 취급받는 것인지, 받아들일 수가 없었다.

왕의 아들로 태어나 온갖 따사로운 사랑과 호의를 비단처럼 두르고 성장했던 부처가 밑바닥 목숨의 처지를 이해할 수 있었을까. 태어날 때부터 금 수저를 입에 물고 난 자가 과연 배고픔과 헐벗음이 삶의 전부인 중생을 뼛속 깊이 이해할 수 있었을까. 무엇보다 세간지부라 불리는 부처는 자신의 핏줄을 버리지 않았던가. 단 한 번도 버림받은 부처의 자식들을 생각해 보지 못했던 여여는 비로소 세상의 모든 아들의 아비라는 부처가 잔인하게 느껴졌다.

여여에겐 아비도 멀고, 세간지부도 너무너무 멀었다. 자신이 아무것도 아니라는 느낌, 앞으로 무엇도 될 수 없다는 느낌이 찾아들 때면 계곡으로 달려가 몸을 던져 버리고 싶었다. 목숨을 부지하면서 살아갈 방편으로 아비가 자신에게 제시한 승려의 삶이었건만.

하루에도 수십 번씩 살아야 할 이유를 찾을 수 없었다. 사람이 사람으로서 살기 위해 필요한 것은 밥이 아니라 살아야 할 이유라는 것을 아비는 몰랐던 걸까.

여여는 외딴 골방에서 생에 대한 온갖 의혹과 고민의 나락 속에서 허우적거렸다.

'이 목숨의 곤욕, 핏줄의 슬픔, 꿈의 비루함, 삶의 억울함이 왜 있어야 하는가?'

미칠 것 같았다. 골방이 지옥이었다. 골방 밖 세상이 무간지옥이었다. 태어남이 비극이었다. 숨 쉬는 것이 얼음지옥이었다. 지옥에 붙들려 있으면서도 그는 살고 싶었다. 자신이 살아 있음을 증명하고 싶었다. 한 조각이나마 꿈을 실현하고 싶었다.

아비도 자신을 버렸고 세상도 자신을 버렸다. 그는 자신 외에는 아무에게도, 무엇에게도 마음을 주거나 충성하지 않으리라 다짐했다. 그는 입을 닫고 감정을 억제했다. 어떤 마음도 남겨 두지 않으려 노력했다. 살아남기 위해선 마음이 아니라 무념이 필요했다.

모순

여어는 절을 떠나 숲으로 기어들어 갔다.

고행의 숲에서 그는 인연의 끈을 놓기로 작정했다. 하늘을 이불 삼고 땅을 베개 삼았다. 풀뿌리와 나무껍질을 벗겨 먹었다. 나무 열매를 씹어 주린 창자를 달래고, 목마르면 개울물을 마셔 갈증을 풀었다.

먹을 것이 끊겼다. 얼마나 먹지 못했는지 기억조차 없었다. 잠도 사라졌다. 극한에서 비극을 끊어 내고 싶은 열망이 이글이글 타오르는 숯덩이처럼 가슴에서 불불거렸다. 구원도 해탈도 아닌 단절을 원했다. 이전의 삶을 끝장내고 싶은 마음뿐이었다. 아비와 어미로부터 받은 살점을 한 점도 없이 다 발라내고 다른 몸으로 바꾸고 싶었다. 죽어서 환생하지 않고, 살아서 다른 생으로 변모하고 싶었다. 죽지 않고 끝내 살아서.

팔과 다리는 삭정이처럼 말라 버렸다. 살가죽에 붙은 안쪽 갈비뼈를 손으로 만지면 대나무 마디처럼 툭툭 불거지는 게 느껴졌다.

풀 위에 가만히 누워 있으면 사슴이나 고라니가 다가와 살았는지 죽었는지 확인하려고 콧구멍을 벌름거렸다. 짐승들의 먹이가 되기에는 숨이 아직 남아 있었다. 아직은 숨 너머로 넘어서지 않아야 했다. 그러나 살 냄새를 맡은 짐승은 그의 숨을 끊으려 이빨을 드러내며 으르렁거렸다. 그는 손사래를 치며 짐승을 물리칠 기운마저 없었다.

"워이! 워이!"

어디선가 짐승을 쫓아내는 어떤 사내의 우렁우렁한 목소리가 들려왔다.

그의 몸뚱이를 탐하던 짐승의 뜨거운 숨결이 멀어져 갔다.

"고행림의 수하석상에서 번뇌의 불을 소멸하고자 하는 부처가 바로 여기에 있네 그려." 봉두난발한 중늙은이가 기진해져 가는 그를 내려다보았다.

"해탈하기 전에 열반에 먼저 드시겠구만. 순서가 글러먹었네 그려." 어깨에 메고 있던 삼태기를 내려놓으며 사내가 이죽거렸다. 비아냥거린 말과는 달리 눈빛이 따뜻했다.

여여는 눈을 겨우 뜰 만큼 기운이 없어 아무 말도 못했다.

'이 깊은 산중에 불쑥 나타난 저 사내는 누군가. 산삼을 캐러 다니는 심마니인가. 뱀을 잡는 땅꾼인가.'

사내가 입고 있는 해진 잿빛 납의納衣가 가까워졌다 멀어졌다. 머리를 깎지도 아니하고 장삼을 걸치지도 아니한 사내의 행색이 묘연했다.

사내가 여여의 어깨를 부축해 나무에 비스듬히 기대도록 했다. 사내의 손길이 그저 닿았을 뿐인데도 여여의 여윈 팔과 어깨에서 모근이 썩어 문드러져 버린 털들이 바스라졌다.

"허허. 이거 보통 심각한 게 아닐세. 산송장이 따로 없구만." 흰 머리털과는 달리 무두질이 잘 된 가죽처럼 얇고 찰진 구릿빛 피부의 사내가 여여의 눈앞에서 쯧쯧거렸다.

너무도 오랜만에 들어본 염려와 관심의 말투에 여여는 눈두덩이 왈칵 뜨거워졌다.

"자, 이 물로 목을 좀 축여 보시게나. 너무 벌컥벌컥 마시지 말고. 물에 체하면 약이 없으니까." 사내가 표주박 주둥이를 여여의 거칠게 갈라진 입술에 대 주었다.

여여가 힘겹게 눈을 떠서 사내를 바라보았다.

"상지수라고 하는 물이니 걱정 말고 마셔." 표주박을 천천히 기울여 주면서 사내는 괜한 너스레를 떨었다.

사내는 달고 시원한 감로수로 여여의 원기를 우선 회복시켰다. 사내는 바랑에서 꺼낸 잣을 으깨서 먹이면서 기운을 얻게 했고, 복령으로 생기를 돋게 해 주었다. 사내가 준 선약들을 먹고 마시면서 여여의 빠진 이빨이 시나브로 돋아났고, 뼈가 서서히 강건해졌고, 피가 돌아 안색이 펴졌다.

사내는 벽곡자僻穀者이자 은둔자였다. 그는 승도 아니고 비승도 아니었다. 죽은 이의 시체를 거두고 뼈를 수습하는 매골승이자, 아픈 이를 고치는 의원이었다. 사내는 오곡을 전혀 입에 대지 않고, 바람을 마시고 이슬을 머금었다. 바다에는 나루가 없지만 사공은 노를 저어 능히 건널 수 있듯이, 허공에는 사다리가 없지만 새는 날개 치며 높이 날 수 있듯이, 사내는 목숨의 고해와 생의 허공에서 자유로웠다.

173

여여는 사내를 따랐다. 사내는 봄여름가을겨울을 가르쳐 주었다. 인간의 질병이 음양오행과 어떤 상관관계를 갖는지를 일러 주었다. 여여는 그를 따라 온갖 초목과 열매를 뜯고 씹고 맛보며 약과 독을 깨달았고, 독초도 독열매도 법제를 어떻게 하느냐에 따라 사람을 살리는 비약이 된다는 것을 터득했다.

해와 달이 함께 있기에 모든 싹이 썩지도 타지도 않고 잘 자란다는 것을 알았다. 자연의 이치는 멀리 있지 않았다. 부딪치면 알게 되었다. 체득해서 알게 된 것만이 진짜였다. 날개가 짧은 새는 산림에 의지하여 형체를 길렀고, 작은 고기는 여울물에 엎드려 본성을 편안히 했다. 새나 물고기는 서로의 짧고 얕음을 두고 다투지 않았다. 청색과 쪽풀은 본체가 같고, 얼음과 물은 근원이 동일했다. 물은 모든 형상을 거리낌 없이 받아들였고, 물은 수천 갈래로 갈라졌다가도 바다에서 수굿하게 모였다. 자연의 모든 것들은 평등했으며 무애했다.

여여는 자연의 이치를 깨달으면 깨달을수록 인간의 삶에 대한 절망이 깊어졌다. 자연의 이치와 법도는 긍정과 부정에 구애받지 않았다. 긍정해도 따로 더 얻을 것이 없고, 부정해도 잃을 것이 없다는 걸 자연은 잘 알고 있었다. 그런데 왜 인간만이 계급을 나누고, 귀한 것과 천한 것을 나누며 부정하는가. 부정의 부정 끝에 이르러도 천한 것은 죽을 때까지 천한 것이란 말인가.

여여는 모순을 끝내 이해하지 못해 잠을 이루지 못했다. 인간사 역겨움에 수시로 헐떡였다.

"마음은 사람 몸에서 하는 역할이 딱 하나 있다네. 바로 한 나라의 군주와 같은 역할을 하는 걸세. 바로잡고 다스리는 것이 마음의 역할

일세. 정신 활동이 모두 마음에서 나온다는 말일세. 자네처럼 마음 하나 다잡지 못해서 비틀거리면 제 삶의 군주가 되지 못하고 노예가 되는 것은 금방일세. 말 그대로 도로나무아비타불이 된다는 말일세."

상처로 인해 마음이 온통 헐어 있고, 마음이 일으키는 온갖 착란에 휩싸인 여여를 안쓰럽다는 듯이 바라보며 사내가 말했다. 사내는 여여에게 말을 놓지 않았다. 여여는 존대의 말을 들어본 적이 없다. 사내의 존대는 여여를 비참한 처지에서 인간의 지위로 높여 주는 느낌을 주었다. 군주라는 단어를 쓰는 것이 예사롭지 않다고 생각했다. 군주는 왕을 일컬을 것인데, 마음과 몸을 빗대어서 사내는 이 땅의 왕을 비판하고 있었다. 무시무시한 말이라고 여여는 생각했다.

"이제 나와 함께 세상으로 나가도록 허세. 너무 오랫동안 세상과 떨어져 있으면 위험해지거든. 도 닦는답시고 세상사와 너무 격리되면 미친 놈 되는 건 시간문젤세. 사람도 세상 속으로 흘러야 되네. 흐르는 물이 썩지 않고 문의 지도리가 좀먹지 않는 것은 쉼 없이 움직이기 때문일세. 예로부터 작은 은자는 산속에 숨고, 큰 은자는 사람 속에 숨는다고 했다네. 더 못한 공부는 앞으로 사람 속에서 더 하도록 하게나!"

여여는 사내를 따랐다. 여여는 사내를 마음속으로 스승이라 불렀다. 여여는 스스로를 새끼 매골승이라 칭했다. 여여도 스승을 따라 납의를 걸쳤다. 시체를 감았던 천을 잿물에 삶아 기워 만든 옷이었다. 헐하고 비천하고 더러운 옷을 입으면 썩은 내 진동하는 마음도 말갛게 씻기는 기분마저 들었다. 스승이 괘념치 않으니, 여여도 자유로웠다.

스승을 따르는 동안, 국토는 핏속에서 질척거렸다. 합단군이라는 적이 입경한 이래 하루에 사망자가 기백만이나 된다고 했다. 왕은 자신의 일신만을 아껴 서둘러 몽진했다고 했다.

왕이 도망치니, 만민의 생명은 불고를 면하기 어려웠다. 숱한 전쟁의 참화로 백성들은 죽어 갔고 권력자들은 더 많은 권력을 갖으려 미쳐 갔다.

시체가 밀물과 썰물에 밀려 항구로 몰려들며 쌓여 갔다. 밀려든 시체로 항구가 막히는 바람에 사람들이 그냥 밟고 지나갔다. 전쟁과 기근과 역병으로 백성들은 쓰러져 갔고, 굶어 죽은 송장이 줄을 이었다. 사람들은 전사자의 뼈를 묻어주기에 바빴다. 묻지 못한 시체는 버려두고 떠났다. 늙은이와 어린이가 자빠지고 엎어졌다. 자식과 어미가 서로 버리고 밟고 쓰러져 들에 가득 찼다. 힘없는 백성들의 우는 소리가 천지를 진동했다.

부처님의 힘에 의지해서 나라를 보존하고자 조정은 팔만대장경을 만들라고 명했다고 했다. 여여가 보기에 팔만대장경은 개흙에 짓이겨진 백성들의 옷을 빨아 댈 빨래판도 될 수 없는 무용지물이었다.

끝없는 전화의 위협, 간신들의 발호, 일상적인 삶의 어려움에 짓눌린 백성들의 무력감과 허무가 나라 전체로 확산되고 있었다. 왕실은 또다시 제국의 군사 원조를 받았다고 했다. 싼값으로 이기려 했던 대가는 가혹할 정도로 비싼 값을 치르고서야 끝을 맺었다는 것을 한 번의 경험으로도 모자라는 모양이었다. 나라 돌아가는 꼴을 보고 있자니 여여는 가슴 한가운데가 타는 불처럼 뜨거워졌다.

칼 잡은 놈들에 의해 붓 부여잡은 놈들이 숨도 못 쉬고 살아온 백여 년의 세월이 끝나자, 이번에는 원 제국이 나라를 쥐고 흔들었다. 문인 귀족들은 무인 세력들과 서로 싸우고 서로 권력을 쟁취하지 못하도록 억누르려고 애쓰면서 나라와 백성들을 탈진하게 만들었다. 체통도 권력도 잃은 왕실이 제 구실을 하지 못해 천하가 죽 끓듯 했다. 도둑놈은 한 죄이고 도둑맞은 놈은 열 죄라며 백성들은 모이기만 하면 이죽거렸다. 오랑캐인 몽골에게 나라를 도둑맞은 놈들인 왕과 문신과 무신들에게 죄를 물어야 하건만, 애먼 백성들에게 죗값을 치르게 하는 꼴을 보고 하는 말들이었다.

최씨 문중이 왕을 허수아비로 세워 강화도로 들어간 통에 죽어나 간 건 백성들이었던 걸 그들은 까맣게 잊은 걸까. 전쟁광과도 같았던 몽골군의 광기에 가까운 잔인함, 섬세하고 정교하게 정비된 군사력, 노련한 전략과 병술이 합쳐진 가공할 파괴력에 백성들이 도륙이 되었던 적이 언제였다고! 몽골 공주가 이 땅에 평화를 주러 온 자비로운 보살이 아니라는 건 왕궁에 거처한 지 이십 일 만에 원을 도와 일본을 치겠다고 날뛴 것만 봐도 알조가 아닌가 말이다.

여여는 또다시 전쟁의 참화에 놓인 백성들의 적이 정확히 누구인지 알지 못했다. 왜 싸워야 하는지 끝내 이해할 수 없었다. 강화도로 터전을 옮겨가며 몽골군과 항전을 불사했던 무인 정권의 시러베들도, 그깟 밑씻개로 써도 아깝지 않을 왕위의 보전을 위해 봇짐을 싸는 왕족들도 백성들의 안위는 안중에 없었다. 그러니 원 황제 아래로 이 나라가 기어들어 가는 것에 대해 백성들이 환호할 수밖에. 누가 백성들의 적인가. 왕도 문벌들도 귀족들도 백성들도 자유를 진정 한 번도 만끽한 적이 없었기에 자유를 잃는 비통함도 전혀 알 수 없을 터였다. 아비를 만나기 전에 여여 자신도 진정한 자유가 무엇인지 몰랐듯이.

　마을을 돌아다니면 열의 예닐곱 집은 비어 있었다. 뼈골이 녹아나고 부서지게 땅 한 뙈기를 경작해서 소출이 한 말이라도 날라치면 너도 나도 땅주인이라고 달려드는 통에 백성들은 죽어났다. 관직에 있는 자들에게만 나라는 땅도 주고 명예도 주었다. 관직은 내놓으면서도 땅은 죽어도 안 내놓는 구관과 관직을 새로 받은 신관이 그 땅 임자라고 나서는 통에 소작인들은 콩 한 쪽을 쪼개서 둘에게 나눠 바쳐야만 했다. 소작료를 견디지 못한 백성들이 밤 봇짐을 싸고 도망치는 일이 다반사였다.

　백성은 하루 저녁거리를 마련할 힘이 없었다. 지난해에는 송곳 꽂을 땅이 없었다면, 금년 가난에는 송곳조차 없다고들 하소연을 할 만큼 상황은 열악했다. 굶주린 사람들이 소나무를 베어 껍질을 벗겨 먹고 솔잎을 따 먹었다. 늙고 약한 자는 죽어서 개천과 구렁에 뒹굴고, 굶어 죽은 시체가 길거리에 널려 있었다.

　사정이 그러하니 여여와 스승은 죽 한 사발도 탁발하지 못한 채로 지나가는 날이 더 많았다.

태어나지 말지어다, 죽지 말지어다

여여와 스승은 전쟁의 참화에 이어 역병이 덮친 마을에 이르렀다.

집집마다 엎어진 시체들이 한둘이 아니었고 방마다 살아남은 자의 슬픈 통곡이 가득했다. 어떤 이는 가족 누구에게도 옮기지 않으려 문을 걸어 잠근 채 홀로 숨을 거두었고 어떤 집은 다섯이나 되는 가족이 모두 죽었다. 역병에 걸린 이들은 모두 거친 옷을 입고 짚으로 엮은 집에서 사는 지지리도 가난한 사람들뿐이었다. 집집마다 부적이 붙어 있었다. 부처의 자비도, 팔만대장경의 위력도 전혀 닿지 않아 붙인 부적이었다.

으리으리한 대궐 같은 집에서 무쇠 솥에 뜨건 밥을 지어 먹는 집, 호랑이 가죽으로 몸을 두르고 요를 산채처럼 두껍게 깔고 잠을 자는 부유한 집의 사람들은 역병에 걸리지 않았다. 솟을대문 앞에도 부적은 붙어 있었다.

스승은 이 모든 것이 음양이 제자리를 잃고, 춥고 더운 순서가 바뀌었고 나라의 군주가 제 역할을 하지 못한 때문이라고 했다. 스승은 횡사한 사람들을 미처 구해 내지 못함을 못내 슬퍼했다. 일체의 감정에 초연한 줄로만 알았던 스승의 슬픔이 여여의 가슴을 쩌르르 울렸다. 스승은 어떤 약보다 더 귀하고 중한 것이 마음이라고 했다. 마음은 약왕이나 약상보다 더 크고 더 따숩고 더 다정해서 일체의 중생을 구원할 수 있다고 하셨다. 아픈 자와 죽어 가는 자를 향한 연민과 슬픔과 안타까운 마음이 가장 소중한 약이라고 하셨다.

여여는 스승 곁에서 염습을 하는 것을 보고 배웠다. 이미 숨을 끊은 시신임에도 의원이 남아 있는 숨을 찾아 진맥하듯 정성스레 쓰다듬었다. 염을 마친 다음에는 영영 이별을 고하는 정인과 눈 한 번 더 맞추고 싶다는 듯, 한 번 더 안아 주고 싶다는 듯, 썩은 물이 흐르고 시충이 기어 나오는 시체를 애틋하게 매만지고 쓸어 준 다음에야 관에 넣었다.

죽은 이에게는 관도 하나의 옷이라면서 스승은 이승과의 마지막 혼례를 하는 신랑신부의 예복을 입히듯 관에도 정성을 쏟았다. 핏줄도 눈길을 돌리고 고개를 외면하는 흐물흐물 문드러지는 살덩이에, 생전 얼굴 한 번 본 적 없는 남에게 쏟는 정은 다함없는 사랑이었다.

"나지 말지어다. 그 죽음이 괴롭다. 죽지 말지어다. 그 태어남이 괴롭다. 죽고 나는 것이 괴롭다. 인생은 괴로움이자 고통이니 다시는 태어나지 말지어다." 염습이 다 끝나면 스승은 시체가 들어 있는 관 앞에서 축원했다. 그 무엇으로도 태어나지 말라고 빌어 주었다. 더더구나 이 땅에서는.

남녀가 한 몸이 되어 정혈을 쏟고 받아 하나의 생명이 태어나는 일, 아비가 되고 어미가 되고 자식새끼가 되는 일, 아홉 개의 구멍으로 침과 땀과 콧물과 피와 똥과 오줌을 흘리며 목숨을 부지하는 일, 날숨을 한 번 뱉은 뒤에 생을 시작하고 들숨을 숨구멍에 가두고 죽는 일, 애면글면하며 살았던 몸이 죽어 땅에 묻히거나 불에 타죽는 일……, 벌레가 파먹거나 한 줌의 재로 변하는 존재. 여여는 그 모든 것이 다 부질없고 허망하게 느껴졌다.

시신을 염습하고 화장까지 한 뒤에야 스승은 마을을 떠났다. 스승의 삼태기엔 상주들이 넣어 준 술이 들어 있었다. 그들의 가난한 손이 건네주는 것마저 거절하면 그것도 상처가 될 것이라 여겨 스승은 술을 주면 술을 받고, 고기를 주면 고기를 스스럼없이 받았다. 여여는 스승의 일거수일투족에서 감명을 받고 배움을 얻었다.

마치 울력을 마치고 난 농부처럼 스승은 담백했다. 가난하고 헐벗은 중생들에게 어떠한 것도 기대지 않고 얻지 않으면서 넋의 독립을 이루어 내는 스승이야말로 가장 위대한 승려가 아닌가 싶었다.

여여는 언젠가 시체가 무섭지 않느냐고 물었다. 도무지 이골이 나지 않는 자신에 대한 부끄러움이 묻어 있는 물음이었다.

"산 사람은 잘나고 못난 구별이 있고, 귀하고 천한 분별이 있다네. 하지만 시신은 늙은이나 갓난쟁이나 남자나 여자나 소나 돼지나 소금쟁이나 나비나 쇠붙이나 다를 것이 없다네. 자네는 세상에서 무엇이 제일 무섭던가? 호랑이? 배고픔? 어둠? 내가 이제껏 살아 보니, 세상에서 가장 무서운 것은 바로 정이었다네. 정이 고이는 데가 제일 먼저 썩는 것을 보았네. 정이 들면 헤어지기 어렵고, 정이 붙으면 죽어도 작별을 못하고, 정을 못 떼서 죽은 자를 떠나보내지 못하는 것을 수없이 보았네. 수백 명을 염하면서 나 역시 시신에게 정이 들어 버려서, 이승을 떠나기 참 어려울지도 모르겠다는 마음이 든다면 믿을 수 있겠는가.”

스승의 말에 여여는 무명을 떠올렸다. 스승을 따라다니느라 무명을 잠시잠깐 잊었지만 완전히 잊은 건 아니었다.

이미 스승에게 정이 들었는데, 여여는 어찌 또 작별을 할 것인지 두려웠다. 세상에서 가장 무서운 것은 바로 정이라고 하시면서 어찌하여 스승은 이토록 정을 담뿍 주시는가. 정을 떼는 법도 가르쳐 주시는가.

“시신이 무섭던가? 산 사람이 무섭던가? 보다시피 시신은 아무것도 할 수 없다네. 왜냐? 죽었으니까. 산 사람이 죽이기도 하고 해치기도 허지. 펄펄 살아 있으니까. 나는 외려 산 사람이 더 무섭다네. 이젠 다른 이의 시신을 보면 내 죽은 몸을 보는 듯하다네. 그래서 정이 가는 걸세. 잘나고 고매한 스님들은 인간의 육신이란 그저 피고름을 담은 가죽부대니, 탐진치의 덩어리니 멋진 말들을 해 대지. 껍데기를 벗었으니 넋은 아무런 걸림이 없어졌으니, 허깨비 같은 빈 몸이야 말로 법신이니 하면서 나불대지. 어떤 중은 그저 극락왕생만을 기원하며 염불만 해 대지. 아무런 감정도 없는 앵무새처럼. 중들이 뇌까리는 법문도 제 각각, 제 맘대로이지. 어쩌면 그들이 맞을지도 모르지. 왜냐? 죽어도, 차라리 죽어서, 극락이라도 가서 왕생하길 바라는 게 사람 마음이니까. 그 마음을 알아주니, 그들이 진정 보살일지도……” 스승은 잠시 말을 멈추고 합장을 했다.

가련한 그를 아무도 돌아봐 주지 않았던 절의 중들은 권력가와 세도가의 부귀영화를 위해 날이 저물고 밤이 새서 다시 날이 밝도록 염

182

불을 외웠었다. 여여는 정 한 점도 주지 않았던 아비를 끊어 내고 절로 들어갔던 시절이 떠올라 고개를 숙였다. 어미마저 끊어 내고 나선 길이다. 어미는 살아 계시기는 한 걸까. 여여는 목울대가 뻑뻑해지는 걸 느꼈다. 눈물은 나오지 않았다.

"자네도 차차 알겠지만, 시신을 염하다 보면 이분의 넋은 극락 갔겠다, 저 혼백은 지옥에 떨어지겠다 느낌이 확 오게 될 걸세. 이분은 평생 근골을 수고롭게 하다 갔구나, 저분은 제 욕심만 부리다 숨을 났구나, 누명 쓰고 억울하게 죽었구나, 그런 걸 알게 되는 순간이 올 걸세. 극락 갔겠다 싶은 느낌이 드는 시신은 대강대강 해도 마음에 걸리지 않지만 죄 많아 보이는 시신을 대하면 내가 죄지은 것처럼 눈시울이 뜨거워지곤 한다네. 옛날 말에 사람은 죽을 때 그 말이 선해지고, 새도 죽을 때는 그 울음이 애처로워진다고 했다네. 왜냐? 죽을 때는 다 착해지니까. 이렇게 살다가 갈 것을 그렇게 아득바득 살았냐고 물어보고 싶어지지. 애 쓰면, 노력하면, 이 한평생 잘 살 줄 알았다고 그들도 말하고 싶을 걸세. 허나 죽은 자는 말이 없으니, 내가 알 도리가 없지. 석불상을 만드는 돌쟁이도 먹줄 놓고 징 먹일 때는 자기의 혼을 불어넣는데 하물며 살아 숨 쉬었던 자가 마지막으로 가는 길인데……, 아무런들 이 짓도 정이 없으면 못해 먹는 거지. 시신과 정을 나누다 보면 어느 사이에 그 시신 언저리에 남아 있던 삶의 때 같은 것이 걷히고 마음이 편안해지게 된다네. 결국 이 짓도 내 마음 편하자고 하는 짓이라는 걸 어느 순간 알게 되지. 자네 눈에 마치 내가 시신을 위한 것처럼 입으로 온갖 악취를 풍기는 걸 보니, 나는 아직 멀었구나 싶네 그려. 이제 나도 황천길로 슬슬 갈 채비를 해야만 하는 살아 있는 시신이로구나 싶네 그려."

몸으로 직접 가르치는 자에게는 군말 없이 따르고, 말로 가르치는 자에게는 시비를 따진다고 했던가. 생의 허무와 목숨의 적멸을 온몸으로 가르치는 스승의 말씀은 여여의 가슴을 뚫었다. 짧지 않은 시간 동안 절의 외딴방이나마 거처하면서 보고 배웠던 불법과는 차원이 다른 스승의 가르침은 명징했다.

여여가 이제껏 만났던 승려들은 세속과 탈속을 구분하고, 일상적 삶과 초월적 삶을 엄격하게 분리하면서 중생들과 너무도 멀리 높은 곳에 머물렀었다. 욕망과 초월, 인연에 매인 삶과 초탈한 삶, 중생과 부처, 더러움과 정결함으로 이원화된 절집 승려들의 가르침에 여여가 끼일 자리 따위는 없었다. 부처가 설파했던 불이不二는 그저 관념의 언어에 불과했다. 분열된 정신세계 속에서 여여는 더욱 격렬하게 분열되었었다.

스승은 티끌세상에서, 진흙탕에서, 중생들 가운데서 부처의 자비심을 실천하고 있었다. 여여는 스승을 통해 배우면서 출장입상出將入相의 꿈을 가지기 시작했다. 꿈을 꾸게 된 것이 너무도 행복해서 여여는 눈물이 쏟아질 것만 같았다. 살아야 할 이유가 생기게 된 게 퍽도 다행스러워 스승을 힘껏 껴안아 주고 싶었다.

"이런 때 술 한 잔 없다면, 슬픈 마음과 번거로운 생각을 무엇으로 씻을까."

"당연히 술로 씻어야지요."

여여는 스승에게 염을 하고 받은 술을 따랐다. 스승은 감로수를 마신 듯 시원하게 마셨다. 스승을 따라 여여도 단숨에 들이켰다. 빈

창자에 기분 좋은 취기가 돌았다.

여여는 가슴을 벌리고 소리쳤다. 단 한 번도 지르지 못했던, 목구멍에 차올랐던, 해방의 통곡이었다.

"나지 말지어다. 그 죽음이 괴롭다. 죽지 말지어다. 그 태어남이 괴롭다. 죽고 나는 것이 괴롭다. 인생은 괴로움이자 고통이니 다시는 태어나지 말지어다!"

늑대의 칼날

"백성들이 굶주려 죽어 가고, 나라의 내일이 한 치 앞도 보이지 않는데도 기어이 사냥을 나가셔야겠습니까?"

공주의 대찬 말에 왕은 어떤 응수도 하지 않았다.

밖에는 왕의 사냥 행차에 따라나서는 이들이 1천 5백 명 정도 대기하고 있었다. 정작 왕의 차림새는 사냥꾼의 행색 그 자체였다.

"무엇보다 지금은 짐승들도 새끼를 치는 계절입니다. 그런데도 사냥을 꼭 가셔야겠습니까?"

귀를 닫아 버린 왕을 향해 공주는 기어이 날 선 말 한 마디를 더 보탰다.

왕의 미간이 좁아졌다. 심기가 불편하다는 기색을 드러내면서도 왕은 이번에도 말 한마디 내뱉지 않고 궁을 나설 기색이었다.

며칠 전엔 태백성이 한낮에 나타나 하늘을 횡단했었다. 궁 서문 밖 땅이 갈라지고 샘물이 두어 자나 높이 솟아올랐다. 하늘에서는 비 한 방울 내리지 않았다. 이상한 자연 현상이나 천재지변은 하늘이 왕에게 보내는 경고였음에도, 왕은 끝내 무시했다. '일식이나 가뭄이나 지진도 모두 정치의 궤도를 벗어난 왕에게 보내는 질책이라는 걸 왜 모른단 말인가. 우주의 균형을 깨뜨린 장본인이 바로잡기는커녕 사냥질을 나가려 들썩인단 말인가.' 공주는 온몸에 기름칠을 한 씨름 선수를 보는 기분이 들어서 미칠 것 같았다. 잡히지 않으면서도 매번 싸움을 걸어오는.

일전에 내전에서 연회를 베풀었을 때도, 왕은 자주 일어나 춤을 췄다. 공주가 말려도 듣지 않았다. 예전에는 그녀가 싫은 기색만 보여도 연회를 당장 파하던 그는 이제 어떤 말도 듣지 않으려 했다. 공주가 천재지변에 겸허히 낮추는 예를 차리며 직접 반찬 수를 줄여 사치를 금했건만, 왕의 향락과 사치는 끝 간 줄을 몰랐다.

무엇보다 그는 사냥에 지나치게 탐닉했다. 그녀는 왕이 사냥하고자 하는 목표물이 무엇인지 알 수 없어 답답했다. 담비나 호랑이라면 얼마든지 가질 수 있는 자리에 있으면서도 기어이 눈비와 찬바람을 무릅쓰면서까지 출궁하는 이유가 도대체 뭐란 말인가. 백발이 성성한 왕은 자신의 몸을 보전하는 데만도 겨를이 없을 판이었다.

공주는 천 여 명이 넘는 기마들이 왕을 따라나서는 모습을 한숨 쉬며 지켜보았다. 정도를 벗어난 왕의 행차를 오늘도 그녀는 끝내 막지 못했다. 왕이 떠나는 뒷모습을 지켜보면서 그녀는 몽골 초원의 늑대를 떠올렸다.

늑대는 죽음이 코앞에 닥쳤음에도 피 냄새의 유혹에 곧잘 빠져들곤 했다. 겨울 혹한에 몽골의 사냥꾼들은 칼을 날카롭게 벼려서 늑대가 좋아할 만한 짐승의 피를 담뿍 묻혀 놓고 쨍쨍하게 얼린 후 칼날이 위로 향하도록 땅속에 박아 놓았다. 굶주린 늑대는 피 냄새에 끌려 칼날을 정신없이 핥아 댔다. 차가운 피를 맛본 늑대의 혀는 얼어 갔다. 무감각해진 혀를 칼날은 사정없이 벴다. 늑대는 다른 짐승의 피 대신 정작 자신의 피 맛에 도취해 더욱더 빨리 칼날을 핥아 댔다. 자신이 흘린 피 맛에 늑대는 미쳐 갔다. 죽음에 이를 때까지.

지금 왕의 모습은 몽골 초원의 늑대와 같았다. 사냥과 연회와 향락은 왕의 권력은 물론이거니와 생명까지 소진시킬 터였다. 하필 왕은 어젯밤 꿈에 선조들이 나타나 망월대에서 노니는 것을 봤노라고 했다. 근자에 들어 왕은 자주 선왕이 나타나는 꿈을 자주 꾸곤 하였다고 전해 들었다. 좋지 않은 징조처럼 여겨졌다

공주는 이번에는 기어이 왕의 행차를 따라나설 요량이었다. 그녀는 사냥이 끝날 시간에 맞춰 망월대로 향했다. 이번 사냥 끝에는 망월대에서 연회가 있을 것이었다.

멀리서부터 풍악 소리가 들렸다. 음률은 처량하고 구슬펐다. 음률에 섞여 섬약하고 간드러지는 여자의 목소리가 허공에 높았다. 한 나라의 왕이 즐길 만한 노래는 아니었다. 품격도 아취도 없는 음악이었다. 그녀는 허공을 가르고 날아오는 노래가 물건이라면 찢어발기고 부숴 버리고 싶었다. 그녀의 마음은 벌써 달려 나가 악기를 때려 부수고, 악공들을 두들겨 패고 있었다.

망월대로 올라선 공주를 왕이 뜨악한 표정으로 쳐다보았다. 이미 전갈을 받았을 터인데도, 왕은 술에 취한 눈으로 머나먼 타인을 보듯 공주를 보았다. 그녀는 피가 거꾸로 솟는 것 같았다.

"지금 뭐 하는 게냐?" 그녀는 다짜고짜 환관에게 소리쳤다.

"사냥을 끝내고 심신의 고단함과 피로를 풀고 있소이다." 왕이 대신 대답했다.

"전하에게 묻는 게 아닙니다. 여기는 거위나 고니가 없는데, 어찌하여 전하를 권유하여 이렇게 멀리까지 왔느냐?" 그녀는 부러 왕을 쳐다보지 않고 책망의 화살을 거푸 환관에게 퍼부었다.

"멀리 오고 가는 것은 과인의 소관이오." 왕이 환관 대신 맞받았다.

"도대체 음악이 전하에게 무엇입니까?"

"나라를 다스리는 데 음악을 사용하고 있소이다."

"음악으로 나라를 잘 다스렸다는 말을 이제까지 듣지 못하였습니다."

"공자께서 음악을 일러 아름다움의 극치이고, 선의 극치라고 하였소이다. 또한 음악을 듣고 석 달 동안 고기 맛을 알지 못했다고도 하였소. 원 제국의 황제께서 그토록 추앙해 마지않는 공자가 사랑한 것은 음악이었소이다. 몰랐소이까?"

"저는 천하 고금 어디에서도 군주가 천한 음악으로 정치를 했다는 말을, 들어본 적 없습니다. 단연코 듣지 못하였습니다."

"공자께선 무武란 아름다움의 극치이기는 하지만 선善에 대해서는 미진하다 하였소. 아울러, 칼로 다스린 자는 칼로 망한다는 말, 들어는 보셨소이까?"

"그 말씀은 저의 아버님은 칼로 나라를 다스려서 망했다는 뜻이고, 선善에 대해서는 미진한 무武로 인해 결국 통치의 극치에 이르지 못했다는 뜻이오이까? 허면, 전하는 무엇으로 나라를 다스린다는 것입니까?" 그녀는 왕의 말이 궤변처럼 느껴져 구역질이 날 것 같았다.

"과인의 나라는 음악으로 다스릴 것이오. 그러니 괘념치도 말고 상관치도 마시오."

"전하의 나라는 황제의 부마국입니다. 잊으셨습니까?"

"과인이 나이가 들어 노망이 난 모양이오. 당장 자리를 파하겠소. 그러니 돌아가시오."

왕과 공주가 설전을 벌이고 있는 동안에 이미 자리는 정리가 되었다.

공주는 돌아섰다. 더 이상 부부간의 싸움을 볼품없는 인간들 앞에서 보이고 싶지 않았다.

그때 공주는 보았다. 왕의 뒤에서 고개를 숙이고 서 있는 몇몇 젊은 사내를 보았다. 공주가 익히 봐 왔던 환관들이 아니었다. 말총갓을 쓰고 남자 옷을 입긴 했지만, 남자들치곤 화장이 짙었다. 남장을 한 계집들이었다.

궁중에서 벌일 화산나의火山儺儀와 가극을 위해 전국에서 성색을 갖춘 온갖 여자들을 모아들인다더니, 그 가운데 몇몇을 추려서 사냥터까지 데려왔을 터였다. 남장을 한 계집들 가운데 한 명이 공주를 빤히 쳐다보고 있었다. 공손하면서도 열띤 눈빛이었다. 절제 있는 관심이 가득 담긴 눈빛이었다. 이미 알고 있었던 대상을 새삼 확인하는 듯한 묘한 눈빛이었다. 공주는 그 눈빛이 참으로 기이하다 여겼다. 공주는 깔아뭉개듯 그 눈빛을 끈질기게 응시했다. 숱이 많고 짙은 속눈썹 아래의 눈동자가 공주의 응시에 황급히 비꼈다.

'천한 놈, 비루한 놈, 광대 같은 놈!' 공주는 속으로 부르짖었다.

190

왕은 이상하게도 천것들을 좋아했다. 왕은 늘 천것들의 외설스러움과 비천함을 가까이했다. 그녀는 왕이 천것들과 화통하게 지내는 것이 못내 마뜩찮았다. 제왕의 피가 흐르는 고귀한 그녀의 눈에 그런 왕이야말로 천것처럼 보였다. 천것들과 밤낮을 지새우는 것이야말로 바로 그녀 자신을 천하게 만드는 것과도 같았다.

　'감히!'

　그녀는 왕에게인지, 남장을 한 계집들에게인지, 묘한 눈빛을 보낸 한 계집에게인지, 자신의 운명에게인지 알 수 없는 말을 뱉었다.

왕이로소이다

왕은 사냥을 좋아했다.

하루는 서교에서, 다음 날은 마제산에서, 다다음 날은 도라산에서 매를 날려 토끼를 잡고 고라니를 좇았다.

환갑을 넘긴 왕은 하루 종일 매가 비상하는 걸 보는 것을 사냥보다 더 즐길 때도 있었다. 매는 야성이 강하고 매서워서 길들이기까지 수시로 날뛰었다. 매는 한로와 동지 사이의 추운 날에 잡아서 길들여야 겨울에 제대로 날았다.

그는 자신을 에워싼 수십 겹의 고독으로부터 탈출하는 방식으로 매를 날렸다. 아무도 자신을 도울 수 없는 절대적 상황, 홀로 모든 걸 통제해야만 할 때 그는 전능감과 함께 가늠키 어려운 외로움을 느꼈다. 때론 조롱에 갇힌 새처럼 권좌라는 틀에 붙잡혀 있었고, 언제든 자신을 집어삼킬 수 있는 더 큰 권력 앞에선 발톱을 집어넣고 소리 없이 움직이는 삵처럼 살았다.

그는 권력 다툼이 치열한 궁중에서 막혔던 숨을 사냥에서 토했다.

자신을 매번 베려고 호시탐탐 노리는 불안의 칼날을 밖으로 돌리는 방식으로써 선택한 건 매였다. 매는 그가 한 번도 제대로 누려 보지 못하고 가져 본 적 없는 진정한 야성의 자유를 간접적으로 즐기게 해 주었다. 날것이 뛰어다니는 짐승을 잡아채서 물어뜯는 야생의 정직한 본능을 음미했다.

무엇보다 그는 자신이 늙어 가고 있음을 알고 있었다. 뼈에 찬 물이 차오르는 것처럼 추위를 자주 탔고, 검버섯은 볼과 이마에 거뭇거뭇했다. 근력이 녹아내리는지 온갖 보약에도 하체에 힘이 들어가지 않았다. 힘을 잃으면 끝장이라는 두려움이 수시로 갈마들었다.

세자는 제 나라가 어디인지 모르는 놈으로 자라고 있었다. 뻔질나게 제국의 수도로 내빼서 반쪽짜리 핏줄들과 어울려 지냈다. 근자에는 황궁 서북쪽에 설치된 표방豹房에서 즐겨 지낸다는 소식을 전해 들었다. 제국의 귀족들과 황제의 혈족들이 너른 초원에서 뛰놀았던 호랑이와 표범을 그리워해서 만들었다는 표방. 창살로 막아놓은 동물원에 이미 야성이 거세된 맹수들을 들여다보는 짓거리가 뭐 그리 대단하다고 호들갑을 떨어 대는가 말이다.

저 멀리 허공을 선회하던 매가 섬세한 공격성으로 사냥감을 끈덕지게 추적하고 낚아챘다. 쇠처럼 강한 발톱에 낚인 토끼가 발악을 하면 흙먼지가 회오리쳤다. 몰이꾼들이 우르르 흙먼지 속으로 달려가는 모습이 보였다. 그는 눈을 가늘게 뜨고 지켜보았다. 몰이꾼의 손아귀에 두 귀가 잡힌 토끼를 보며 그는 어린놈의 눈물을 떠올렸다. 재신들과 내시들의 권유에 못 이긴 척 충청도로 사냥을 나설 때였다. 어린놈이 눈물콧물을 흘리며 울었다. 하도 울어 대는 연유가 궁금했다.

"지금 백성들이 곤궁하고 또 봄철 농사 때가 되었는데, 부왕께서는 어찌 멀리 사냥을 가시는가." 어린놈이 말했다.

"어린애가 괴이하구나. 허나 사냥 갈 기일을 이미 정하였으니 네 말을 들어줄 수 없도다." 그는 눈물로 번들거리며 대드는 어린놈을 보니 기가 막혔다. 백성들 운운하는 소리도 괴이쩍었다. 먼지 풀썩이는 책이나 들여다보면서 제가 하는 말이 무슨 뜻인지도 모르고 중얼거리는 게 가소로웠다.

"언제나 매와 개로 우리 임금을 따라다니며 아첨하는 자가 바로 이 늙은 개다!"

어린놈이 마침 그의 곁에 서 있던 재신을 향해 고개를 홱 돌리더니 빽 소리를 질렀다. 재신의 귓불까지 빨개지는 것을 그는 보았다. 속에서 불이 일었다. 공주가 몽둥이로 때려야 할 사람은 자신이 아니라 버릇없는 어린놈이지 않는가. 어린놈을 후려치고 싶어서 손이 부들부들 떨렸다.

아주 어릴 적부터 어린놈은 책을 끼고 살더니 아주 대놓고 아비인 그를 능멸하곤 했다. 군에 있는 응방을 폐지하자고 대들어서 잠깐 뜻을 들어준 적도 있었다. 물론 다시 응방을 설치하긴 했지만 말이다.

성절에 연회를 베풀 때도 송나라 사람들을 불러다 놓은 자리에서 세자를 불러도 오지 않아 그 무례함 때문에 속을 끓였다. 원래 왕은 너무 밝게 살피고 지나치게 들여다보고 꼬치꼬치 캐물어선 안 된다는 것을 어린놈이 어찌 알까 싶어서 관용을 배우라고 에둘러서 일렀다. 어린놈이 불같이 화를 내며 자신을 어리석게 만들어 손바닥 위에다 놓고 물렁물렁한 떡 주무르듯 하려느냐고 했단 말을 전해 들었다. 면전에서 하진 않았지만, 그는 아들놈이 자신에게 돌려서 뜻을 전한 것이라 여겼다.

'고얀 놈! 괴이한 놈!'

신경질적이고 민감하게 반응하는 어린놈이 그는 영 마음에 들지 않았다. 무엇보다 어린놈은 극도로 제 어미에게 의존적이라는 점도 마뜩찮았다. 아비를 통해 세상사를 배우고 권력을 터득해야 하거늘, 늘 제 어미 치마폭에서 놓여나질 못하는 모습이 매양 거슬렸다. 둘이 속닥거리면서 편협하게 친애하는 모습이 보이면 그는 그들이 무슨 꿍꿍이로 모의를 하는지 두렵고 불안했다. 어린놈은 이제 근골이 장대한 청년이 되어 가고 있었다. 공주는 자꾸 아프다고 투덜거렸다. 공주가 아픈 것은 그에게 좋지 않은 징조였다.

그는 이러저러한 상념 때문에 다시 골머리가 지끈거렸다. 토끼 같은 것을 잡는 것으로는 성이 차질 않았다. 더 잔인한 야성을 보여야 했다.

토끼를 죽여서 내장을 바닥에 풀었다. 몰이꾼들이 나무 뒤로 숨었다. 피 냄새를 맡고 굶주린 삵이 슬금슬금 다가오는 게 보였다. 콧잔등에서 정수리까지 두 줄의 흰 줄무늬 양옆으로 박힌 두 눈알이 암팡졌다. 사람을 경계하면서도 먹잇감에 대한 집착을 버리지 않는 근성으로 삵은 토끼의 축 늘어진 사체를 들어올렸다. 턱뿐만이 아니라 온몸의 근육을 이용해서 삵은 살점을 찢어발기고 물어뜯었다.

삵의 절제 없는 탐식이 그를 흥분시켰다. 먹잇감에 대한 차갑고 파렴치한 삵의 욕망에 그는 입안에 침이 고였다. 모든 생각을 잊을 수 있었다.

살고 싶다는 강렬한 동기가 창자에서 꿈틀거렸다. 살아남고자 했다. 살아남아야만 살아남음의 의미를 밝힐 수 있었다. 끝까지 살아남아야만, 그는 살 수 있으리라.

그는 사냥한 짐승을 절대 먹지 않았다.

눈물, 소금 그리고 보석

무명은 기생을 하면서 알았다.

최고의 최음제는 인간의 살이라는 것을. 인간의 살보다 더 황홀하게 만드는 최음제는 상상력이라는 것도 알았다.

소녀의 여리고 보드라운 살갗을 사기 위해 사내들은 비단과 보석을 아낌없이 던졌다. 부유하고 힘 있고 한가한 사람들은 은밀하고 음란한 세계로 몰려들었다. 그들은 기생들을 분별없이 사랑했고, 경솔히 몸을 섞었고, 쉽게 헤어지곤 했다. 색주가는 성적 자유가 보장된 비밀 화원이었고, 방탕의 피난처였으며, 금기가 허용된 화려한 연옥이었다.

무명은 기기 시작하면서부터 목숨을 부지하기 위해 들판에 떨어진 낟알을 줍는 것을 배웠던, 굶어 죽어도 괜찮고, 버림받아도 아무도 거들떠보지 않았던 고향의 사생아들을 떠올리곤 했다. 아장아장 걸을 때부터 소를 끌고 나가 풀을 먹이고, 자기보다 더 어린 동생들을 돌보고, 열매를 따서 주린 배를 채웠던 너무도 가난했던 고향의 동무들을 기억했다. 기억의 끝자락엔 언제나 여여如如가 있었다.

'아, 여여여. 보고 싶구나.'

세상사 나 몰라라 고개를 돌린 채 고급술에 취하고 여자의 살에 탐닉하는 귀족들과 너무도 다른 벗들을 떠올리면 그녀는 이길 수 없는 슬픔에 젖곤 했다. 여여는 불면 날아갈세라 쥐면 꺼질세라 무명을 아끼고 또 아꼈다. 그럼에도 아무리 그리워도 다시는 만날 수 없는 여여였다. 돌아갈 수 없는 시절이었다. 기생이란 오로지 순간의 충족을 구하며 그 이후를 묻지 않아야 한다는 걸 알기에 더더욱. 그녀는 머무는 곳에 몰입해서 찰나인 지금을 온전히 살아야 한다고 마음을 다잡곤 했다.

천둥벌거숭이 무명이 아니라 기생 적향으로 사는 일상에 점점 길들여져 갔다. 너무 어려 아기 기생이라 불렸던 무명은 활짝 핀 꽃이라 하여 개화開花라 불리는 기생이 되었다. 여염집 소녀들은 상상도 못할 몸의 쾌락을 조금씩 알았다. 몸도 마음도 길바닥처럼 사람의 손길과 발길이 닿으면 닿을수록 단단하게 다져진다는 것도 알았다. 욕정이라 불리건 사랑이라 불리건, 본질적으로 저 뱃속에서 끌어 올려지는 감정을 가르쳐 주는 사람은 아무도 없다는 것도 알았다. 그건 홀로 배우는 것이었다.

기생을 꽃에 비유한 자는 누구였던가. 뺨을 때리던 늙은 상인의 얼굴은 기억조차 나지 않았다. 무명은 막 따 낸 꽃이라 불리는 적화摘花의 시절로 넘어갔다. 남자가 들어올 때 온몸이 파동을 일으키는 흥분도 알게 되었다. 촛불의 열기에 흘러내리는 촛농처럼 뜨거운 열락의 순간이 찾아오면 그녀는 문득 시간을 초월하는 느낌을 받았다. 과거도 미래도 없는 오직 강렬한 쾌감만이 있는 곳에서 그녀는 스스로를 잊었다. 온몸의 세포 하나하나가 불꽃이 튀는 것처럼 생생하게 느껴질 때면, 그녀는 감각의 제국의 왕후가 된 것 같았다. 꽃이 온 힘을 다 해 꽃잎을 벌리고 향을 토해 내듯이, 그녀는 성의 감각을 활짝 젖혔다.

사내들은 화대로 은병을 주었다. 그녀는 은병을 들고 제일 먼저 서울 한복판 남대가 상점들의 거리로 나갔다. 그녀를 슬픔이 아니라 아름다움으로 인해 눈물을 흘리게 했던 최초의 상점……, 쌍화점 앞에 섰다.

거렁뱅이 소녀가 끝내 만져 볼 수 없을 것 같았던, 촌것에게는 너무도 지독한 채찍이자 형벌이었던 아름다운 보석들이 있는 곳, 탐미적인 제국 앞에서 그녀는 다시 한 번 숨을 멈췄다.

대낮인데도 쌍화점은 여전히 상점 처마에 등을 밝히고 안에는 수십 개의 촛불을 켜 놓고 있었다. 불빛에 반사된 보석들이 은근하고, 잘 익은 가을 과일처럼 농염했다. 예성강의 물빛보다 더 깊고 퍼런 눈의 남자가 은근한 눈빛으로 그녀를 반겼다. 옥으로 만든 의자에 그녀를 앉힌 남자는 청자 찻잔에 용봉단차를 내왔다. 찻잔을 내려놓는 남자의 길고 희고 가는 열 손가락마다 반지가 꿰어져 있었다.

최고급 차에서는 잘 익은 시간의 향기가 배어 있었다. 차를 음미하며 그녀는 진열되어 있는 보석들을 눈으로 훑었다. 나뭇가지 모양을 한 패옥, 부서지기 쉬워서 더 매혹적인 유리 팔찌, 누렇게 빛나는 금방울, 대낮에 뜬 달처럼 은은한 은반지 등이 제각각의 아름다움을 한껏 뽐내고 있었다. 또다시 가슴에서 찡한 감동이 몰려왔다.

"저는 당신을 압니다." 남자가 그윽한 눈빛으로 말했다.

"저를요?" 그녀는 남자의 눈빛을 맞바라보며 물었다.

"예. 저희 상점 앞에서 눈물을 흘리고 있었지요. 당신의 눈물은 상아보다 수정보다 더 아름다웠습니다." 남자의 푸른 눈이 출렁이고 있었다.

"아주 오래전에 쌍화점 앞에서 울었던 적이 있었지요. 너무 아름다운 것은 지독한 형벌이라는 걸 알았어요." 그녀가 말했다.

"관옥과 곡옥은 늙어 가는 부인들의 주름을 감추기 위해 사용되는 것이지요. 그들은 커다란 보석으로 늙음을 치장하는 것일 뿐, 진정한 아름다움을 모르는 사람들입니다. 아름다움을 느끼는 사람의 눈물만큼 귀한 보석은 이 세상에 없습니다." 푸른 눈의 사내는 그녀의 나라에 사는 사람들의 말을 막힘없이 구사했다.

그녀는 남자의 말이 싫지 않았다. 설령 돈주머니를 쉽게 열지 않는 깐깐한 귀부인들을 호리는 입에 발린 말이래도 나쁘지 않았다. 어쨌든 제대로 대접을 받는 기분이 들게 하는 달콤한 말이었다. 말 대접을 해 주기 위해서라도 아낌없이 은병을 지불할 수 있을 것 같았다.

"사람들은 호박이니 진주니 상아니 수정이니 번쩍번쩍 빛나는 것들을 좋아하지요. 그런 것들은 사실 돌덩어리에 불과합니다. 세상에서 가장 쓸모 있고 가치 있는 암석이 무엇인지 아시는가요?" 사내의 말은 점점 농도가 짙어지고 있었다.

"그게 무엇……이지요?"

"그건 바로 소금입니다." "소금이요? 소금은 먹……는……." 그녀는 말을 멈췄다. 푸른 눈의 사내가 뜻하는 바를 방해하고 싶지 않았다. 참으로 오랜만에 사람과 대화하는 기분이 들었다.

"물론, 소금은 먹는 거지요. 그렇기에 사람이 살아가는 데 절대적으로 필요한 것이기도 하지요. 사람의 삶을 바꾼 그 하얀 암석은 금강석보다 비취보다 훨씬 위대하고 아름답습니다. 썩어 가는 것을 깨끗하게 해 주며, 문드러져 가는 것들도 원래대로 만드는 힘이 있는 게 소금입니다. 불결함에서 정결함으로, 절망에서 희망으로, 어둠에서 빛으로 회복시키는 소금의 완벽한 깨끗함은 세상 그 어떤 보석과도 견줄 수가 없지요. 당신의 눈물에서 저는 소금의 결정체를 보았습니다. 그러니 당신의 눈물이 가장 아름답다고 말하는 것입니다." 남자는 진주 알 하나하나를 줄에 잇듯이 말했다.

소금. 쌀보다 금보다 귀한 것이 소금이라 했던 사람은 어미였다. 어미만큼 소금이 아름답고 귀한 것이라고 말하는 이방의 남자가 어쩐지 낯설지 않았다.

남자는 그녀의 눈을 보석을 받들듯이 바라보았다. 남자의 푸른 눈에 그녀가 가득 들이찼다. 남자는 그녀의 손가락에 진주 반지를 끼어 주었다. 다정한 손길이었다.

그는 수정궁이라고 써진 밀실로 그녀의 손목을 이끌었다. 비단 침장이 드리워진 침대에 그녀를 눕혔다.

"당신은 누구인가요?" 그녀의 희고 얇은 뺨에 스치는 남자의 숨결을 느끼며 물었다.

"제 이름은 아실미리아입니다. 저 사막 건너, 바다 건너에서 왔지요. 페르시아라는 나라에서는 아름다운 여자를 보고 그냥 지나쳐 보내는 남자를 엄벌에 다스리지요. 알라신이 남자에게 준 최대의 선물이자 보석이 아름다운 여인이거든요. 보석을 버린 죄는 알라신이 절대 용서하지 않습니다. 무엇보다 보석 같은 여인이 원하는 것은 다 구해다 주는 것이 저 같은 사내의 의무입니다. 당신이 앞으로 바라는 바가 있거든 언제든지 말씀만 해 주십시오. 당신이 이 땅의 가장 빛나는 보석이 될 수 있도록 제 힘이 닿는 한 최선을 다하겠노라 약속하겠습니다."

'아·실·미·리·아'

그녀는 분홍빛 두 장의 귀에 귀걸이를 달듯이 그의 이름을 매달았다. 사막, 바다, 페르시아, 알라신, 죄, 보석……. 분명 고려의 언어로 말하는데도 이제껏 한 번도 들어본 적 없는 보석 같은 말들이 그녀의 귀를 파고들었다. 말이 보석이었다. 아름답고 달콤한 말은 그 어떤 보석보다 힘이 강했다.

"혹시 제가 바라는 것이 이 땅에 없다면, 페르시아에는……있을까요?" 그녀는 그의 환대에 전율을 느끼며 물었다. 이 땅에서 가장 빛나는 보석 같은 존재가 되는 것이 무엇인지는 정확히 알 수는 없었지만, 그가 말한 약속이 가져다줄 미래에 모순적인 감정이 들었다. 두려움과 희망, 비상의 황홀함과 추락의 아득함 같은.

"페르시아에는 깔때기 모양의 꽃부리를 가지고 있는 붉은 꽃이 있습니다. 지는 법이 없이 일 년 내내 피는 꽃이지요. 그 꽃은 참으로 아름답습니다. 예쁜 겉모습에 반해서 만지면 눈이 멀고, 물에 꽃잎을 띄워서 마시면 바로 죽음에 이르는 맹독의 꽃이지요. 꽃잎에 있는 독을 저희는 라신이라고 부릅니다. 저는 이 땅에서 아직까지 그 꽃을 본 적이 없습니다." 사내가 알 듯 말 듯한 말을 읊조렸다.

"무섭고 두려운 꽃이군요." 그녀가 말했다.

"무섭고 두렵기 때문에 더욱 아름답지요. 너무 아름다운 것은 원래 무섭고 두려운 법이지요." 그가 말했다.

"페르시아에는 꽃 말고 다른 무섭고 두려운 것이 있나요?" 그녀가 물었다.

"비단을 먹여서 키운 황금색 벌레가 있습니다. 그 벌레를 먹으면 몸이 텅 비어 버리게 됩니다." 그가 말했다.

"그 벌레의 이름은 무엇인가요?" 그녀는 사내가 애써 몸이 텅 비어 버리게 된다는 말이 무엇을 의미하는지 알기에 숨죽인 채 물었다.

"다음에, 꼭 필요할 때가 되면 구해다드리겠습니다." 그는 그녀의 눈꺼풀을 손가락으로 쓰다듬으며 말했다.

일몰의 불그레한 빛이 비단 침장에 스며들었다. 비단 자락을 휘감듯 그가 그녀의 몸을 부드럽게 휘감았다. 시장의 소란스러움이 그들의 달뜬 숨소리에 묻혔다. 꽃 두 송이가 함께 만개했다. 쌍화雙花가 방을 가득 채웠다.

무명은 몸이 승리를 기억하도록 매순간 엎고 뒤집고 메치는 연습을 하는 씨름 선수처럼 날마다 춤을 익혔고 노래 솜씨를 갈고 닦으며 몸을 매만졌었다. 색주가에서 누구보다 더 매혹적이고 아름다운 기생이 되기 위해 필요한 것은 재능이 아니라 근성이라는 걸 그녀는 깨달았다. 독화살 개구리가 천적의 몸에 있는 독을 빨아들여서 자신의 피부에 골고루 저장하듯이 그녀는 사내들의 쾌락을 빨아들였다. 독화살 개구리의 화려한 피부가 천적을 꾀는 미끼이자 죽이는 독이듯이, 그녀는 더 화려하게 치장해서 사내를 꾀었다.

사내들이란 살과 뼈로 이루어진 존재이기도 했지만 동시에 물이 없으면 진정한 사내라 할 수 없는 존재이기도 했다. 탐욕스럽고 거친 성정을 가진 사내의 물은 그녀의 깊은 곳에서 시끄럽게 선회했다. 날래고 과감해서 남 해치기를 즐기는 사내의 물은 의외로 얕았다. 어리석고 질투를 잘하는 사내의 물은 쇳물처럼 무거워서 제 힘에 무너졌다. 탐욕스럽고 거짓으로 일 꾸미길 좋아하는 사내의 물은 쌀뜨물처럼 힘없이 머물다 말라 갔다. 우둔해서 병을 쉽게 여기고 죽음을 대수롭지 않게 생각하는 사내의 물은 잿물처럼 스스로를 탈색시켰다.

적향이라는 기생에게 쏟은 사내들의 정액이 흘러넘쳐 예성강 수위가 한 치는 더 높아졌다는 말이 색주가의 담을 넘어 벽란도 항구에 출렁이고 개경 시내를 휘돌았다. 사내들과 잔 후에도 여전히 손목의 붉은 점은 아침이면 나팔꽃이 피듯이 발갛게 돋아났다. 앵혈 덕분에 그녀는 오늘만 존재하는 것처럼 절박하게 하지 않고, 수만 번의 내일이 있을 것처럼 느긋하게 사내들과 정을 나눌 수 있었다. 그녀의 신비스러운 앵혈을 확인하려는 사내들의 발길이 잦았다. 자고 나면 숫처녀가 되는 그녀에 대한 소문은 장안에 퍼졌다.

소문은 거꾸로 돌아 그녀의 귀에까지 닿았다. 그녀는 속으로 비웃었다. 앵혈이니 숫처녀니 정절이니 정조니 하는 것들은 사내들이 만들어 낸 환각이었다. 진정으로 정을 나누고 몸을 사랑할 능력이 있는 사람, 오로지 쾌락만을 염두에 두고 몸을 섞는 사람과 열린 마음으로 상대에게 향할 수 있는 사람에게 정조 관념이라는 것은 우습기 짝이 없는 것이었다.

심지어 매일 새롭게 태어나는 정조라는 게 가당키나 한 말인가.

결코 있을 수 없는 것을 있다고 우기는 짓이야말로 미망이나 환각이 아니고 무엇인가. 한 대상에게만 성심성의를 다하고 몸을 지키는 것 또한 칭송할 미덕이지만 억지를 부려야 할 신조는 아니지 않는가. 벌과 나비가 자유롭게 꽃을 찾아 날아다니듯이, 꽃도 제 맘대로 제 뜻대로 피고 지는 자유가 있지 않은가. 꽃에게 한 마리의 나비만 받아들여야 한다고 욕심을 부릴 수 있을 텐가.

정조에 대한 사내들의 탐욕은 고질병이며 꽃에 대한 무례함이며 무감각의 극치였다. 기생은 그저 하룻밤 찾아온 사내에게 정 주고 마음 주고 몸도 주는 것일 뿐. 그녀는 찰나의 사랑에 충실할 뿐이었다. 그녀에게는 정조를 지키는 것보다 하룻밤만 사랑하는 것이 더 중요했다.

그녀의 민틋했던 가슴은 커졌고, 젖살이 통통하던 뺨은 갸름해졌다. 머리 타래는 점점 더 풍성해졌고, 허리는 청자 호리병처럼 잘록해졌다. 피부는 매우 맑고 차졌다. 그녀는 이제 사내 없는 하룻밤을 상상할 수 없었다. 그녀는 사내들을 다루는 방법에 능통했고, 관계의 덧없음과 치졸한 욕망의 헛됨에 대해서도 알아 갔다. 친동생처럼 알뜰살뜰 살펴 주던 기생 언니들도 속절없이 늙어 갔다. 색주가에선 스무 살이 넘으면 이미 늙은 기생이었다. 색주가의 기생들은 여염집 소녀들보다 서둘러 성장하고 더 빠르게 늙어 갔다. 찬바람이 불지도 않았는데 미리 알아서 잎을 떨어내는 가을 아침의 단풍나무 같은 언니들을 보며 그녀는 조급해졌다.

무릇 사내들이란 늙든 젊든 간에 시디신 살구나무의 여린 열매 같은 여자를 탐했다. 오래된 정 같은 걸 지키는 순정한 사내들은 없었다. 강산이 변하는 데는 십 년이 걸리지만, 사랑이 스러지는 데는 평생이 걸린다는 말은 낯빛 창백한 선비들이나 정 떼지 못한 미련퉁이 기생이 읊는 헛소리였다. 조물주는 인간을 채찍으로 다스리는 게 아니라 시간으로 다스린다던가. 세월을 이겨 내는 젊음도 아름다움도 없다는 걸 그녀는 언니들을 보며 뼈저리게 느꼈다. 기생이란 사내 없이 존재할 수 없다는 것도. 사내가 찾아 주지 않으면 자신을 확인할 그 무엇도 없다는 것도. 사내란 기생에게 거울 같은 존재라는 것도. 거울이 없는 방에서 홀로 살아가야 하는 기생은 이미 죽은 목숨이나 다름없다는 것도. 스스로 웃지 않으면 거울은 절대 먼저 웃는 법이 없는 것처럼, 사내에 비친 자신의 모습이 전부라는 것도. 아름다움도 청춘도 스러지기 전에 그녀는 가장 높은 자리에 있는 존재에 닿아야 했다.

무상가 無常歌

    의지했던 제국의 태양이 지고 난 뒤에, 공주는 다시 꿈에서 칼을 보았다.

    칼날의 끝이 그녀의 가슴 한가운데를 향했다. 손을 뻗어 칼의 손 잡이를 잡으려 했으나 허사였다. 그 순간, 젊은 승려가 나타나 칼날을 맨손으로 잡아서 그녀를 구해 주었다. 승려의 손이 칼날에 베었다. 놀란 그녀를 달래듯이 승려가 그녀의 팔딱거리는 가슴에 손을 얹었다. 그의 근심 어린 눈빛이 그녀를 내려다보고 있었다. 전혀 낯설지 않은 눈빛이었다. 분명히 어디선가 언젠가 봤던 눈빛이었다. 그러나 알 수 없었다.

    손에서 떨어지는 핏방울이 그녀의 가슴으로 떨어졌다. 꽃잎처럼 떨어지는 붉은 핏방울이 가슴에서 자란자란 번져 갔다. 가슴에 얹힌 멍울이 핏방울에 적셔지면서 풀어지는 느낌이 들면서 꿈에서 깼다.

    밤이 깊어 시간은 이경을 향해 가고 있었다. 곁에는 아무도 없었다. 설움이 복받쳤다. 아버님을 여의고 난 뒤에 그녀는 꽃을 봐도 눈물이

났고 새소리에도 가슴을 다친 듯 아팠다. 울음 끝에 투레질을 멈추지 못한 아이처럼 그녀는 딸꾹거렸다. 오래도록 춥고 낯선 길을 걸은 것처럼 비단 버선 신은 발이 시렸다. 그녀는 손바닥을 오므려서 발을 꼭 쥐었다. 당장 꿈속에서 만난 젊은 승려를 찾아내리라 다짐하면서.

병은 좀체 낫질 않았다.

어의들은 수시로 들락거렸지만 그녀의 아픈 곳을 알지 못했다. 의원들은 그녀의 눈물에 맺힌 고름의 뿌리를 파악하지 못했고, 고독의 어질머리를 알지 못했다. 쓸쓸함의 심연을 헤아리지 못했고, 그리움과 우수가 가져다주는 형벌을 이해하지 못했다.

그녀의 병을 고쳐 줄 존재들을 찾았다. 무당들이 각처에 불려왔다. 영남지방에서는 삭세기가, 전라지방에서는 당골네가, 저 멀리 탐라에서는 배 멀미를 무릅쓰고 심방이 바다를 건너왔다.

삭세기는 황제의 주검과 닿아서 부정을 탔기 때문에 병이 걸렸다는 무엄한 말을 지껄여서 초주검이 된 채로 떠났다. 당골네는 왕의 사냥터에서 들러붙은 잡귀 때문에 살이 붙어서 동티가 났다는 애먼 말을 해서 철퇴를 맞았다. 심방은 저지른 죄악의 응보로 중병에 걸렸다면서 치병굿을 해야 한다고 설레발을 쳤다. 치병굿은 방술과 비손과 독경을 함께해야 효험이 있다며 나름 처방을 아뢰었다. 하지만 혼자는 할 수 없어 판수나 법사를 따로 불러들여서 액살을 쫓아내야 한다는 통에 쫓겨났다.

부정, 동티, 액살, 응보……, 그녀가 해결할 수도 물리칠 수도 알수도 없는 말들의 소란에 치여 병은 점점 더 깊어졌다.

꿈속에서 칼날을 잡아서 베인 핏방울로 그녀의 가슴을 적셨던 승려를 찾아내면 살 것 같았다. 그녀는 홀라대와 삼가와 차고대 세 남자에게 전국의 사찰을 샅샅이 뒤져서라도 꿈속 승려를 찾아내라 은밀히 일렀다. 꿈속에서 보았던 승려의 행색과 어림짐작한 나이와 눈빛을 설명하면서 그녀는 첩첩산중을 누비는 듯한 막막함을 느꼈다.

드디어 꿈속에서 만났던 승려가 그녀 앞에서 가부좌를 틀고 앉아 있었다. 흰 송골매가 해와 달을 움켜쥐고 날아와 그녀의 손에 앉은 태몽을 말할 때도 제왕을 낳을 꿈이라고 정확하게 해몽해 주던 홀라대와 삼가와 차고대는, 과연 이번에도 꿈속 젊은 승려를 그녀 앞에 데려다 주었던 것이다.

"너를, 내, 꿈속에서, 보았노라. 너는, 누구냐?" 그녀는 막상 승려를 눈앞에서 보니 어쩐지 꿈만 같았다. 그녀는 누워 있었지만 위엄을 잃지 않으려 말을 또박또박 끊었다.

"마마의 꿈에 저같은 비천한 놈이 나타났다니 황송하옵니다. 외람되게도 저의 아비는 한천한 마을의 유지였고, 저의 어미는 절의 계집종이었습니다. 본디 이 땅에서는 아비나 어미 가운데 하나가 천예이면 자식은 천예가 되옵니다. 천류는 종자가 다르니 양인이 될 수 없음이 이 땅의 법이옵니다. 아비는 저에게 부처가 저의 세간지부라 하시며 핏줄의 인연을 끊어 내셨습니다. 하여 저는 부처를 따라 이승의 지옥을 떠돌며 지냈습니다. 귀한 인연인 매골승을 모시고 나라에서 가장 껄끄러워 하는 사람들과 가장 밑바닥에 있는 사람들을 만졌고, 죽음을 수습하고 다녔습니다. 지금은 초라한 절의 방 한 칸에 우거하고 있사옵니다." 그녀에게 저간의 사정을 알리는 말은 차분하고 낯빛은 온화했다. 아비에게 내침을 당하고, 어미와의 인연마저 사라진 승려가 말한 이승의 지옥이란 단어가 그녀의 귀에 꽂혔다. 이승의 지옥을 알아버린 그가 어쩐지 친근하게 느껴지기까지 했다.

"꿈에서 너는 나를 겨누는 칼을 막아 주었다. 칼날에 너는 손을 베었다." 자꾸만 약해지는 마음을 다잡으며 그녀는 말했다.

"칼날이 마마를 겨누다니, 실로 가여운 일이 아닐 수 없습니다." 그는 꿈속에서 보였던 눈빛을 한 채 나직하게 말했다. 그는 옛적에 마마를 뵌 적이 있다는 말을 하지 않았다. 그녀가 어린 그와 무명에게 유밀과를 주었다는 말도 하지 않았다.

그녀에게 가엾다고 말할 수 있는 사람은 아직까지 이 땅엔 없었다. 공주는 눈물이 날 것 같았다. 그의 말은 세심하고 동정심이 많고 따뜻했다.

"너를 꿈에서 보았지만, 어쩐지 처음이 아닌 듯했다. 기억을 더듬어 봐도 너를 만난 적이 없었다. 혹시 너는 나를 본 적이 있느냐?" 그녀는 스스로 생각해 봐도 이치에 맞지 않는 말을 하고 있었지만 그에게 마음이 스르르 풀리는 것까지 막지는 못했다.

"제가 어미와 함께 사하촌 움막 같은 곳에 거처할 때, 마마께서 절에 납시셨던 적이 있사옵니다. 제 어미와 제 동무의 어미가 함께 옷감을 지었는데, 마마께서 친히 왕림하셔서 천한 계집종들의 노고를 치하하신 자리에 따라가서 먼발치에서 뵈 온 적이 있사옵니다."

"그랬었구나. 너는 진즉 나를 알고 있었던 거로구나. 이미 너를 만났었구나. 그래, 그랬었구나." 그녀는 어쩐지 안심이 돼서 말을 반복했다.

전생처럼 멀리 느껴지는 과거의 어떤 시절이 그녀 앞에 불쑥 다가왔다. 낯선 나라의 낯선 남자의 왕비가 되어 낯선 백성들을 자신의 백성으로 받아들이려 애썼던 시절이었다. 백성의 노고와 고통을 이해하겠다고 낯선 나라의 구석구석을 돌아다녔던 천진난만한 열의와 낯선 나라의 말 대신에 제 나라의 말로 굳이 대화하겠다던 두려움 없던 오만함으로 무장했던 시절이었다.

그녀가 진정으로 원한 것은 복종이었다. 허수아비 권력을 가진 왕이 아니라 제국의 권력을 가진 그녀에게 백성들이 온전히 복종하기를 바랐다. 가엾고 헛된 욕망이라는 걸 깨닫기까지 평생이 걸렸다. 평생이라는 세월은 길지도 짧지도 않았다. 그가 그녀더러 가엾다고 한 말을 비로소 이해할 수 있었다. 하지만 가엾게 죽을 수는 없었다.

"네 이름은 무엇이냐?"

"본시 세속의 제 이름은 여여이었으나, 지금은 말로末老라 하옵니다."

"말로라……."

"세상의 끝을 본 늙은이라는 뜻이옵니다."

"세상의 끝이라……."

"이 세상에 태어나 시작을 경험하였으나 끝을 아는 자는 거의 없습니다. 저의 아비는 제게 어떻게 살아야 하는지 가르침을 주지 않았습니다. 세상에 오직 한 분의 스승이 있었으나, 그분 역시 아비가 없었기에 제게 끝을 가르쳐 주지 못하셨습니다. 하여 저는 부처의 아들이 되어 진정한 끝을 보고자 하옵니다."

"화엄 세상을 이루고자 하는 문수보살의 화신이로구나. 너의 끝을 보고자 하는 뜻에 나도 함께할 터이니, 너 또한 나의 끝에 동행하기를 원하노라."

그녀는 말로가 온갖 시련을 겪고 중생의 고통을 헤아릴 줄 아는 깊은 도량에 마음이 끌렸다. 욕심도 없고 출신도 미천해서 무리를 끌고 다니지 않는 말로에게 자신의 노후를 의탁하고 싶은 마음이 들었다. 당을 짓지 않을 터이니 오로지 그녀만을 보좌할 것이라는 믿음이 생겼다. 무엇보다 그녀는 서로 각자가 지닌 슬픔과 마음의 울혈을 나눠 가지고 기댈 수 있으리라는 희망을 가질 수 있었다. 세상의 끝을 보고 싶다는 그의 의지는 삶이 허무하다는 깨달음을 가졌다는 것을 의미했다. 삶의 허무야말로 가장 뛰어난 지혜였다.

"오늘 한 가지만 부탁하마." 한결 마음이 편해진 그녀가 말했다.

"무엇이든지 말씀하십시오." 그가 말했다.

"무상가無常歌를 불러다오."

"예. 불러드리겠사옵니다." 그는 자세를 잡고 나직하게 읊조리듯 노래를 시작했다.

천지가 갈라진 후에 만물 가운데 오래 사는 것은 사람이요
생로병사 이른 곳에 누구나 왕래할까.
세상의 임금들도 초야에 묻혀 있고
세상을 주유하던 성인들도 덧없이 죽었도다.
진시황이 약이 없어 죽었으랴.
천하절색 양귀비도, 천하의 우미인도
해하에서 울었도다.

꿈이로다, 꿈이로다.

이 세상에 나온 사람 노소남녀 물론하고

공수래공수거요

빈손 빈 몸 들고 나온 인생이니

물욕을 탐내는 마음 너무 마오.

백 년 동안 탐낸 재물 하루아침의 티끌이요,

백 년이나 살 줄 알고

애면글면 모은 천량 못 다 먹고 못 다 쓰고

헌신같이 내다 버리고 북망천에 들어가니

산천초목도 서러워하오.

꿈이로다, 꿈이로다.

이팔청춘 소년님네야

백발 보고서 웃지 마소.

어제는 청춘이이더니,

오늘은 백발이 아니던가.

꿈이로다, 꿈이로다.

염불하는 소리로 울음 울며

적막공산 새벽달에

슬피 우는 두견새는 귀촉도 불여귀라.

망망한 노래와 여색에 빠져 부모를 버리고 간 공자들아,

돌아갈 길 왜 모르오.

저문 날에

오호라 슬프도다!

원컨대

천념만념 무념으로

밤낮 스스로 살펴서 허송세월하지 말고,

아미타불 나무아미타불.

그가 노래를 마쳤다.

"……" 그녀는 눈을 감고 아무 말 없이 누워 있었다. 눈가에 눈물
이 맺힌 채로.

붉은 그네

야회夜會가 시작되었다.

만월이 수강궁 뜰을 젖빛으로 적셨다. 진방에서 음악을 담당하는 악공 천오백여 명이 모두 호화롭게 단장하고 뜰의 한쪽에 자리를 잡고 앉아 풍악을 연주했다. 거문고와 북과 피리 소리가 뜰에 가득 차 진동했다. 왕의 명에 의해 전국의 주군에서 선발된 기생과 무당과 광대들이 채붕산을 둘러쌌다. 종실사공 이상의 재부와 추부의 인원들까지 연회에 속속 참석하고 있었다.

마지막으로 왕이 행차했다. 왕은 누런 용이 수놓인 철릭을 입은 모습을 드러냈다. 금으로 만든 발차를 지녔으며 아래는 자줏빛 하의에 검은 허리띠와 방울 달린 신발을 신고 있었다. 왕은 나라의 지존이자 만유에 빛나는 부처를 상징하는 의상으로 좌중을 압도했다. 고승의 고매함과 불국토인 고려의 위대한 정신적 지존임을 만방에 알리는 의복이었다. 고려의 주지가 바로 왕임을 알리는 증표였다.

궁의 뜨락에 모인 수천 명의 사람들은 왕의 중생들이었다. 뭇 중생들을 긍휼히 여기고 자비를 베푸는 자리였다. 지상에 왕으로 현현한 석가모니 부처가 설법한 경장과 율장과 논장의 삼장이 이루어지는 마당이었다. 이 땅의 부처로 현현한 왕을 섬기라는 명을 받고 각처에서 승려들이 모여들었다.

격고가무擊鼓歌舞가 시작되었다. 왕이 가까이하는 심복들이 심혈을 기울여 전국 각지에서 뽑아온 예인, 관기, 관비, 무당들이 곱고 아름다운 비단옷으로 치장한 채 차례로 왕 앞에서 예능을 뽐냈다.

왕은 술을 마시며 공연을 즐겼다. 술이 몇 순배 돌고 돌았다. 수강궁은 왕이 베푼 술과 음식으로 넘쳐 났다. 군주와 신하는 함께 어울려 술에 취했다. 관기는 왕 앞에서 태평가를 불렀다. 함포고복含哺鼓腹의 태평 시절이 궁전에 따사로웠다. 뜨락은 왕의 해방공간이었다.

수강궁 넓은 뜰에는 채색 비단으로 만든 산이 우뚝 올라서 있었다. 비단 장막을 두른 산의 가운데 그네가 매어 있었다. 그네에는 조화들로 장식이 되어 있었다. 자개로 꾸민 네 개의 큰 항아리에는 각각 얼음 봉우리가 쌓여 있었고, 유리병에는 비단과 밀랍으로 만든 붉은 작약과 자줏빛 작약이 가득히 꽂혀 있었다.

눈꽃이 서로서로 비추어 겉과 속에서 찬란하게 빛을 발했다. 얼음꽃에 입사되는 빛이 육각면체 안에서 튀어나오고 다시 반사되었다. 빛은 유리알 같은 얼음 안에서 더욱 풍부하게 영롱한 색을 산란하듯 퍼뜨렸다. 그것은 빛의 칼날이었다. 토하듯 발산되는 빛의 축제가 여흥을 더욱 돋우었다. 색채와 빛은 순수한 시각적 환희의 환상곡처럼 군중들을 휩쌌다.

"신성新聲을 노래하라!" 흥에 겨운 왕이 소리쳤다.

바로 그때 말총 삿갓을 쓰고 비단 옷으로 남장을 한 무명이 나타났다. 부서질 듯한 달빛처럼 흰 피부의 그녀가 왕을 향해 고개를 숙였다. 다시 고개를 들었다. 얼굴에 난 솜털 터럭 한 올까지 밀어 버린 빙기옥골의 존재가 왕 앞에서 웃었다. 백분이 곱게 발라진 희디흰 뺨엔 모란꽃이 피어나듯 붉은 연지가 만개했다. 숯으로 그린 버드나무 잎 같은 눈썹이 왕 앞에 미소 짓느라 흐드러졌다. 먼발치임에도, 그녀에게서 분내와 향내가 왕에게로 풍겨져 왔다.

　그녀가 움직일 때마다 비단 자락에 매단 홍옥 노리개가 곧 떨어질 것 같은 꽃봉오리처럼 흔들거렸다. 흠집 없는 보석의 순수한 빛처럼 그녀는 반짝임으로 가득 찼다. 봄날 볕에 서둘러 색을 드러내고 황급히 향기를 풍기는 복사꽃처럼 그녀는 피어나고 또 피어났다. 그녀는 허공을 딛듯이 사뿐사뿐 걸어가 그네에 앉았다. 노래를 부르기 시작했다.

　　　　호두나무 쥐엄나무에

　　　　붉은 실로 붉은 그네 매오이다

　　　　그네를 당기시라 미시라

　　　　아름다운 소년이여

　　　　아, 내가 가는 곳에 님이 갈까 두렵구려

　　　　옥을 깎은 듯 곱고 부드러운 두 손을 잡고 가는 길에

　　　　옥을 깎은 듯 곱고 부드러운 두 손을 잡고 가는 길에

　　　　아, 손 맞잡고 함께 노는 광경

　　　　아름다운 이여, 어떠하오?

그녀는 왕을 위해 노래를 불렀다. 왕은 그녀에게 매료되어 미소를 지었다. 그토록 받기 힘든 왕의 시선이 그녀에게서 떠나지 않았다.

그네가 공중으로 솟구치자, 승려들 사이에 서 있는 여여를 그녀는 보았다. 하지만 여여가 이런 곳까지 올 리는 없다는 생각이 들었다. 수많은 승려들 가운데서 여여를 보았다는 것은 착각일지도 몰랐다.

왕은 그녀를 손짓으로 불렀다. 그녀는 왕의 곁에 앉았다. 그녀에게서 풍겨나는 제비꽃 즙 달콤한 향이 왕의 코를 간질였다. 그녀의 꽃향기는 왕을 단숨에 흥분시켰고 그의 가슴에 활기와 젊음과 열정을 끌어냈다. 왕은 나이를 잊고 뜨겁고 달뜬 젊음을 들이마셨다. 그녀의 향기는 나타났다가 사라지고, 사라졌는가 싶으면 나타났다. 왕은 달빛 어린 연석에서 그녀의 향기와 숨바꼭질을 했다.

왕은 수천 명이 홀연히 사라지고 오직 그녀와 단둘이만 있는 듯한 느낌을 즐겼다. 왕은 무인들이 칼을 들고 설치는 통에 숨죽였던 왕권의 유약함 속에서 태어났던 슬픈 유년도 잊었다. 너무도 거대한 적에 쫓겨 강화도로 몽진한 선왕의 처참한 몰락도 잊었다. 적들의 잔인한 학살과 무자비한 약탈을 무력하게 지켜봤던 청년 시절도 잊었다. 차마 말로 다할 수 없었던 참화에 대한 끔찍한 기억도 잊었다.

마흔이 다 되도록 세자의 불안한 자리에서 서성였던 불행도 잊었다. 원 제국에 볼모로 잡혀가 허송세월을 했던 쓸쓸한 시절도 잊었다. 제국의 딸에게 장가가서 황제의 비루한 부마노릇을 했던 우울함도 잊었다. 나라의 안위에는 아무 관심 없이 그저 파벌을 만들고 싸우기에 바쁜 빌어먹을 신하들도 잊었다. 당기면 죄어 오는 올가미에 갇힌 권력의 짐승으로 살아온 세월들도 잊었다. 잊어야만 살 수 있을 터였다.

나이가 들수록 다 부질없다 싶었다. 모든 게 부질없다 여겼다. 그래도 살았다. 깨어날 길 없는 악몽 속에 갇혀 있을지라도, 살기 위해선 왕권을 부여잡아야 했다.

시녀들은 무명을 백단 줄기를 담근 물로 목욕을 시켰다. 무명의 눈에 밀랍을 발라 아무것도 보이지 않게 했다. 왕을 이미 보았음에도 아무것도 보지 못한 것처럼 눈을 감겼다. 태양을 맞바라보면 눈이 멀어질까 봐, 눈을 막았다.

아무것도 보이지 않는 눈 안의 어둠에서 여여가 보였다. 그네를 탔을 때 보았다고 착각했던 여여는 다시 그녀의 눈 속에서 나타났다. 누덕누덕 기운 승복을 입고 창백하고 수척한 얼굴로 우두커니 서 있는 여여가 보였다. 그녀는 감은 눈 저 너머로 여여에게서 눈길을 돌렸다. 깊은 어둠 속으로 여여가 사라졌다.

실오라기 하나 걸치지 않은 채로 무명은 닥종이에 감싸였다. 머리 끝에서 발끝까지 종이에 감싸인 그녀를 네 명의 환관들이 왕의 밀실로 데려갔다.

환관들은 마치 그림자처럼 움직였다. 깊고 어둡고 비밀스러운 회랑을 지나치는 것을 종이 안에서 그녀는 느꼈다. 이윽고 사각거리면서도 부드러운 요 위에 그녀는 눕혀졌다. 사붓사붓 발걸음이 사라지는 게 들렸다. 한참을 그녀는 종이 안에 갇혀 있었다. 문이 열리는 소리가 들렸다. 한없이 느린 발걸음이 그녀 앞에서 멈췄다. 왕을 미리 봤음에도 불구하고 그녀는 알 수 없는 두려움과 흥분으로 숨이 막혔다.

선물 상자를 풀듯이 종이 한 자락을 잡는 손길이 느껴졌다. 꼭꼭 밀봉하듯이 그녀를 종이에 쌌지만 왕의 손길에는 쉽게 풀 수 있도록 해 놓았던 모양이었다. 왕의 종이 한 자락을 잡아채자 그녀의 알몸이 고스란히 드러났다. 그녀는 자신도 모르게 양손으로 가슴을 가렸다. 술 냄새가 나는 뜨겁고 부드러운 혀가 그녀의 눈에 닿았다. 눈에 발린 밀랍이 혀에 녹았다.

그녀는 눈을 떴다. 왕의 눈이 그녀를 바라보았다. 그녀는 왕의 눈을 지그시 응시했다. 태양에 눈멀어질지라도, 그녀는 시선을 외면하지 않기로 다짐했다. 오랫동안 기다려 왔던 순간이었다. 오로지 왕에게만 마음을 집중하기로 했다. 마음이 몸에서 멀어지는 게 느껴졌다. 이곳이 왕의 공간과 시간이라는 것도 멀어져 가는 것을 느꼈다.

왕을 잘못 모시면 죽음이 내일보다 먼저 다가올 것이라는 것도, 그녀는 알고 있었다. 왕은 세상의 그 어떤 남자보다 치명적인 존재라는 것도. 그녀는 극도로 예민해졌다. 극미량의 독이 든 복어 살을 맛보듯이 왕에게 다가갔다. 온 세포 하나하나가 죽음이 스쳐 가는 듯 알싸해졌다. 그녀는 독처럼 위험해지고 싶었다.

어미를 잃고 집을 떠나 길 위에서 기생이 되면서부터 그녀는 금기를 넘어서는 사랑을 해 왔다. 그녀를 만나면 아무리 점잖은 척하는 재상도 방탕한 탕아가 되고 싶어 했다. 승려마저 계율을 어기는 죄를 짓고 싶어 몸부림쳤다. 그녀는 금기를 넘어설수록 매혹적이 된다는 것을 알았다. 금기는 충격을 주면서도 사람을 사로잡는 힘이 있었다. 사내들은 기쁨을 주는 불안을 사랑했다. 사내들은 분별 있는 세상에서 분별없는 사랑을 갈구했다.

그녀는 왕을 향해 깊이 자맥질을 했다. 그녀는 왕의 늙음과 미구에 닥칠 죽음을 낱낱이 흩어지게 했다. 나랏일의 고됨을 순간이나마 멈추게 해 주었다. 모든 것이 다 새로웠을 때로, 아무런 상처도 아픔도 없었던 때로 돌아가게 해주었다. 살갗 밑에 감추어진 원초적인 한 인간으로 돌아가게 해 주었다. 흙으로 빚어진 왕이라는 허약한 허울에 매인 고삐를 풀어 주었다. 왕은 그녀가 태워 준 그네에 올라 까마득한 높이로 날아올랐다.

재회

꿈인가 싶었다.

여여와 만나고자 약속을 했던 시간이 믿기지 않았다.

그를 기다리는 동안, 그녀는 습자지에 먹물이 배이듯이 어떤 슬픔 같은 것이 차오르는 것을 느꼈다. 왜 너무 좋은 것은 종내는 슬퍼지는 걸까. 너무 행복하면 왜 울고 싶어지는 걸까.

여여가 그녀 앞에 있었다.

웃음이 얼굴의 반을 차지하던 여여의 천진한 명랑함이 사라진 얼굴이었다. 고뇌와 야망이 섞인 눈빛이 움푹한 눈에서 형형했다.

어린 그녀를 업어 주고, 살구나무에 매달려 풋살구라도 따 주려 안달이었던, 자기에게 꼭 시집오라던 소년은 흔적도 없었다. 웃으면 볼에 패던 보조개와 강의 물결처럼 귀밑머리까지 퍼지던 귀여움은 보이지 않았다. 그녀는 어쩐지 서운하고 서글퍼졌다. 다만 짙은 눈썹과 가느스름한 뺨과 둥글고 흰 이마만이 예전 그의 모습을 알 수 있게 했다.

여름 폭풍처럼 격렬한 감정을 가까스로 억누르기 위해서인지 여여의 사각지고 단정한 턱이 미세하게 떨리고 있음을 그녀는 놓치지 않았다. 그녀는 여여를 향해 두 손을 모아 합장을 했다. 여여도 그녀를 향해 그간의 세월을 접듯이 두 손을 모았다.

　　여여가 말없이 앞장을 섰다. 그녀 역시 아무것도 묻지 않고 그의 발걸음을 쫓았다. 가끔씩 멈춰서 고개를 돌려 그녀를 확인하는 그의 모습에서 예전의 다정함을 느낄 수 있었다.

　　검푸른 산빛이 대웅전을 덮칠 듯 짙었다. 비질이 말끔한 절 마당 한구석에 놓인 돌확에서 넘칠 듯이 물이 쏟아지는 소리가 적막을 깼다. 해가 설핏했다.

　　대웅전 뒷길로 그가 성큼 올라갔다. 한참을 그녀가 따랐다. 그가 아스라이 멀어질까 봐 발걸음을 재개 디뎠다.

　　조촐한 암자가 보였다. 그가 문을 열고 먼저 들어섰다. 그녀가 뒤따랐다. 그는 한참을 말없이 앉아만 있었다. 화로 위에 놓인 놋쇠주전자에 넣은 연잎 차 끓는 소리만이 둘의 침묵 사이에서 자작자작 들렸다. 그녀는 그저 차 끓는 소리에 귀를 적시며 팔딱이는 숨결을 다독였다.

　　과녁을 뚫을 듯 달려오는 화살처럼 그녀를 뚫어지게 쳐다보았다. 장난기로 가득했던 소년의 눈이 아니었다. 갑자기 눈앞이 하얬다. 그녀는 그만 눈을 질끈 감고 말았다. 불티처럼 뜨거운 눈이 사라질까 봐 그녀는 한참을 눈을 뜨지 않았다. 그토록 오래 기다리던 불티가 흩날릴까 봐 숨도 크게 쉴 수 없었다.

　　가슴이 터질 것 같아 그녀는 가만히 눈을 떴다. 배꽃처럼 환한, 아니 배꽃보다 더 희고 환한 그가 그런 그녀를 보고 미소를 지었다. 그의 마른 뺨에 볼우물이 팼다. 눈가의 마른 주름이 부챗살처럼 퍼졌다.

여여! 예전의 여여가 그녀를 향해 웃고 있었다. 과거의 물살을 헤치고 회귀하는 물고기처럼, 핏속에 등뼈 속에 기억해 두었던 모천母川처럼, 그들은 생생하게 서로를 느꼈다. 그와 그녀는 빛나는 현기증 속에서 서로를 확인했다. 그들은 세상으로 나가는 모든 문에 빗장을 걸었다. 아무도 개입되어서는 안 되었다.

그에게서 만나자는 기별이 왔을 때, 그녀는 어쩐지 도망가고 싶었다. 그를 직접 대면하면 늘 추억했던 모습이 사라질까 두려웠다. 어떤 누추함과 부끄러움이 그를 만나지 말라고 부추겼다. 숱한 남자들을 상대하면서 살아온 세월이었다. 사랑이니 정조니 다 우습다 여기며 살았다. 불쌍하여 동정심이 드는 애부도 만났고, 돈 많고 풍채 좋아 기생들에게 인기 있는 정부도 가져 봤다. 지성으로 그녀를 섬기는 화간과 여러 날 밤을 지새우기도 했고, 그녀에게 미혹된 모든 것 다 버리겠다 날뛰는 바보 같은 남자를 갖고 놀기도 해 봤다.

그를 만나면 사랑을 나눌 수 있을까.

어쩌면 그는 그녀의 마흔세 번째, 혹은 마흔네 번째 정인이 될지도 몰랐다. 셀 수도, 기억할 수도 없는 정인들을 만났고 헤어졌다. 기생에겐 많을수록 좋으니까. 이름도, 얼굴도, 몸도 기억나지 않는 그들을 정인이라 부를 수 있을까.

정이니 사랑이니 그 모든 감정놀음은 시간 앞에서 이지러졌다. 정인을 갈라놓는 건 세월이었다. 세월 앞에 장사 없듯이, 세월을 건너뛰고 앞서 달려가서 기다리는 사랑 따윈 없었다. 한나절 지나면 뜨겁던

떡이 쉬듯이, 뜨겁고도 뜨거웠던 사랑도 한 세월이 지나면 썩은 두엄 냄새를 풍겼다. 그를 그리워했던 건, 그와 함께 지리멸렬하게 시간 속에서 다투고 세월 속에서 풍화작용을 거치지 못했기 때문일 것이었다. 아직은 애달플 만큼 함께한 시간이 너무도 짧았고, 그를 죽도록 미워하기까지 정인으로 살아온 세월이 없었기 때문일지도 몰랐다.

문을 닫아건 순간 서로에 대한 절실한 느낌 말고는 아무것도 남아 있지 않았다. 겨울날의 일몰은 빠르게 주렴 밖을 빠져나갔다.

촛불 하나에 의지한 방은 어둑사근하고 은밀해졌다. 뭐라고 말할 수 없는 도타운 정이 새록새록 돋았다. 그녀는 그의 하얀 팔꿈치를 끌어당기고 붉은 입술을 깨물었다. 그녀는 그의 옷섶을 열었다. 그와 더불어 하나가 되고자 뜨겁고 가파른 숨을 그의 귀에다 불어넣었다. 마음은 더욱 은밀해지고, 정은 점점 두터워졌다. 그의 수박씨처럼 작고 단단한 젖꼭지를 지나 향기 나는 배꼽을 스쳐 비밀스럽고 사사로운 그곳에 그녀의 손길이 닿았다. 그를 어떻게 만져야 하는지 막상 본원에 닿자 그녀는 주춤거렸다. 손을 폈다가 주먹을 쥐고, 다시 손을 폈다가 주먹을 쥐며 그에게로 가는 그녀의 손길이 천 길 낭떠러지로 떨어지듯이 닿지 못하고 미끄러졌다. 그가 너무도 가까이 있는데도 멀리 있는 것만 같아 안타까웠다.

그를 기다리는 그녀의 몸이 뜨겁고도 가려웠다. 착착 감기면서 훑고, 훑으면서 찌르는 낭창낭창한 회초리 맛을 봐야 가라앉을 것 같은 가려움이었다. 음부로만 집중되는 몸의 세포들이 마치 재채기를 터트릴 것처럼 헤살헤살 간지러워 미칠 것만 같았다. 그의 손길이 닿기를 바라는 그녀는 마치 팽팽하게 잡아당긴 낚싯줄 끝에 매달린 활어처럼 몸의 세포 가닥가닥이 펄떡거렸다. 그가 그녀의 세포 가닥가닥을 잡아당겼다. 그녀의 심장을 간지러움을 태우는 듯한 손길이었다. 그녀의 질이 무한의 속도로 어느 깊은 동굴 속으로 빨려 들어가는 것만 같았다. 그가 오늬를 매긴 독화살처럼 그녀의 깊은 곳에 날아와 박혔다. 화살은 오래토록 박힌 곳에서 푸들거렸다. 그녀의 온몸이 알싸하게 독이 퍼지는 듯 아득하고 나른해졌다. 복어의 독이 혀끝을 마비시키는 듯한 야릇한 죽음의 맛이었다. 아득한 의식의 끝으로 몸은 하나의 소실점으로 사라지는 것 같았다. 별들이 운행을 멈추고 깊고 푸르고 어두운 천공으로 빨려드는 느낌, 검은 암갈색의 질 전체가 그의 몸을 감싸고 드는 느낌……. 그예 느낌만 남고 몸은 사라졌다.

다시 감은 적이 없다고 여겼던 눈이 떠졌다. 찬바람이 불어와 무명의 이마에 맺힌 땀방울을 훔치고 달아났다. 온몸이 이슬에 흠뻑 젖은 것처럼 땀이 밴 서로를 마주하고 있어야만 했다. 숨이 멈출 듯했으나 터져 나오는 울음이 악 다문 이빨 사이로 새어 나왔다.

여여가 없었다.

동이 트면 청산으로 들어가, 날 저물면 꽃 사이에서 자자던 어린 약속……, 배고프면 꽃향기로 배를 채우고, 목마르면 꽃 속의 이슬을 마시며, 그녀와 더불어 살리라던 치기어린 약속……, 그 약속도 함께 사라졌다. 그는 그녀의 몸을 열었고, 지나갔고, 닫았다. 그가 떠난 자리에는 아직 따뜻한 김을 머금고 있는 연잎 차만이 남아 있었다. 다음 만남에 대한 기약 따위는 없었다.

무명은 여여가 떠난 자리에서 노래를 불렀다. 노래는 늘 그녀를 위로해 주었다. 마음이 슬퍼도 불렀고, 쓸쓸해도 불렀고, 행복해도 불렀고, 외로워도 불렀다. 떠나버린 이를 손으로는 못 붙잡지만, 노래로는 얼마든지 불러들일 수 있었다. 그립다고 노래하면 그리운 이가 가슴으로 찾아왔고, 가슴이 벤 것처럼 아프다고 노래하면 따뜻한 피가 흐르듯 진정이 되었다. 그녀는 그가 여여에서 큰스님으로, 사생아에서 중생의 아버지로, 천것에서 귀한 인물로 올라가기를 빌었다. 가능성의 끝까지 가기를, 원하는 바를 저 멀리까지 펼칠 수 있기를 바랐다.

무명은 자신이 완성할 노래의 한 소절을 가슴에서 불러냈다.

청랍견 파초

죽판궁에도 여름이 찾아왔다.

공주는 서른 중반을 넘기면서 계절마다 심하게 마음을 앓았다. 합단적도 물리치고 난 뒤에 가난하고 누추한 이 땅엔 평화가 찾아왔건만, 정작 그녀는 마음 둘 데를 찾지 못했다.

가슴이 답답할 때면 향각으로 나갔다. 향각 뜨락에 꽃이 지는 것조차 마음이 못내 이기지 못한 나날들이 깊어 갔다.

마음이 쓸쓸해지면 풍경도 더불어 쓸쓸하게 느껴졌다. 그 꼴이 보기 싫어 나인들더러 봄꽃이 진 자리에 색색의 능견을 꽃이나 나뭇잎 모양으로 잘라서 가지에 붙이게 했다. 색이 바래지면 새로운 능견으로 다시 만들어 달게 했다.

연못에 물이 가물면 환관들을 시켜 물을 끌어들이게 했다. 물이 찰랑거리면 다소나마 가슴 답답한 게 가셨다. 손재주 좋은 나인이 청랍견을 오려서 파초를 만들었다. 연한 녹색의 인공의 파초가 물가에서 가만가만 흔들리는 모습을 그녀는 오래토록 지켜보았다.

답답한 궁궐 생활이 그녀는 좀체 이골이 나지 않았다. 답답하고 숨이 조여오고 막혔다. 오달지게 마른 풀을 먹어 대는 식성 좋고 힘 센 말을 타고 너른 초원을 미친 듯이 달리고 싶었다. 말 주둥이에서 뿜어내는 허연 입김과 함께 바람 불고 눈 내리는 거친 벌판을 땀 흘리며 달리고 싶었다.

그녀가 행복하지 않다고 느낀 건 아주 오래전부터였다. 아들만 남편이 만들어 놓은 구멍을 가끔 메워 주었다. 남편은 정략결혼을 하면서 실제보다 더 커 보이는 강력한 기운을 가진 왕이 되었다. 황제의 신망을 얻은 뒤로, 그는 마치 자신이 얻은 권력이라도 되는 양 그녀에게 더 이상 가까이 오지 않았다. 그가 원하는 것은 그녀가 아니라 그녀가 갖고 있을 것이라고 믿는, 그녀의 배후에 있다고 착각하는, 어떤 권력이었다. 그의 권력은 사실 아무런 힘이 없었다. 힘이 없기에 더 큰 힘을 갈망하는 미친 권력이었다. 그녀가 보기에는.

더더구나 환갑이 내일모레인 그는 남자 구실도 제대로 하지 못했다. 그의 낡은 몸이라도 기대 보고 싶어 하던 이십 대 시절의 가없는 갈망도 이제는 사라졌다. 십 대 시절처럼 그와 사이가 틀어질라치면 원의 황후에게 일러바치고, 황제에게 사신을 득달같이 보내는 짓 따위는 이제 하지 않았다. 다 한때였다. 다 가져야 직성이 풀리고, 모든 것이 제 것이어야만 안심이 됐던 때는 이미 다 지나갔다.

이제 그와 그녀의 사이는 지나치게 실리적이고 현실적이고 형식적이었다. 그도 알고 그녀도 알고 있지만, 여전히 소름이 끼쳤다. 그를 비난하고, 그에게 실망하고, 그를 미워하면서 하루를 버틴 적도 있었다. 하지만 미움이 끝나기도 전에 사랑이 먼저 떠났다는 걸 그녀는 알고 있었다.

그녀는 궁궐 심처에 홀로 있으면 이 세상에서 혼자뿐이라는 끔찍한 두려움에 몸서리를 쳤다. 끝내 미치거나 죽고 말리라는 두려움이 엄습하곤 했다. 아직은 삼십 대여서 가끔씩 근육질의 힘 센 남자의 몸이 사무치게 그리워질 때가 있었다. 그녀의 몸에 찬탄을 보내고 그 몸을 기꺼이 사랑해주는 남자와 함께 보내고 싶을 때가 있었다. 그녀와 스치기만 해도 터질 듯 발기하는 몸에 대한 갈증으로 뒤척인 적도 있었다. 야만적으로 파상공격을 하듯이 온몸을 정략하고, 숨소리도 내지 못할 만큼 철저하게 그녀를 정복하는 남자를 수도 없이 꿈꿔 봤었다. 허나 그녀는 젊고 아름답고 활기에 찬 남자의 몸을 몰랐다. 한 번도 가져 본 적 없기에. 제국의 딸이어도, 고려의 왕후여도.

그녀에게 한없이 실없고 헤픈 남자와 함께한 시절이나마 보내고 싶은 적도 많았다. 영혼의 깊은 곳과 얕은 곳, 권력의 허영과 인생무상의 관대함을 함께 이해할 수 있는 남자를 꿈꿨다. 허나 그녀는 그런 남자를 알지 못했다. 한 번도 만나 본 적 없기에.

그녀는 마음이 허전할 때면 궁중에 채붕을 만들고 천 개가 넘는 등불을 밝혀 보기도 했다. 왕처럼 광대들을 시켜 풍악을 연주하며 밤을 새우기도 했다. 그녀가 살았던 몽골의 세월보다 더 많은 세월을 보낸 이곳의 음악은 여전히 귀에 설었다. 고귀함도, 아취도, 웅장함도, 절제도 없는 이곳의 노래들은 좀체 익숙해지지 않았다. 심지어 이 따위 노래들을 탐닉하는 왕의 태평스러운 귀가 부럽기조차 했다.

궁궐이 답답하면 궐 밖 절들로 떠나곤 했다. 거처한 절이 볼품없다 싶으면 목수와 토수를 당장 불러들여 화려하게 치장케 했다. 그녀

230

의 허무함, 그녀의 비통함이 클수록 절은 건축적 웅장함을 더해갔다. 그녀의 불사는 절제를 몰랐다.

허허로울 때면 2천 명이 넘는 중들에게 마치 부처처럼 밥도 먹여 봤다. 만다라도량도 베풀었다. 밀가루로 키가 3척이나 되는 사람을 만들어 단에 앉힌 뒤에 그것도 모자라 등과 탑을 108개나 만들어 벌여 놓은 뒤에, 소라도 불게 하고 북도 치게 했다. 흥왕사 금탑도 궁중으로 가져와 왕이 보는 앞에서 허무는 시늉도 해 봤다.

공주는 절에 금탑을 산처럼 높이 쌓아도, 수천 석의 공양미를 불단에 바쳐도 완벽한 구원 같은 건 존재하지 않는다는 걸 이제 안다. 알아 버렸다.

그녀의 곁에 왕은 없다. 그녀의 자리는 있어도, 자리에 앉은 이는 허깨비였다.

왕은 사냥을 나갔다. 시도 때도 없었다. 왕은 가을 들판에 익어 가는 벼를 밟고 사냥을 했고, 겨울 숲을 헤쳐 가면서도 사냥을 했다. 공주가 보기에 왕은 사냥에 미쳐 있었다. 새를 날것으로 잡아서 털을 뜯은 뒤 입으로 씹어서 매에게 먹이고, 산 닭을 잡아 매에게 먹이는 감찰시승이 왕의 곁에 그녀 대신에 있을 것이었다.

밤을 좋아하는 왕을 위해 숲 사이사이에 미리 사다 둔 밤을 흩어 놓고선 손수 줍는 척하다가 한 톨 한 톨 구워 바치는 놈도 왕 곁에서 바쁠 터였다. 왕이 사냥하다 나무뿌리에 발이 걸려 조금 삔 걸 가지고 낫게 한답시고 머리통을 불태우고 팔뚝을 지져 가며 과도한 충성을 바치는 아첨꾼도 장딴지 휘게 숲을 뛰어다니고 있을 모습이 눈에 선했다.

'짐승 새끼를 잡지 아니하며, 새 알을 취하지 않는 것은 성인의 교훈입니다. 또 오랫동안 가뭄이 들어 흉년이 겹쳐 들고 있으니 실로 놀이할 때가 아니며, 또 농사일이 한창 바빠서 백성들이 모두 논밭에서 일하고 있는데, 한번 행차하시면 추수가 끝난 가을을 기다려 사냥하소서.'

세자가 열 살 무렵에 서해도로 사냥을 떠나는 왕에게 엎드려 간언했었다. 왕은 세자의 말이 입맛에 쓰다는 듯 오만상을 찌푸렸었다. 침착하고 관후하여 말이 적었던 세자의 간언이 지금도 공주의 귀에는 생생했다. 왕은 세자의 말에 괴이한 놈이라고 응수했다. 괴이한 놈은 세자가 아니라 왕이었다.

세자를 떠올리자마자 그녀는 벌떡 자리에서 일어났다. 그녀는 사냥을 하러 나간 왕의 위치를 알아보라 재촉했다. 행차할 채비를 하라 일렀다.

채비를 하느라 사냥이 끝나갈 즈음에야 그녀는 연회 자리에 이르렀다.

왕은 멀겋고 아득한 눈빛으로 그녀를 맞았다. 아주 익숙한 눈빛이었다.

말총 삿갓을 쓰고 비단 옷을 입은 곱상한 놈이 왕의 곁에 바짝 붙어 있다가 공주를 보자마자 자리를 비켰다. 지난 사냥터에서 봤던 익숙한 놈이었다. 기이한 눈빛을 보냈던 놈이었다. 놈이 아니었다. 남장을 하진 그 계집이었다.

"저 천것은 누구냐?" 공주는 누구에게랄 것도 없이 소리를 질렀다.

"……." 공주의 벼락같은 소리에 아무도 말을 하지 못했다.

"생피를 빨아먹는 저 구충 같은 벌레는 무엇이냐?" 그녀는 재차 물었다.

공주의 서릿발 같은 물음에 남장을 한 계집이 이끌려 나왔다.

'저 천하고 어리석은 것이 왕을 후렸겠다.'

공주는 속이 울렁거렸다. 왕이 사냥을 나간 것은 고라니나 거위 따위를 잡으려 함이 아닌 것은 진즉에 알았었다. 허나 사냥질을 하러 갈 때마다 저 계집을 대동시켰을 것을 생각하니 피가 거꾸로 솟았다.

공주 앞에 선 계집은 나이를 헤아릴 수 없었다. 숨이 막힐 정도로 무표정한 낯이었다. 두려워하거나 겁을 먹은 것 같지도 않았다. 알 듯 말 듯한, 친숙하기도 하고 낯설기도 한, 괴이한 계집이 공주를 불안하게 흥분시켰다.

'감히 왕후 앞에서. 감히 황제의 딸 앞에서. 감히, 감히!'

공주는 계집을 바라보는 찰나 속에서 아득함을 느꼈다.

계집은 강물에 햇살이 반짝이는 듯 환하고 천진하면서도, 수풀에 몸을 숨긴 뱀처럼 차갑고 음험했다. 아름다웠다. 공주는 계집의 아름다움과 끝내 화해할 수 없으리라는 걸, 순간, 알았다.

계집이 갖고 있는 젊음과 아름다움은 그녀가 아무리 간절히 원해도 도저히 가질 수 없는 것이었다. 그녀는 극복할 수 없는 어떤 벽과 마주한 기분이었다. 동시에 자신의 결핍과도 대면한 느낌이 들었다.

결코 떼어 낼 수 없는 것들이 계집에게 보였다. 마치 만다라나 불상처럼 파괴할 수는 있어도 그 속에 감춰진 아름다움을 끝내 제 것으로 탈취할 수 없는 것처럼. 아무리 노력하고 공을 들여도 가질 수 없는 것들을, 계집에게서 보고야 말았다.

가슴이 베어져 나가는 것 같은 아픔이 몰아쳤다.

"너는 누구냐?" 공주의 목소리가 떨렸다. 몽골어가 자신의 귀에도 설게 느껴졌다.

"……." 계집은 공주의 물음에 대답하지 못했다.

"마마, 무비라 하옵니다." 말벼락을 맞았던 환관이 대신 답했다.

"저 계집은 말을 못 하느냐, 아니면 말을 못 알아듣는 게냐?"

"궁 밖에서 살아왔던지라 어전의 말을 알지 못하고, 제 나라 말밖에 알아듣지 못한 듯하옵니다." 낯빛이 하얗게 질린 환관이 답했다.

"제 나라 말이라 하였느냐? 제 나라는 어디를 말하는 게냐? 뭐라? 저 계집을 두고 무비라 하였느냐? 누가 무비라 부르라 하였느냐?" 공주의 목소리가 뜨겁게 요동쳤다.

"과인이 그리 부르라 하였소이다. 과인의 백성에게 이름을 붙이는 것마저 내 뜻대로 못한다 말이오?" 왕이 공주를 맞받았다.

"어찌하여……." 공주는 그예 말을 잊지 못했다. 그동안 왕의 전처도 물리쳤고, 숱하게 많은 여자들을 내쳤었다. 철퇴를 내리쳤고, 몽둥이로 때렸고, 지팡이로 두들겨 팼다. 왕의 여자에게나 허락할 이름인 비妃를 받은 여자를 그녀는 처음으로 마주했다. 무엇으로 혼을 내주고, 어떤 것으로 내리쳐야 할지 혼란스러웠다. 공주는 문득 불가사의한 감정에 빠져들었다. 아무리 나아가도 또 나아가도 거세게 파랑이 이는 난바다에 표류하는 기분이었다.

"궁궐 밖에서 천것들과 여흥을 벌이는 것이 조정의 예법입니까?

전하께서 자주 빗대 말씀하시는 공자께서 나라를 버리고 떠난 것도 바로 그 잘난 여흥 때문이라는 걸 모르시지는 않겠지요? 공자께서 여자 놀음 같은 건 하지 않았다는 말은 듣지 못하셨나 보지요? 단 한마디를 덧붙이고 이 자리를 떠나겠습니다. 저 천것은 골상이 흉인凶人을 닮아 반드시 뒷날 환란을 끼칠 것입니다. 하오니 삼가소서." 그녀는 계집을 노려보며 말했다.

그녀는 그 누구도 아닌 자신 위로 무너져 내리는 것 같았다. 제국의 위세를 쥐고 있음에도 불구하고, 그녀는 왕이 아니었다. 그녀의 분노는 무력하다는 증거였다. 왕비의 자존심, 원 제국 공주의 허영심, 왕에 대한 사랑과 증오가 심장에서 소용돌이치고 있었다. 굽이쳐 흘러내리지 못한 감정의 물살에 휩쓸려 갈 것 같았다.

위엄을 세워야만 했다. 천여 명이 넘는 기마와 수십 명의 재신과 추신 앞이었다. 천한 것을 앞에 두고 질투에 정신을 못 차리는 여인의 모습을 보이는 건 그녀의 자존심이 허락지 않았다.

"하늘의 해는 단 하나뿐이다. 밝기와 크기를 겨루지 말라." 공주는 계집을 향해 한마디를 던지고 돌아서 계단을 디뎠다.

핏빛 노을이 망월대 너머 강을 적시고 있었다. 가문 하늘에 해가 벌겋게 타들어 가고 있었다.

가시리 가시리잇고

청천벽력 같은 소리가 날아왔다.

황제께서 붕어하셨다는 비보였다. 하늘이 무너지고 땅이 꺼지는 것 같았다. 불로장생하실 것 같았던 아버님이었다. 영원히 그녀를 지켜 줄 줄 알았던 분이었다. 저승사자가 데려가야 할 분은 아버님이 아니라 뭇 생명을 도륙하다시피 사냥질을 해 대는 남편이어야 했다. 피눈물이 쏟아질 것만 같았다. 간이 도려지고 심장이 저미는 것 같았다. 그녀는 어디에 자신을 기대야 할지 막막하기만 했다.

'황제가 살아 계셔야 저 늙고 병든 광대를 치우고 세자를 왕위에 바로 오르게 할 터인데.' 한 치 앞도 내다볼 수 없는 정국이 눈에 보이는 듯했다. 세자의 왕위가 바람 앞의 등불처럼 위태로웠다.

황제의 상을 당한 지극한 슬픔 속에서도 그녀는 마음을 다스리고 근신했다. 왕은 장례를 치르기 전에 영전 앞에 간단히 술과 과일을 차려놓는 예를 드렸다. 그녀는 왕이 보이는 극진과 정성의 태도마저 모두 다 허위처럼 느껴졌다.

왕은 언제나 황제에게서 필요한 것만 쏙쏙 빼갔었다. 공주를 데려왔고, 일본정벌군으로 주둔한 원나라 군사들을 소환케 했고, 세자를 앞세워 전쟁을 승리로 이끌었다. 황제임에도 공주의 친정아버지라는 약점을 잘도 이용했다.

아니나 다를까 왕은 황제가 죽자마자 일본정벌에 필요한 모든 전함의 제조를 당장 폐지했다. 일본 동정계획을 일사천리로 중지시켰다. 그가 진정으로 황제의 죽음을 슬퍼하기나 한 것인지 그녀는 참으로 의심스러웠다.

원에 입조하기 위해 그녀는 길을 나섰다. 정월의 바람이 매서웠다. 황량하고 거친 길에 칼바람이 채찍처럼 들이쳤다. 처음으로 고려에 들어왔던 때보다 더 서럽고 슬픈 길이었다. 매서운 바람보다 더 그녀의 가슴을 할퀴는 것은 황제에 대한 그리움이었다.

'날씨가 점점 추워지고 말도 점점 여위게 될 터이니, 들에 풀이 마르기 전에 서둘러 본국으로 돌아가라.'

황제를 알현하기 위해 왕과 어린 세자와 함께 연경에 가면 그토록 보고 싶어 하던 피붙이임에도 불구하고 귀국을 독촉하곤 했었다. 황제가 말씀하시는 본국이라는 단어가 늘 그녀의 마음에 얹혔었다. 그녀가 정 붙이고 살아가야만 할 곳, 목숨을 부지해야만 할 곳, 끝내 아버님 곁으로 돌아오지 못하고 목숨이 다하는 날까지 살아야 할 곳이라는 뜻일 터였다.

황제이기 전에 아비로서 다함없는 애틋한 배려이자 사랑이었던 말씀이 떠올라 그녀는 통곡했다. 통곡하는 그녀 옆에서 왕은 아무 말이 없었다.

'핏줄이 아닌 자는 이토록 황제의 죽음에도 멀뚱한 것인가.'

그녀는 너무도 서운해서 가슴이 미어지는 것 같았다. 위로를 해 주고 마음을 진정시켜 주기는커녕 오히려 미칠 듯 분노하게 만들었다.

'사람이 만일 효도하는 마음이 조금이라도 있으면 하늘이 반드시 알아준다. 그대가 나를 대접하려면 술 한 병, 쌀 한 섬만 가지고 와도 역시 효도인 것이다.'

세상을 다 가진 황제임에도 사위에겐 그저 술 한 병과 쌀 한 섬만 가지고 와도 효도라고 하셨던 분이었다. 황제는 마음을 원했던 것이다. 알현하고 귀국할 때면 황제는 하나라도 더 쥐어 주지 못해 안달이었다. 그러나 왕에겐 처세와 임기응변과 내숭만 있을 뿐, 진정한 마음 따윈 단 한 조각도 없어 보였다. 그녀의 눈에는.

'두려워해야 할 것이 두 가지가 있으니 함부로 말하는 것과 말을 이기는 것이다. 그대는 그대의 백성을 잘 다스려 여러 나라와 후세의 웃음거리가 되지 않게 하라.'

황제가 돌아가시고 난 뒤에 무엇이 남고 어떤 불똥이 떨어질 것인가를 계산하느라 왕의 머리는 분주한가. 도대체 왕은 황제의 말을 잊었는가. 그가 두려워해야 할 것은 왕위의 지속 여부가 아니라 백성을 잘 다스리지 못해서 후세의 웃음거리가 되지 않아야 한다는 것을 모르는가. 부끄러움은 늘 왜 그녀 자신의 몫인가.

채찍으로도 몽둥이로도 지팡이로도 이제 더 이상 그의 어릿광대 짓을 멈추게 할 수 없다는 자신의 무능력을 그녀는 점점 더 절감하고 있었다. 황제의 권력도, 훈계도, 엄명도 사라진 마당에 그가 보란 듯이 놀아날 생각을 하니 속이 아려 왔다.

제국의 성좌, 제국의 태양, 제국의 빛이 스러진 하늘은 시퍼렇게 얼어붙었다. 바람처럼 빠르고, 숲처럼 조용하며, 불처럼 진격하고, 태산처럼 꿈쩍 않으며, 그림자처럼 알 수 없고, 번개같이 움직였던 영웅이 스러진 소용돌이 속으로 그녀는 들어가고 있었다. 북두칠성이 사라진 사막의 한복판에 서 있는 것처럼 그녀는 그저 막막하고 캄캄하기만 했다.

왕이로소이다

왕은 활을 들어 시위에 화살을 메겼다.

아무것도 모르는 왕비나 한껏 까불어 대는 세자가 지껄이는 사냥 같은 건 이곳에 없었다. 그저 놀이에 불과했다. 화살이 손에서 떠나면 악기들은 호흡을 멈추고 잠시 열기를 식혔다. 그가 바라보는 쪽에서 뭉툭한 소리가 나자 멧돼지 가죽을 뒤집어 쓴 광대가 제법 짐승 같은 소리를 지르며 쓰러졌다.

그 모습을 본 악공은 다시 손가락을 분주히 놀렸다. 음률은 긴박하고 빠르게 허공으로 날랐다. 화살은 바위에 맞아 튕겼지만 광대의 연기가 꽤 좋았기에 그는 용서하기로 했다.

"사냥개를 풀어 저것을 물어 와라!" 그가 입을 크게 벌려 소리쳤다.

몰이꾼이 징을 치자 견犬자가 적힌 빨간 천을 몸에 두른 광대들이 요란한 소리를 지르며 뛰어나갔다. 소리가 작거나 흉내가 시원찮은 사냥개는 붙잡아 개백정을 시켜 매질을 가했다. 그러자 광대들은 석

240

달 만에 고기 맛을 보고 눈이 휙 돌아간 들개처럼 온 산을 뛰어다닐 기세로 달렸다. 그중에는 이끼를 밟고 발을 헛디뎌 넘어지는 자도 있었다. 그는 그 모습을 가만히 지켜보는 게 좋았다.

궁에서 나온 찌꺼기들을 먹고 살을 토실토실하게 찌운 멧돼지를 들기 위해 사냥개 세 마리가 달라붙어 용을 쓰다가 결국에는 한쪽 다리를 붙잡아 질질 끌고 왔다. 오는 도중에 등가죽이 쓸려 죄다 까졌을 텐데도 끝까지 기절한 듯 눈깔을 뒤집어 흰자만 드러내고 있는 충성심에 깊이 느낀 바가 있어 상을 내리려던 차에, 음악이 끊겼다. 뒤를 돌아보니 악공들이 악기를 내던지고 천년만년 움직일 줄 모르는 이끼처럼 바닥에 넙죽 엎드려 붙어 있었다.

황제의 따님이시자 세자의 어미시며 왕비마마가 납시셨다!

"이게 다 무엇입니까. 사냥을 가신다고 하지 않았습니까!"

"아아……." 그는 느닷없는 그녀의 출현과 질책에 말을 잇지 못했다. 상황이 우스워서 그는 피식 웃고 말았다. 국경에서 맞이하던 어린 소녀가 왕비랍시고 무엄하게 큰소리를 치고 있는 상황이 우스웠다.

"사냥을 하신다는 분이 어찌하여 짐승을 쫓지 않고 천한 것들의 꽁무니를 쫓고 있는 것입니까! 저 많은 악공들은 다 무엇이고 짐승의 가죽을 두른 저 천것들은 또 무엇입니까! 가면인잡희假面人雜戱를 하시려고 왕이 되셨습니까!" 그녀는 앞뒤 재지 않고 호통을 쳤다.

두 손에 쥐고 있었던 것들이 너무 많았던 시절이었다. 공주의 숨소리 한 번에 숲이 뿌리를 들어 도망가고, 땅이 부들부들 떨며 갈라지고, 속절없이 무너지는 하늘을 볼까 봐 걱정하던 나날이었다. 따스한 봄날에도 뼈에 물이 차 오른 것처럼 느껴지는 추위를 걱정하며 밤

을 지새우지도 않았고, 볼과 이마에 거뭇거뭇한 검버섯이 있지도 않
았다. 세월에 녹아내린 근력을 다시 채우기 위해 보약을 먹지도 않았
다. 허나 이제는 바닷가의 고운 모래알처럼 다 빠져나간 것들은 바닷
물에 쓸려 발밑에서조차 찾아볼 수가 없었다.

"과인이 나이를 먹어 짐승을 쫓을 능력이 되지 않아 백성들과 사
냥 놀이를 하고 있소이다. 세자가 짐승의 새끼를 잡지 말라고 하여
그리 하였고, 새 알을 건들지 말라고 하여 또 그리 하였소. 농사일이
바쁜 백성들의 눈을 피해 깊은 숲 속으로 들어와서 놀이를 하고 있는
데 그게 또 문제란 말이오?" 그가 말했다.

공주의 눈빛이 잠시 흔들리는 듯했다. 복받치는 숨을 고르는지 그
녀는 말없이 한숨을 쉬었다.

"오늘은 전하께 소개해 드릴 분이 있어 이곳으로 모시고 왔습니
다. 요 근래에 수도 근방에서 머무르고 있다는 소식을 듣고 세자가
직접 나가 맞이하였습니다." 그녀는 수굿하게 말했다.

그는 그녀가 언급한 자가 누구인지 짐작이 갔다. 병치레가 잦은
그녀를 수시로 찾아가서 만나곤 한다던 자임에 틀림없을 터였다. 새
파랗게 젊은 놈이 도통한 척하면서 혹세무민하고 다닌다는 말을 전
해 들었다. 그가 보기에 그녀는 미신으로 타락한 종교에 열정을 바쳤
고, 창칼에 의지해 권력을 휘둘렀던 제국의 눈먼 광기를 닮아 스스로
미쳐 가는 여자였다. 출신조차 불분명한 머리 깎은 중에 불과한 놈은
왕인 자신의 은덕으로 놀고먹는 무리 중의 한 명이었다. 요승이 나라
를 망치는 경우는 역사에 차고 넘쳤다.

그가 애오라지 바라는 것은 유혈을 수반하지 않는 정치였다. 그는

잔인함을 정치적 전략으로 삼았던 그녀의 나라와 다른 나라를 만들고 싶었다. 제국을 거부할 수 없기에 그녀를 멀리했다. 수십만 명을 도륙했던 제국의 딸이 감히 어디서 그저 한갓 미물에 불과한 짐승 몇 마리를 사냥하는 것을 가지고 호들갑을 떤단 말인가.

"장터에서 생불이라 불리는 거렁뱅이 중 따위를 만나라는 말이시오?"

"전하, 제발 세자의 마음을 헤아려 말 몇 마디라도 나누는 게 어떻습니까."

"그자가 정녕 백성에게 구원을 줄 수 있다면, 그것이 필요한 자들에게나 어서 가라고 하시오. 과인에겐 필요 없는 것이오."

"전하, 제발 세자를 생각하여……, 저를 생각하시어……"

간곡히 부탁하는 그녀의 얼굴에서 세자의 모습이 떠오른 순간, 걷잡을 수 없는 불꽃이 목구멍 속에서 터져 나오려는 것을 느꼈다. 큰 아들도, 첫째 부인도 빼앗았으면서 무얼 더 빼앗으려 이토록 난리를 친단 말인가. 그녀와 세자가 그의 삶 전체를 토벌하려는 오랑캐처럼 느껴져 몸서리를 쳤다.

"과인은 말을 기를 땅이 없다는 이유로 한족을 몰살하고 도시와 땅을 파괴하여 풀을 자라게 했던 자의 사위요! 그깟 중놈 하나 죽이지 못할 것 같소! 만약 그놈이 내 눈에 띈다면 곧장 온몸의 뼈를 분질러 가루로 만들어 버릴 것이오. 어디 그것도 부처가 막을 수 있는지 지금 이 자리에서 확인하고 싶소이까?"

그녀는 그의 호통에 잠시 비틀거렸다. 안색에 핏기가 가셨다. 시종들이 그녀를 부축했다.

"저는 이 나라의 국모이고, 장차 이 나라를 다스릴 세자의 어미입니다. 개 흉내나 내는 짐승 같은 정승을 가까이하지 마시고, 부디 현명하게 나라를 다스리는 데 도움을 줄 수 있는 자를 곁에 두시라고 부탁드립니다. 부디 못 위의 엷은 얼음을 밟고 지나가는 것처럼 두려워하고 조심하시기를 바랍니다. 오늘은 이만 물러가겠으나, 결코 이 일을 잊지는 않을 것입니다."

그녀는 그의 뒤에서 시좌하고 있는 자들을 쳐다보며 말했다. 그녀의 눈이 벌겠다. 곧 눈물이 쏟아질 것처럼 슬퍼보였다. 그는 어떤 끝을 예감했다.

모든 기룬 것은 다 님이다

사냥을 나간 날이면 왕은 어김없이 사가私家에 머물렀다.

왕이 머무는 거처는 미리 준비되어 있었다. 사냥에서 얻은 피로를 풀어 주기 위해 그녀는 만반의 준비를 했다.

그녀는 혈을 중심으로 왕의 머리끝에서 발끝까지 손바닥으로 소용돌이 모양을 내며 문질렀다. 종아리에서 시작해서 부채꼴로, 물결 모양으로, 원형으로 뻗어나가면서 손바닥을 굴리다가 다시 시작한 점으로 왔다.

밀랍 연고를 얹은 왕의 늙은 육신은 그녀의 뜨거운 손길에 천천히 녹아내렸다. 다리가 끝나면 엉덩이에서 등으로, 척추 양쪽 가장자리로 손길이 옮아갔다. 그녀는 계속해서 만다라를 그리며 향과 기름을 문질렀다.

그녀는 왕을 위해 노래를 불렀다. 왕이 그녀의 노래를 무척 사랑했기 때문이었다. 자장가처럼 나직하게 부르는 노래가 왕의 몸 위에서 흘렀다. 그녀는 왕의 늙음과 몸의 결함과 추함을 속속들이 알 만큼 보고 만졌다. 그 모든 향유에도 불구하고 왕에게서는 삭아 가는 마른 풀냄새와 늙은 짐승의 누린내가 났다.

"너는 왜 노래를 부르느냐?"

"당신의 마음속에 들어가고 싶기 때문입니다."

"당신이라. 너는 어찌하여 나를 전하라고 부르지 아니하느냐?"

"제가 사랑하는 님을 뭐라 부르오리까?"

"내가 너의 님이더냐?"

"모든 기룬 것은 다 님이옵니다."

무명은 어전御前에서 사용하는 존칭도 어법도 알지 못했다. 그저 벌거벗은 늙은 사내가 왕이어도 위로가 필요할 수 있다는 것, 그도 사랑이 필요한 남자라는 것만을 알 뿐이었다. 그녀는 오직 왕을 사랑할 뿐이었다. 왕을 사랑한다는 게 말이 안 된다면 충성이래도 상관없었다. 자신 앞의 남자를 사랑하는 게 그녀의 천분이라 여겼다.

"모든 기룬 것은 다 님이라……. 그렇지. 네 말이 옳도다."

그는 그녀 앞에서는 그저 한 남자로 돌아갔다. 모두를 개처럼 다룰 만큼 잔인하면서도 한 여자 앞에서는 한없이 부드러웠다. 무엇보다 믿을 수 없을 만큼 솔직한 사람이었다. 종일 사냥을 즐기고 술을 마시고 노래와 춤을 즐기던 그는 사실 아주 예민하면서도 어떤 면에서는 좋아할 수밖에 없는 사람이기도 했다.

"불안정하고 치열한 권력투쟁의 소용돌이에 휘말려 근심으로 인하여 나의 성품은 이제 다 망가지고 상했다. 원 제국으로부터 충성을 의심받아서는 안 됐지. 나는 그저 생명과 왕실을 보존하기 위해 일생을 소진했다. 내가 무엇을 할 수 있었으랴."

벌거벗은 한 남자가 물기가 배인 목소리로 말을 풀어냈다. 그가 물려받은 국가는 너무 오래되었고, 그는 국가보다 더 늙어 보였다.

"이제껏 잘 해 오시지 않았습니까. 무엇보다 왕으로 살아오지 않으셨습니까. 그러면 된 게지요."

"왕이라……, 진정으로 내가 왕인 거냐. 나는 어릴 때부터 볼모였다. 언제든 목숨이 날아갈 수 있는 볼모였지. 볼모에서 겨우 풀려나보니, 왕이 아니라 공주의 남편일 뿐이었고, 세자의 아비였을 뿐이었지. 그도 저도 아니면 조금 더 권력이 강력한 귀족일 뿐."

"공주는 당신의 아내이고, 세자는 아들일 뿐입니다."

"나는 쿠빌라이 칸의 부마가 아니라 실질적인 권력을 거세당한 환관 노릇을 해 왔다. 환관임에도 칸의 남자가 아니라 공주의 남편 역할을 해야 하는 놈이었지. 덕분에 공주를 사랑할 수 없었고, 세자를 친애할 수도 없었다. 누군가를 사랑할 수도, 누군가의 사랑도 믿을 수 없었지. 고려의 왕으로 산다는 건 감옥에 갇힌 수인으로 평생 살아가는 거와 같은 거였지."

그녀는 왕의 측량할 수 없는 깊은 슬픔과 해결할 수 없는 좌절, 세상의 물로도 축일 수 없는 갈증을 끝내 다 이해할 수는 없을 터였다. 다만 그가 평생 누구에게도 터놓지 못했을 속엣말을 들어주는 게 전부였다.

"내가 왜 너를 가까이 두고 총애하는지 아느냐?"

"비천한 저는 아무것도 모르옵니다. 다만 당신의 사랑에 응답할 뿐입니다."

"네가 젊어서도, 미색이 뛰어나서도, 방중술이 탁월해서도 아니다. 무엇보다 너의 재주가 비상하고 아름답기 때문이다. 재자가인은 하늘이 내리는 것이지. 왕을 하늘이 점지해 주듯이 말이다. 그런 의미에서 재자가인과 왕은 비슷한 운명인 게야. 다른 사람들이 절대 용서해 주지 않는 존재인 점에서 말이지. 그래서 너와 나는 감히 우러러볼 뿐, 미워하고 죽이고 싶을 만큼 증오하고 시기해도 끝내 도달할 수 없을 뿐인 존재가 되어야 하는 게야. 나는 너의 노래, 너의 사랑 노래를 듣고 싶구나."

"당신을 위한 노래를 지어서 부르겠습니다." 그녀는 왕을 안으며 말했다.

"내가 가장 성대하게 열고 싶은 연희가 있느니라. 신성으로 나라를 다스리고자 하는 나의 의지를 보여 주는 연희의 정점은 바로 쌍화점이니라. 내 반드시 너를 쌍화점의 무대에 주인공으로 서게 해 주마." 왕은 그녀의 품 안에서 어린아이처럼 달뜬 목소리로 약속을 했다.

왕의 심장 소리가 그녀의 심장으로 스며들었다.

왕은 그녀 위에 몸을 포갰다. 그녀는 왕의 권좌에 갇힌 가뭇없는 한 남자를 이끌어 냈다. 어떤 조건 속에도 있지 않은 한 남자, 물방울처럼 가뭇없는 정精의 남자, 자신의 육체 속에서 잠자고 있던 성력을 일깨웠다. 귀한 분과 천것의 가름을 지우고 여자와 남자의 경계를 녹여 버렸다. 그녀의 깊은 우물에서 용이 승천을 향한 용틀임을 했다.

금잠

바야흐로 또다시 봄이 찾아왔다.

황제가 붕어하시고 난 뒤 이 년 만에 세자는 연경에서 황실의 공주와 하례를 올렸다. 지극한 슬픔이 지난 뒤에 기쁨이 그녀를 찾아왔다.

그러는 사이 마흔 고개가 바로 앞이었다. 몸도 마음도 날마다 달라졌다. 세자의 결혼식에 참석하기 위해 원 제국을 갔다가 돌아오는 여정이 좀 벅찼던가.

'오가는 길의 고단함을 감당할 수 없는 나이가 된 건가.'

귀국한 뒤로 그녀의 몸이 내내 션찮았다. 너무 치달린 탓인지 허벅지에 가래톳이 생긴 뒤로 영 나아질 기미가 보이지 않았다. 게다가 가슴이 뼈근한 통증이 좀체 가시질 않았다. 하루에도 수십 차례 맥박이 느닷없이 펄떡거리는 통에 명치가 답답하고 어지러웠다. 전의는 그녀의 병을 제대로 잡아내지 못했다.

전의는 노독路毒이라고 했다가 미병未病이라고도 했다. 차도가 없자 중랑장을 원에 보내 용하기로 소문난 의원을 청했다.

"마마, 혹시 원에서 돌아오시고 난 뒤에 특별히 다른 음식을 드셨습니까?" 전의의 목소리가 화급했다.

"딱히 다른 음식을……." 순간 그녀는 명치끝이 막혔다.

원에서 돌아오자마자 몸이 안 좋은 그녀를 보양시킨답시고 왕이 시녀를 통해 들려 보낸 것이 떠올랐기 때문이었다. 아들 떠나보낸 뒤에 왠지 모르게 헛헛함이 커지고 있는 참이었다. 안 그래도 남편 그늘이 사무쳤던 터였다. 사냥에다 연희에다 뺄질거리고 다니느라 자신 곁엔 한 시도 붙어 있지 않던 그가 부러 챙겨 온 보약이 어쩐지 고마워서 두말없이 받았었다.

'설마.'

그녀는 세차게 도리질을 쳤다. 황제가 죽었어도 여전히 원은 그녀의 친정이었다. 왕의 목숨은 여전히 원의 손안에 있었다. 아무리 사이가 냉랭해도, 왕이 무비라는 천것에게 미쳐 있어도, 그녀를 죽일 수는 없을 터였다.

"무엇을 드셨습니까? 혹시 황금색으로 된 것을 드셨습니까?"

"그러하다. 무엇이 문제인 게냐?"

"마마께서 금잠을 드신 듯하옵니다."

"금잠이라?"

"금잠은 황금색 독충을 일컫는데, 좋은 비단을 먹여 기른 뒤에 그 똥을 음식에 섞어 사람에게 먹이면 사람이 죽습니다. 더 위험하고 고통스러운 것은 금잠이 사람의 배 속에 들어가면 창자와 위를 모조리 씹어 먹은 뒤에야 몸에서 빠져나온다는 것이옵니다. 그래서 금잠을 식인충이라고도 합니다. 마마의 음식에 누군가가 금잠을 갈아서 조금씩 넣은 것으로 사료되옵니다. 원래 금잠은 날것 그대로 삼키면 하룻밤 사이에 창자와 위가 사라지고 마는데, 마마께서 시름시름 앓는 연유는 시나브로 드셨기 때문인 것으로 짐작되옵니다."

"네 말이 정녕 사실인 게냐? 한 점의 의혹이 있을 시엔 어찌 되는지 아느냐?"

"마마, 저를 죽여 주시옵소서."

"너를 죽이기 위해 이곳까지 부른 게 아니지 않느냐. 나를 살리기 위해 너를 불렀다. 그럼 정녕 낫지 못한다는 말이더냐?"

"질병이 골수에 있으면 사람의 생명과 운명을 주관하는 사명司命이래도 어쩔 수 없사옵니다. 하오니, 마마, 저를 죽여 주시옵소서." 의원이 엎드린 채 부들부들 떨었다.

그녀는 끝내 왕이 자신을 죽이려 했다는 사실을 받아들이지 않았다. 인정하고 싶지 않았다. 왕의 목숨이 두엇이면 모를까. 무엇보다 왕이 그녀가 죽도록 사주했다는 사실이 원에 알려지면 피바람이 몰아칠 것이었다.

아직은 왕의 자리를 지켜주어야 했다. 그것이 그녀의 숙명이라 여겼다.

별궁에서 자리보전하고 있는 그녀에게 왕은 전의만 수시로 보낼 뿐 끝내 찾아오지 않았다. 그저 쌀을 일백 섬을 풀어 빈민에게 나눠주고 절에 가서 공주를 위해 늙은 팔뚝에 다비 흉내를 내는 의례적인 형식만 취했다.

일식이 있었다. 궁궐은 대낮에도 어두웠다. 어둠 속에서, 그녀는 홀로 울었다.

해가 다시 나타났다. 비단 창으로 스며드는 봄빛이 그녀의 눈앞에서 두고 온 저 먼 곳 사막의 아지랑이처럼 헤살거렸다. 가물거리는 봄빛 아래서 그녀는 자꾸 기진했다.

그녀는 수령궁으로 자리를 옮겼다. 궁의 푹신한 보료마저 마치 관 바닥에 깔아 놓은 칠성판처럼 느껴져서 그녀는 두려웠다. 외곬으로 파고드는 두려움과 쓸쓸함에 그녀는 대책 없이 이리저리 쓸리고 있었다. 화려하게 치장된 궁의 호사가 문득 덧없고 부질없게 느껴져 가슴이 답답했다. 그녀는 스스럽지 않은 공기를 마시면 숨이 쉬어질 것 같았다. 향각香閣 누마루로 자리를 옮기라 일렀다.

누마루로 따사로운 봄볕이 거칠 것 없이 파고들었다. 그녀는 겨우 허리를 세우고 정원을 내려다보았다. 정원엔 작약이 만발했다. 작약들이 틔워 내는 붉은 웃음소리가 그녀의 귓전을 간질였다.

'따스한 봄볕에 촉촉이 젖은 하오의 붉은 정원이 적멸보궁의 한 켠과 같으니, 죽기에 좋은 날이로구나.'

천진난만하게 피어난 꽃들의 붉은 웃음 사이로 무당의 고삿말 같은 한 목소리가 들려오는 듯했다. 모란이 느닷없이 졌던 어느 날엔가는 채색 밀랍을 오려 만든 꽃을 빈 가지에 한 송이씩 올려 두었더랬다. 가뭇없는 호사에 미치고, 덧없는 정념에 홀렸던 시절이었다. 청자처럼 푸르고 맑고 총명한 빛너울이 동그란 이마에 어리던 시절이었다. 세상 모두가 자신에게 한없이 너그러울 것만 같았던 시절, 그래서 두려움 한 점 없이 오만했던 시절이었다. 젊은 세월이 턱없이 아름답게 느껴져 그녀는 슬며시 눈물이 날 것 같았다.

그녀는 봄볕을 담뿍 받아 꽃잎을 활짝 벌린 작약 한 송이를 꺾어

오라 명했다. 궁녀가 은쟁반에 받쳐 온 작약 한 송이. 막상 눈앞에 갖다 두고 보니 작약은 아궁이에서 갓 꺼내온 잉걸덩이처럼 뜨겁게 붉었다. 제 생명이 터져라 한껏 꽃잎을 펼친 작약 한 송이를 손에 쥐고 그녀는 하염없이 들여다보았다. 울컥, 뜨거운 불덩이 같은 것이 그녀의 가슴에서 치받혀 올라왔다.

'꽃잎 같은 날들을 당신에게 저당 잡혔어. 내 젊음과 피눈물로 왕실을 지켰어. 내 생을 다 바쳐 당신의 왕좌를 지켜 냈어. 그러니 당신을 누구에게도 보낼 수 없어.'

청자 호리병 모가지에 차오르는 젖은 술처럼 그녀의 목울대까지 눈물이 찰랑거렸다.

왕이로소이다

매는 희박한 대기로부터 날아와 빈 하늘을 가르며 비상했다.

처음에 매는 좀 더 고도를 높이기 위해 거세게 날갯짓을 하다 따뜻한 상승기류를 만나자 두 날개를 폈다. 매는 좁은 원을 그리며 나선형으로 상승하는 동안 토끼나 고라니를 찾아 아래쪽을 살폈다. 매는 몸을 비스듬히 기울인 채 천천히 선회했다. 매는 자신이 추락하지 않으리라는 것을 본능적으로 알고 있는 듯했다.

왕은 매의 비상을 오래토록 말없이 지켜보았다.

살굿빛 일몰이 숲을 붉게 물들이면, 왕은 사냥을 파했다. 사냥이 끝난 다음에는 어김없이 잔치를 벌였다. 왕은 불로장생을 원했던 한나라 무제가 이슬에 잘게 부순 옥을 섞어서 마셨던 것처럼 죽엽주에 옥가루를 타서 마셨다.

누각으로 오르는 계단에는 연분홍색 비단 수십 필을 오려 낸 꽃들이 깔려 있었다. 왕은 천계의 옥황상제처럼 비단 꽃들을 밟고 올라갔다. 그의 곁에서 무명이 사뿐히 걸음을 옮겼다.

왕은 누각의 벽에 붙은 그림을 쳐다보았다. 화려하게 차려 입은 당나라의 왕이 밤놀이를 즐기는 모습의 그림이었다. 그는 한참을 말 없이 지켜보았다.

무명은 왕의 침묵이 어쩐지 불안하기만 했다. 모든 것을 찬탈하는 지위에 있었지만 왕은 그녀조차 헤아리기 힘든 어떤 우수에 자꾸 빠 져들곤 했기 때문이었다. 화려한 잔치의 흥성함에도, 날짐승들을 포 획하는 팽팽한 살육의 쾌감에도, 수백 송이 인조 꽃이 뿜어내는 요사 스런 사치스러움에도 왕은 예전과 같은 천진스러운 즐거움을 내비치 지 않았다. 허영과 탐욕과 방탕과 경박스러움은 왕의 본질이었다. 왕 이 변해 가고 있다는 것은 그녀에게 나쁜 징조였다.

"과인이 비록 조그마한 나라에서 왕 노릇 하고 있지만, 잔치를 누 리고 즐기는 것마저 어찌 당의 현종만 못할 수 있겠느냐."

왕의 목소리는 낮고 음울했다. 딱히 좌우에서 시종을 드는 신하들 에게 들으라고 하는 말투는 아니었다. 복잡하게 얽힌 감정과 세상사 에 초연한 척하지만 끝내 초라한 왕 노릇을 할 수밖에 없다는 게 쓸 쓸했다.

"하오나, 전하! 올해는 환갑을 맞이한 해오니 부디 옥체를 보존하 시고 덕을 닦으소서. 더 이상 놀이나 사냥에 빠지시면 아니 되는 줄 로 아뢰옵니다."

절 가까운 숲에서 사냥을 하던 왕을 어쩔 수 없이 보좌하던 새파 랗게 젊은 중 한 놈이 느닷없이 왕의 나이와 옥체를 들먹였다. 한눈 에 봐도 수척하고 굶주린 상이었다. 눈빛엔 삿된 생각이 들이찬 것처 럼 보였다. 저런 상을 가진 놈은 피하거나 죽이는 게 상책이었다.

'여여!'

그녀는 벼락처럼 들이닥친 것처럼 나타난 여여를 보고 순간 숨이 멎었다.

여여는 왕 앞에서 과녁을 뚫을 듯 달려오는 화살처럼 그녀를 뚫어지게 쳐다보았다. 장난기로 가득했던 소년의 눈이 아니었다. 갑자기 눈앞이 하얬다. 그녀는 눈을 질끈 감고 말았다.

"그대는 과인이 굳이 사냥을 좋아해서 국사를 소홀히 하는 줄로 아느냐. 과인은 사냥을 좋아해서 출궁을 하는 것이 아니라, 호랑이를 쫓으려 함이니라. 호랑이를!" 왕은 어금니에 힘을 주듯이 말했다.

자리에 함께한 이들 모두 왕이 칭한 호랑이가 누구를 가리키는지 알고 있었다. 가장 가까이 왕의 옆에 있어야 할 단 한 사람. 그러나 지금 함께하지 않는 한 사람을……. 왕은 호랑이라 했다.

"호랑이를 잡으려면 호랑이굴로 들어가셔야지요." 그는 한 치도 물러서지 않고 왕과 대치했다.

"그렇지 않아도 오늘 큰 덩치의 짐승을 잡지 못하고 사냥을 마무리한 것이 못내 아쉬웠다. 정녕 이 밤에 호랑이를 잡아 보리라." 왕은 머리를 조아리는 승려를 깔아 보며 말했다. 젊은 중의 단단한 턱 선과 다문 입이 아주 고집스럽게 보였다.

"날이 가물어 백성은 몹시 굶주려 지금 나라 형편이 매우 곤란한데, 사냥하며 유흥을 즐길 때가 아닌 줄로 아옵니다. 전하께서는 어찌하여 백성은 돌보지 않으십니까." 젊은 중의 말투에서 선뜩한 분노가 느껴졌다.

"네 눈에는 태평성대의 따뜻한 빛이 아니 보이는가?" 왕은 젊은 놈을 향해 이죽거렸다.

"길들이지 않은 말을 타시다가 예측할 수 없는 위험한 길에서 사고라도 난다면 후회한들 무슨 소용이 있겠습니까. 아울러 홀치와 응방이 다투어 가며 잔치를 베푸는데, 금을 오려서 꽃을 만들고 실을 꼬부려서 봉을 만드는 등 사치가 극도에 달하여 이루 형언할 수 없습니다. 가령 음악을 연주하는 데도 항간의 저속한 소리를 물리치고 교방의 법에 맞는 악곡을 울리게 하는 것이 온 나라의 바람입니다." 젊은 중은 작정하고 나선 듯했다.

'네깟 중놈이 어디서 감히!' 왕의 입초리가 가늘게 떨렸다. 겉으로는 왕의 보신과 안위를 위하는 척하면서 훈계를 하는 놈이 가소로웠다. 머리 검은 짐승은 거두는 게 아니라고 했던가. 자신들을 먹여 살리고 숨을 쉬게 해 주고 전쟁에서 해방시켜 준 은공을 배은망덕으로 답한다는 꼴이었다. 자신보다 나이도 어린 공주에게 회초리로 맞고 몽둥이로 맞고 손바닥으로 맞았던 순간들이, 사냥을 하지 마라 백성을 생각하라 잔소리를 해 대는 목소리가 떠올라 눈에 불이 일었다. 자신을 무시하는 연놈들을 죽이고 싶은 심장이 펄떡거렸다.

"길들이지 않은 짐승을 살려 두었다가 예측할 수 없는 위험한 사고라도 난다면 후회한들 무슨 소용이겠는가. 이토록 과인을 염려하는 너의 이름은 무엇인가." 왕은 젊은 놈의 말투를 빌려 비아냥거렸다.

"말로라고 하옵니다. 전하." 중의 푸른 이마에 혈관이 투툭, 올라온 게 보였다. 혈관엔 결기인지 오만인지 제 자신도 모를 뻣센 감정이 실려 있는 듯했다.

"말로라……." 왕은 중의 이름을 되뇌었다. 왕비의 침전에 드나드는 요승의 이름이 말로라고 하였던가. 낡고 해진 승복을 걸치고 밤이 이슥토록 왕비에게 무상가인지 상여가인지를 불러서 죽음을 재촉하는 놈이라고 했던가. 세상의 끝을 보고자 말로라 이름을 지었다고 했던가. 이름에 걸맞게 놈의 끝인 죽음을 맞이하게 하리라.

심연

"이놈을 당장 죽이도록 하라!" 왕은 단호하게 소리쳤다.

왕이 명령을 하자마자 응방들이 그의 목에 올가미를 씌우고 두 팔과 두 발을 밧줄로 얽어맸다. 깨어진 기와조각이 그의 다리 사이를 비집고 들어왔다. 응방들이 번갈아 다리를 밟았다. 피가 쏟아져 땅을 적셨다.

그는 의심하고 또 의심했다. 자신의 출생과 핏줄을 의심했고, 존재 자체를 의심했다. 태어난 나라를 의심했고, 나라를 다스리는 왕을 의심했다. 마지막엔 삶과 죽음을 의심했다. 그는 의심 속에서 다시 태어나야만 했기 때문이었다. 삶과 죽음을, 이승과 저승을, 안과 바깥을, 태어난 이 세계를 완전히 다르게 보고 싶었다. 세계가 다르게 보일 때까지 떠돌리라 마음먹었다. 자비는 세계의 끝을 보고야 말리라는 의지로 법명을 말로라고 짓기도 했다.

부처를 세간지부로 삼아 떠돌았고, 제국의 태양에 가려진 조국의 일식을 보았고, 빗방울이 핏방울처럼 쏟아지는 고통 속에 짓이겨지는 존재들을 살피는 스승을 따랐고, 목숨을 부지하는 일의 고단함과 셀 수 없는 주검들을 뒤쫓았고, 마지막으로 의심하지 않을 사랑을 구하려 이곳까지 왔다. 사랑은 자비의 다른 이름이라는 것을 떠돌면서 알았다. 자비는 큰 슬픔이자 지극한 슬픔이었다.

눈을 뜨는 게 아무리 고통스러운 일일지라도 안간힘을 다해서 눈을 떠야만 했다. 대낮처럼 정직하고 태양처럼 뜨겁고 달빛처럼 섬세한 인간이 되기 위해, 다만 인간이 되기 여기까지 왔다. 승려복은 그저 외피에 불과했을 뿐이었다. 풀보다 더 짧은 생명을 부지하다가 죽어 가던 백성들도, 제국의 공주이자 한 나라의 왕비여도 삶은 무상했다. 무상한 삶에 의미를 부여하는 일이 헛짓인 줄 알았대도 끝까지 가 보고 싶었다. 그럼에도, 그럼에도, 그는 세계의 총체성을 확인해 보고 싶었다.

그는 세상의 목숨들이 하는 짓거리들이 가면을 쓴 잡스러운 놀이에 불과하다는 것을 알았다. 한마디로, 가면인잡희假面人雜戲일 뿐이었다. 왕은 광대극의 우두머리일 뿐이었고, 정치의 의미를 모르는 둔재였고, 인생의 본질에 둔감한 광포한 하룻강아지였다.

그는 무명이 왕의 곁에 있는 것을 보았고, 무명이 도달하고자 하는 곳을 확인했다. 맨발로 돋움발을 하면서 맞이하고자 했던 어린 날의 꿈들이 이런 식으로 도래할 것이라는 것을 몰랐었다. 빌어먹을 끝에서 그가 무명을 위해, 자신을 위해 할 수 있는 것이라곤 죽어 주는 일 뿐이었다. 자신의 생에서 잃을 게 하나 더 남아 있다는 게 다행이었다. 심연은 바닥없음을 뜻한다던가. 그는 바닥없는 바닥으로 뛰어내려야만 했다. 의심이 걷혀 나가는 것을 그는 뚜렷이 느꼈다.

다만 무명이 고통스럽지 않도록 죽는 순간에도 신음소리도 비명도 지르지 않으리라 마음먹었다. 무명을 바라보지 않으리라 다짐했다.

그는 개가 아니었기에, 개처럼 울부짖지 않았다. 삶과 죽음 사이는 고통스러웠다. 들숨과 날숨의 틈을 주지 않은 순간, 그의 숨은 멈췄다.

여여가 죽었다

여여가 죽었다.

무명은 여여의 죽음을 알 수는 있었지만 받아들일 수는 없었다. 볼 수도, 들을 수도, 만질 수도 없는 존재와 이별할 수 없기에 무명은 여여의 죽음을 받아들일 수 없었다. 여여의 최후는 무명에겐 최초의 슬픔이었다. 원초적인 배신이었다. 불멸의 고통이었다. 여여의 죽음은 분별없는 사랑들을 해 왔던 그녀 자신에 대한 영원한 벌이었다. 그녀는 무엇보다 스스로를 참아 줄 수가 없었다. 자신이 저지르고 꼬드기고 불 질러버린 운명에서 가차 없이 쫓겨나고 싶었다. 그녀 자신을 잃고 싶었다. 놓아 버리고 싶었다.

생은 늘 가슴에 칼을 꽂는 이를 보려고 고개를 들면 다정한 얼굴을 보여 주었다. 길 위를 함께 걷겠노라 약속했던 이들마저 모두가 살아 숨 쉬는 상처들이었다. 그녀가 이곳에 있으면 그리운 사람들은 다른 곳에 있었다. 그들이 있는 곳으로 가 보면 이미 그들은 떠난 뒤였다. 어쨌거나, 생이 끝난 뒤에는 어떤 그리움도 쓸모가 없을 터였다.

그녀는 심장이 느리게 뛰는 것을 느꼈다. 손목의 앵혈이 잦아드는 맥박 안으로 점점 사라져 가고 있었다. 팽팽한 힘줄 위에서 독이 오른 뱀의 혀처럼 붉디붉었던 앵혈이 흔적조차 없어졌다. 허물처럼 손목의 피부가 징그러울 만큼 하얬다.

지금까지 수십 억의 숨을 내쉬며 살아왔던 게 의심스러울 만큼 단숨에 적막이 그녀를 채웠다. 뚫려 버린 시간의 바닥없는 구멍 속으로 그녀는 빨려 들어갔다.

다만 무명은 영혼의 어느 언저리에서 자신이 미쳐 가고 있다는 것만은 또렷이 알 수 있었다. 미쳐야 옳다고, 미치는 게 맞는 거라고. 광기에 휩싸인 채, 그녀는 왕의 처소로 향했다.

푸른 자장가

'세자가 울고 있구나.'

그녀는 의식이 혼미한 상태에서 세자인 아들이 울고 있는 것을 보았다. 아들에게 울음을 멈추라고 말하고 싶었지만 목구멍에 담이 끓어서 소리를 낼 수 없었다.

"오늘 어마 마마의 체후가 악화된 가운데 해가 저문 후부터는 더욱 심하여 혼미한 기후가 이러하니, 어찌할 수는 없고 마음만 타는구나. 이 일을 장차 어찌해야 하겠는가." 세자는 그녀의 작고 마른 손을 만져 주며 울먹였다.

그녀는 세자의 따뜻한 손길을 느꼈다. 손끝에서 세자의 손이 점점 멀어지는 느낌이 들었다. 아득한 의식 속에서도 아들에게 마지막 말은 해야 한다는 의지를 붙잡으려 애썼다.

"무, 무……." 그녀가 입술을 달싹였다.

약원이 입진을 행하는 자리에 시좌한 세자는 그녀의 한 말씀을 애타게 기다리고 있었다. 세자는 알아들을 수 없었다. 자신의 귀를 그녀의 입술에 가까이 대보았다. 담 끓는 소리만이 들렸다.

"말뜻을 자세히 알지 못하여 감히 반포할 수가 없습니다." 곁에 있던 승지가 세자에게 말했다.

그녀는 게르의 천장에서 풍경이 딸랑, 깊고 무거운 소리를 내는 것을 들었다. 그녀가 누워 있는 곳의 처마에 달린 풍경이었음에도 그녀는 게르 안에 있는 것 같았다. 침상으로 흰 나비가 날아드는 것을 그녀는 보았다.

'봄에 처음으로 본 나비가 흰빛이면 죽는다고 했던가. 나는 봄을 앓고 있는 걸까. 아니면 병을 앓고 있는 걸까. 어인 일로 저 나비는 흰빛이란 말인가.'

이번에는 그녀의 귓바퀴에 서역 비단길로 걸어가는 눈먼 잿빛 점박이 수낙타에 매단 워낭소리가 먼 곳으로부터 밀려들어 왔다. 소리를 업고 뭇 날것들의 비린내가 그녀 곁으로 밀려왔다.

그녀의 조상이 살았던 곳에서는 봄이 오면 야생 오리들과 기러기들이 날았다. 어른들은 오리들이 올 시기에 매를 굶겨 날렸다. 매를 날려 놓고 나서 낮에는 마유주를 걸러 마시고, 밤에는 풀막에 와서 한뎃잠을 잤다. 서북쪽에서 바람이 불어오면 매를 날려 오리와 기러기들을 잡게 했다. 겨우내 쇠갈고리처럼 거칠어진 매의 발톱이 움켜쥔 오리와 기러기의 깃털들이 분분히 날리는 눈처럼 초원으로 흩날렸다.

굶은 매들이 마른 나무들마다 누린내가 나도록 기러기와 오리들을 물어 날랐다. 가지 없는 마른 나무들마다 잡힌 날것들이 퍼덕거리며 비린내를 풍겼다. 매는 하늘에서 날고, 어른들은 땅에서 뛰었다.

매처럼 굶었던 이리 떼들이 벼랑으로 몰아넣은 고라나나 땅굴토끼를 어른들은 몰래 다가가 복숭아나무 껍질로 싼 오늬 달린 화살을 시위에 메겨 쏘아 죽였다. 어른들은 날짐승의 창자를 허기진 매에게 기꺼이 나눠 주고, 이리가 먹다 남긴 살점들도 매와 함께 공평하게 주워 먹었다. 그녀는 지평선이 하늘 끝까지 닿은 초원에서 심장이 팔딱거리게 뛰고 싶었다. 심장이 터질 것만 같았다. 숨이 멈출 것만 같았다.

"요즘 증세가 자꾸만 악화되어 매일 손쓸 길이 없었다만, 어찌하여 오늘은 더욱 담이 끓고 혼미한 증후가 더욱 심해진 것인가." 세자는 그녀가 눈꺼풀을 떴다 감았다 하는 모습을 보면서 죽음이 가까워진 것을 느꼈다. 부여잡은 손이 점점 차가워지고 있었다. 그녀의 입술에 탕제를 두어 숟가락 흘려보냈다. 온기가 있는 것 같아서 마음이 잠깐 놓였다. 하지만 도로 싸늘한 기운이 감돌았다. 세자는 마음이 다급해졌다.

"지금 손끝이 차갑기가 더욱 심하니, 어쩌면 좋겠는가?" 세자가 울먹이면서 타는 듯한 목소리로 말했다.

"기도氣度가 제대로 돌지 않기 때문에 자연히 이와 같은 것입니다." 약원이 말했다.

"의관이 대궐에 있거든 속히 들어오게 하라." 세자가 다급하게 소리쳤다.

그는 어머니를 통해 세상을 배웠고, 권력을 터득했다. 왕의 아들이었지만 어머니 나라인 원 제국과의 화친 조건으로 그는 볼모로 붙들려 살았다. 부부 사이가 좋지 못했던 탓에 누구 편을 들어야 할

지 몰라서 갈팡질팡하는 자식이라는 이름의 볼모이기도 했다. 부왕
은 아들인 세자의 생일 연회에서 난쟁이 놀이를 하는 인간이었다. 아
무나 사귀고 아무나하고 놀았던 인간이었다. 쿠빌라이 황제의 외손
자인 자신의 막강한 위세를 질시하는 인간이었다. 원 제국의 고급 노
예 같은 인간이었다. 무엇보다 어머니보다 먼저 죽어야 할 인간이었
다. 그에게 아버지의 몰락과 죽음은 축복받은 해방일 터였다. 하지만
어머니의 죽음은……, 지극한 슬픔이자 최대의 재앙일 터였다. 상상
도 하기 싫은 끝이 마주 잡은 손 안에 있었다.

　'왜 이토록 작고 답답한 나라에서 살게 된 걸까? 춥고 상처받고
초라한 느낌에 떨던 그 어둡고 음울하던 날들이여. 무엇이 잘못된 걸
까? 누구에게 이 삶에 대한 책임을 돌릴 수 있을까?' 그녀는 세자와
저 멀리 자신의 마지막 의식 속에서 스스로에게 물었다.

　왕은 그녀의 곁에 없었다. 왕은 그녀에게 가장 가까운 사람이어야
만 했다. 그는 사실 그녀가 가장 의존하는 사람이었다. 하지만 그녀
를 전혀 이해하지 못하는 그의 비좁고 어두운 마음을 파고들 수 없었
다. 다른 여자들에겐 헤프기 그지없는 사랑을 베풀면서도 그는 정작
그녀에게는 인색하기 짝이 없었다. 끝내 해독하지 못한 고려의 언어
처럼 그의 마음을 끝내 통역할 수 없었다. 어떤 통역관을 붙여도 그
와 그녀는 소통할 수 없을 터였다. 사랑만이 이방의 타인들끼리 소통
할 수 있도록 도와주는 유일한 통역관일 테니까. 그는 그녀를 사랑하
지 않았으니까.

　왕은 그녀가 원하면 탐라국의 젖빛 진주와 함경도의 호피와 불사
약에 버금가는 개경의 인삼과 경상도의 날랜 송골매를 바칠 수 있는

남자였다. 별을 원하면 고려 최고의 궁사를 시켜 활로 쏘아서 떨어뜨려서라도 가져다 줄 남자였다. 하지만 거기까지였다. 그녀가 진정으로 원하던 벌떡거리는 심장은 한 조각도 주지 않을 사람……

봄이 와서 그와 결혼을 했건만, 봄이 물러가자 그도 더불어 그녀 곁을 물러가고 말았다. 처음엔 그가 몽골 제국의 인질인 독로화였건만, 정작 고려에서는 그녀가 몽골에서 끌려온 독로화였던 것이다. 깨닫는 데 한 생애가 걸렸다. 음력 13월에 살고 있는 듯한 느낌, 혹은 어쩌다 찾아오는 윤달에 살고 있는 것만 같은 느낌으로 한 생애를 살았다. 그 누구도 살지 않는 시간 속에 홀로 버렸던 것만 같았다.

그와의 부자연스럽고 기묘한 인연, 불연속적인 관계는 그녀의 심장을 베곤 했다. 아무리 그를 무시하고 경멸해도 그녀는 그와 깊이 연루되어 있었기에 그의 무관심은 그녀를 벌주는 것처럼 고통스러웠다. 그는 그녀에게서 권력을 찬탈하고, 인생에서 누려야 할 애틋한 다정함을 찬탈하고, 종내는 그녀의 목숨마저 찬탈하려 하고 있었다.

그녀는 자신의 운명에 걸려 곤두박질치고, 자신이 쌓은 삶 위로 무너져 내리고 있었다. 그녀는 모든 것을 붙잡으려 했지만 결국은 아무것도 손에 쥔 게 없다는 걸 알고 상실감에 빠졌다. 무엇보다 그녀는 한 번도 가져 보지 못한 것을 잃었다는 사실을 알았다. 그녀는 슬픈, 아주 많이 슬픈 이방의 여자였음을 알았다.

그녀는 남들이 꾸어 준 꿈속에 갇혀 살아왔다는 답답하고 막막한 심정으로 별궁에 뜨고 지는 하루하루를 지냈다. 그녀의 창자와 위를 씹어 먹었던 것은 한갓 벌레 따위가 아니라 비단옷을 입은 왕이라는 생각에 다다르면 미칠 것 같았다. 한시라도 지체하지 않고 이 비좁은 땅을 떠나 자신의 광활한 땅으로 떠나고 싶었다. 창자를 쏟든, 심장을 뱉어 내든, 숨을 토해 내든, 그 땅에서 끝을 내고 싶었다. 살아서 그 땅으로 가고 싶었다.

그녀의 의식이 모래바람 앞의 촛불처럼 너울거렸다. 활활 타오르는 작약의 붉은 빛도 꺼져 가는 불처럼 그녀의 젖은 눈시울에서 사그라져 갔다. 번뇌도, 애증도, 시기심도, 탐욕도 모두 슬픔 하나로 모여들었다.

귓바퀴에 머뭇머뭇 구슬픈 가락이 맴돌았다. 머린 호르의 두 가닥 현이 활을 받아들여 고요하고 슬픈 가락을 빚어냈다. 수말의 말총 백서른 가닥으로 만든 현과 암말의 말총 백다섯 가닥으로 만든 현이 가닥가닥 풀어 헤쳐지면서 그녀의 귓속으로 흘러들었다.

푸른 자장가[藍色搖藍曲]. 어릴 때, 흰 수염의 궁정 악사가 들려주던 자장가였다. 눈물 끝이 길어서 투레질을 잘 멈추지 못하는 그녀를 다독여 주던 자장가였다. 가락은 사라졌다가 돌아오곤 했다. 깊은 어둠에서 길어 올린 것처럼 새벽의 푸른빛이 사막의 모래로 스며드는 아늑함을 주는 가락이었다. 상처를 단 한 번도 받은 적 없던 시절에도 자장가를 들으면 팔딱이던 심장이 어떤 순결하고 다정한 슬픔의 손길을 느낄 수 있었다.

그녀는 자장가의 가락을 들으면서 더 깊고, 더 푸르고, 더 캄캄한 적막의 슬픔으로 돌아갈 수 있을 것 같았다.

"이 일을 어찌해야 좋은가." 세자가 탄식조로 읊조렸다.

새끼에게 젖을 물려주지 않으려 버티는 어미 말에게 마을의 어른은 머린 호르를 들고 와서 곡조를 들려주었다. 어미 말은 새끼의 울음소리조차 듣지 않았던 굳은 귀때기를 열어 곡조를 가만히 들었다. 선인장에 꽃이 피듯 두터운 눈시울을 열어 어미 말은 눈물을 흘렸다. 새끼를 옆구리에 붙여도 가만히 있었다. 그제서야 새끼는 어미 말의 퉁퉁 불은 젖을 빨았다.

그녀는 세자의 탄식을 알아듣지 못했다.

눈물 한 줄기가 그녀의 여윈 뺨을 타고 흘러내렸다.

떠나기에 충분했다.

그녀는 멀고 위태로운 호흡을 간신히 붙잡고 있었다. 그녀의 목숨이 죽음에 걸려 파닥거렸다.

나비는 재가 되어 공주의 치마폭으로 풀썩, 떨어져 내렸다. 마흔 살을 한 해 앞둔 봄이었다.

멀리서 풍악 소리가 그녀의 귓바퀴 언저리에서 울리다가 완전히 멀어졌다.

세자는 그녀에게서 담 끓는 소리가 나지 않는다는 것을 알아차렸다. 마치 주무시는 것 같았다.

"이 일을 어찌해야 좋은가." 세자는 누구에게인지 모를 탄식을 내뱉었다.

"맥박은 이미 가망이 없습니다. 지금은 달리 진어할 만한 약이 없고, 한 돈쯤 속미음을 올리는 것이 좋을 듯합니다." 의관이 답했다.

세자는 속히 속미음을 달여서 들여오게 했다. 이런 식으로 보내드릴 수는 없었다. 무엇이든지 해야만 했다. 그는 신하들을 입시하도록 명했다.

"이 일을 어찌해야 좋을지 모르겠습니다." 신하들이 아뢰었다.

세자는 자신이 어찌해야 할지 모르는 것과 신하들이 어찌해야 좋을지 모르는 것이 무엇을 의미하는지 정확히 알아차렸다.

세자는 차갑게 식어 가는 그녀의 손에서 자신의 손을 빼내 두 눈을 감겨드렸다. 그는 밖으로 나와 종묘사직과 산천에 기도를 했다. 어머니의 고향이자 자신의 핏줄의 땅인 북쪽을 향해서도 기도를 했다.

아름다운 죄

대추나무 까만 가지에 흰 비단을 단단히 묶어 놓고 스스로 목을 매서 죽었다던 아름다움을, 탐스러운 무화과가 가득 든 바구니에서 스르르 기어 나온 맹독성의 독사에게 진주빛 가슴을 물려 죽었다던 아름다움을, 물에 빠져 죽었다던 침沈의 아름다움을, 그리움을 견디지 못해 타향의 검은 강에 몸을 던져 죽었다던 아름다움을, 정인 대신 칼에 맞아 죽었다던 아름다움을, 아름답기 때문에 죽었다던 여자들을…… 위해 무명은 왕을 죽이기로 한다.

금으로 치장한 궁궐에서 화장을 끝내고, 연꽃 휘장 속에 갇힌 봄을 날려 보내기 위해, 밤을 기다려서 왕을 죽이기로 한다.

왕비가 운명을 달리했다는 소식이 들려온 시간에 그녀는 자신의 운명도 다했음을 이해했다. 왕이 도라산에 가시면 함께했기에, 그녀는 도라산으로 불렸다. 왕이 보라매를 사랑했기에, 그녀는 보라매로 불렸다. 왕이 당나라 현종의 그림자놀이를 즐겨하셨기에, 그녀는 양귀비라 불렸다. 왕이 중국 월왕의 탐미적인 사랑을 흉내 내셨기에,

그녀는 서시라 불렸다. 아름답기 때문에 여인들은 죽었다. 무명은 여인들과 달리 죽기 전에 왕을 먼저 죽여야 한다고 생각했다.

왕이 주무시기까지 기다렸다. 잘 주무시도록 술도 드렸다. 빨리 주무셔야 이른 죽음을 맞이할 수 있었다. 모후가 자신 때문에 죽은 거라고 믿어 의심치 않는 세자의 손에 죽고 싶지 않았다. 시간이 촉박했다. 내일보다 죽음을 먼저 맞이하고 싶었다.

그 찰나의 순간에 지금까지 살아왔던 시절들이 주마등처럼 펼쳐졌다. 차가운 눈 밟지 마시라고 얼어터진 맨발로 일주문에서부터 이불 조각을 눈 위에 얹으며 내달렸던 어미처럼, 시린 시절들이 왕 앞에 천 조각의 이불처럼 닿아 있었다. 굶주린 들개의 다리뼈처럼 앙상한 어미의 발목을 부여잡고 살아온 어린 시절이 어제처럼 가깝게 느껴졌다.

동이 트면 청산으로 들어가, 날 저물면 꽃 사이에서 자자던 어린 약속……, 배고프면 꽃향기로 배를 채우고, 목마르면 꽃 속의 이슬을 마시며, 여여와 더불어 살리라던 치기 어린 약속…. 죽지 않고 살아서 찰나라도 함께하고 팠던 약속은 이제 죽음으로써 지키게 되었다. 여여의 죽음을 보지 못했으나 다시 만날 기약을 이승에서는 할 수 없기에, 다음 생에서 만날 수 있기를 빌었다.

날짐승에게도, 길짐승에게도, 하다못해 풀에게도 이름이 있건만, 하물며 사람짐승에게 이름이 없을까 보냐며 글 모르는 어미가 지어준 이름 무명無明에서 적향赤香이란 기생 이름에서 왕의 여자가 되어 하사받은 무비無比에 이르기까지의 시간들이 마구 밀려왔다.

평생 욕망했으나 끝내 얻지 못한 아비의 사랑 대신 왕의 사랑을

얻었다. 밑바닥 목숨이 왕의 위험한 편애를 얻었다. 이제 그 사랑을
함께 죽음으로써 보답할 시간이었다.

다로러 거디러 다로러

커다란 바퀴 달린 산대山台가 궁궐 광장을 먼저 굴러갔다.

길을 닦는 의식의 시작이었다. 궁중 악공들이 연주하는 취악에 맞추어 산대 앞뒤에서 잡희가 벌어졌다. 고려 선왕들의 축복을 상징하는 공연인 셈이었다. 본격적인 공연이 시작될 무대에는 90척 길이의 상죽과 60척 길이의 차죽이 설치되어 있었다. 좌우에 봄 산, 여름 산, 가을 산, 겨울 산의 사계절을 표현한 상죽이 24개, 차죽 48개가 화려함을 과시했다. 기암괴석과 초목을 장식한 무대는 고려 땅의 융성함을 보여 주기 위해 장대함의 극치를 보여 주었다. 무대로 가설된 보계補階의 위쪽에 마련된 상석엔 왕과 근신들이 자리를 잡고 있었다.

선왕이 죽고 드디어 그는 왕이 되었다. 제국의 황제 핏줄을 이어받았지만 왕이 되기까지 오래 걸렸다. 사실 유년 시절의 기억은 원의 황궁에서 지냈던 날들이 대부분이었다. 황궁 역시 황제의 자리를 이어받기 위한 암투와 배신과 이간질과 음모의 각축장이었다. 그는 원제국의 황제가 될 수 있는 길이 애초에 막혀 있었기 때문에 제거의 두려움은 없었다. 하지만 황제의 적자가 되기 위해 핏줄인 외사촌들끼리 이간질을 하고, 전략적인 제휴를 하는 권력 투쟁의 숨 막히는 혈전에서 한가롭게 팔짱만 끼고 있을 수는 없었다. 줄을 잘못 섰다간 고려의 왕 자리도 무사하지 못할 수 있기 때문이었다.

상석에 자리를 잡은 채 연희가 진행되는 걸 지켜보면서 그는 원 제국에 머물던 어린 시절을 떠올렸다. 그는 황궁의 서북쪽에 있는 표 방豹房에서 놀았다. 황제의 피를 나누어가진 원의 형제들은 오로지 불투명한 권력만을 향해 시간을 죽이는 것에 답답해했다. 초원을 가르며 달리는 호랑이와 표범과 같은 맹수들을 가둔 표방에서 그들은 잔인함과 자유로움을 느끼며 숨을 골랐다. 미로처럼 복잡한 표방의 은밀한 공간에서 떨거지들은 무희와 악사와 승려와 도사들을 몰래 불러들여 발작적으로 놀았다. 맹수들이 포효하는 울부짖음은 악사들이 켜는 마두금의 나른한 음률과 섞여 들면서 묘한 쾌감을 불러일으켰다. 맹수들은 그에게 권력의 호전성을 부추겼다. 세자 시절의 그 또한 밀실 한 칸에 틀어박혀 가무음곡과 연극을 즐기며 화려한 상징에 경도되어 현실을 잊는 인간 심리의 허황한 심미성을 갖췄다. 이제 바야흐로 백성들이 그를 숭배해야 할 신화적이고 예술적인 시간이 온 것이었다.

왕이 바로 내려다보이는 무대 중앙엔 갖가지 보석이 실린 쌍화수레, 삼장사의 탑 같은 등불걸이, 우물 덕대, 술독이 놓여 있었다. 흥취가 돌아지면 왕도 무대로 나올 수 있도록 보계에서 무대까지는 비단으로 덮인 길이 나 있었다. 궁중 너른 뜰엔 수천 개의 등이 밝혀져 있어 대낮보다 더 환했다.

죽간자竹竿子 두 명이 연희의 시작을 알렸다. 어떤 장식도 하지 않은 채 얇은 모시옷 한 장만 걸친 무희가 무대 중앙으로 걸어왔다.

무대 위에서 무희는 자유로워보였다. 바다에는 나루가 없지만 노를 저어 능히 건널 수 있고 허공에는 사다리가 없지만 날개 치며 높이 날 수 있다는 듯이 무희는 무대에서 한껏 발랄했다.

무희는 왕을 위한 노래를 부르기 시작했다. 이제껏 한 번도 들어본 적 없는 새로운 노래, 새롭게 왕림한 왕을 위한 신성新聲이 울려 퍼질 것이었다. 무희는 왕을 향해 목젖을 열어젖혔다.

쌍화점雙花店에 쌍화雙花 사러갔더니
회회回回 아비 내 손목을 쥐더이다
이 말씀이 이 점店밖에 들락날락
다로러거디러
조그만 새끼 광대 네 말이라 하리라
더러둥셩 다리러디러 다리러디러 다로러거디러 다로러
그 자리에 나도 자러 가리라
위 위 다로러 거디러 다로러
그 잔 데 같이 난잡한 곳이 없다

붉은 얼굴에 무성한 구레나룻의 회회아비로 분장한 배우가 나타나 무희의 손을 감싸 쥐었다. 함께 쌍화 보석에 입을 맞추었다. 회회아비는 무희의 가슴과 배에 자신의 몸과 밀착하면서 사랑을 나누는 행위를 연출했다. 새끼 광대가 남녀의 주위를 돌며 애무하는 흉내를 내는 춤을 추었다.

삼장사三藏寺에 불을 켜러 갔더니만
그 절 주지가 내 손목을 쥐더이다
이 말씀이 이 절 밖에 들락날락
다로러거디러
조그만 새끼 광대 네 말이라 하리라

회회아비가 물러가자 무희는 등불을 손에 들고 음악에 맞추어 춤을 추며 사뿐사뿐 걸었다. 새끼상좌가 등불을 첩첩이 달 수 있도록 바퀴 달린 등걸이를 밀고 나왔다. 무희는 등걸이에 하나씩 등불을 켰다. 화려한 장삼과 가사를 입고 목에는 염주를 걸고 한 손에 목탁을 든 주지가 나타났다. 무희의 허리를 휘어감은 주지는 염주를 풀어 그녀의 목에 걸어 주었다. 무희와 주지는 서로를 꼭 끌어안고 입을 맞추며 농밀한 애정표현을 했다.

두레 우물에 물을 길러 갔더니만
우물용龍이 이 우물 밖에 들락날락
다로러거디러
조그만 두레박아 네 말이라 하리라

무희는 우물에서 물을 길었다. 용머리 관을 쓰고 용의 비늘처럼 반짝이는 옷을 입은 우물용이 다가와 물을 달라 청했다. 무희가 물을 건네주자 우물용은 그녀의 손을 부여잡은 채 물을 벌컥거리며 마셨다. 물을 마시다가 그녀의 입을 맞추고 몸을 휘감았다. 부끄러운 듯 몸을 비트는 바람에 물동이의 물이 그녀에게 함빡 쏟아졌다. 두레박 역을 맡은 배우가 두 남녀 주위를 돌며 음란한 춤을 추었다. 우물전 바깥에다 물동이를 내려놓고 그녀와 우물용은 사랑을 나누었다.

술파는 집에 술을 사러 갔더니만
그 집 아비 내 손목을 쥐더이다
이 말씀이 이 집 밖에 들락날락
다로러거디러
조그만 술바가지야 네 말이라 하리라

무희는 술병을 들고 술 사러 나타났다. 그녀가 내민 술병에 술 바가지로 술을 퍼주던 술장수는 미색에 홀린 듯한 표정을 지으며 술을 반이나 흘렸다. 그녀는 생긋 웃으며 술병을 받았다. 술병을 기울여 술을 마셨다. 약간 취기가 도는 듯, 그녀는 흔들거리며 춤을 추었다. 그녀의 손목을 부여잡은 술장수 역시 술을 마신 뒤에 그녀를 끌어안아 입을 맞추었다. 술 바가지 형상을 한 광대가 무대를 종횡무진하며 춤을 추었다.

그녀는 무대 앞 보계 상석에 앉아 있는 왕에게 다가가 술병을 권했다. 왕이 흔쾌히 그녀가 건네준 술병을 들고 들이켰다. 회회아비, 삼장사 주지, 우물용, 술장수, 새끼 광대들이 보계로 뛰어와 왕의 옆에 자리 잡은 근신들에게 술을 권했다. 술이 도는 동안 계속 남장대의 가객들이 무대 전면에 나와 합창을 했다.

다로러거디러
더러둥셩 다리러디러 다리러디러 다로러거디러 다로러
그 자리에 나도 자러 가리라
위 위 다로러 거디러 다로러
그 잔 데 같이 난잡한 곳이 없다

"신성이 뜰에 가득 차니, 모두 음률이 맞는구나. 군신이 함께 태평 잔치에 취하니 과인의 마음이 기쁘도다." 왕은 술잔을 높이 들며 소리쳤다. 선왕이 그토록 바라마지 않았던 음악으로 나라를 다스리는 위업을 이어받았다는 것을 만방에 알리는 자리였다. 음험한 흉계로 자신의 어머니를 죽게 만든 선왕마저 죽인 자리에 등극하기까지의 과정이 주마등처럼 펼쳐졌다. 어머니의 때 이른 죽음은 오히려 아들이 서둘러 왕이 될 수 있도록 했다. 슬픈 역설이었다.

권력을 갖기 위해서는 선왕은 부담스러운 과거였다. 과거는 제거되어야만 했다. 왕의 자리가 비어야만, 존재를 없애야만 신성의 나라라는 새로운 창조가 이루어질 수 있었기 때문이었다. 선왕의 몰락과 죽음은 그에게 축복받은 해방이었다. 하지만 못내 아쉬운 점은 어머니를 죽음으로 몰고 간 대역 죄인들인 선왕과 무명이란 여인을 제 손으로 죽이지 못했다는 것이었다.

어머니가 돌아가시자마자 산천과 조상과 원 제국에게 기도하면서 그들을 진부하게 죽이진 않으리라 다짐했었다. 허나 무명이란 여인은 선왕과 함께 스스로 목숨을 끊어 버렸다. 그는 여인의 시신에 은을 녹여 귓속에 흘려 넣었다. 그는 이 세상에 없는 칼로 여인을 죽이고 싶었다. 그것은 액체 칼이었다. 은을 녹인 액체 칼로 그는 여인을 다시 죽였다. 죽인 다음에는 유골을 절구에 넣고 빻아 바람에 날리는 쇄골표풍碎骨飄風의 형벌을 다시 가했다. 먼지로 사라진 것을 보고서야 그는 겨우 분이 풀렸다. 곧이어 그는 부왕의 측근 40여 명을 지체하지 않고 숙청을 단행했다. 매와 개로 부왕을 꾀고 사냥터로 몰고 다녔던 늙은 개 같은 정승들의 목도 벴다. 수습은 매정하고 개혁은 단호했다. 그는 스물네 살의 나이에 왕이 되었다.

왕이 흡족한 미소를 무희에게 보냈다. 무희의 머리 위로 꽃비처럼 사륵사륵 등불의 빛이 쏟아졌다. 부처님이 꽃비 가운데 꽃 한 송이를 들어 사람들에게 보였다고 했던가. 왕은 만유의 존재이며 불멸의 현신인 부처처럼 무희로 대신한 백성들에게 자비로운 미소를 보냈다. 왕은 너무 행복해서 웃지 않을 도리가 없지 않은가 말이다.

高麗人泛愛重財男女婚娶輕合易離

고려인들은 분별없이 사랑하고,

재물을 중히 여기며,

남자와 여자의 혼인에도 경솔히 합치고

쉽게 헤어졌다.

－『고려도경』권 19

내 속의 금잠

김형중_ 문학평론가

1.

고려 충렬왕의 왕비이자 충선왕의 모후였던 원나라의 홀도로게리
미실(제국대장공주)을 모델로 삼고 있으니, 이화경의 새 장편소설
『탐욕 – 사랑은 모든 걸 삼킨다』는 일단 역사소설에 속한다. 그러나
소설에서 역사적 사실에 부합하는 정보를 굳이 확인하려는 독법은
불필요해 보인다. 전형적인 인물들을 통해 원 제국의 지배 아래 있던
고려 사회의 모습을 역사적 합법칙성의 원리에 따라 총체적으로 재
현하려는 의도 또한 찾아보기 힘드니 루카치가 『역사소설론』에서 설
파한 사회학적 독법 또한 소용없어 보인다. 『탐욕 – 사랑은 모든 걸
삼킨다』는 시대를 막론하고 항상 '현재적'일 수밖에 없는 '욕망'에
관한 '팩션'이다.

2.

욕망은 항상 욕망의 대상 곧 '님'을 향해 있는 법이니, 소설 말미 무명의 말을 독법의 실마리로 삼아 보자. 늙은 왕(그는 무명이 손녀란 사실을 모른 채로 그녀를 탐한다)이 묻는다. "당신이라. 너는 어찌하여 나를 전하라고 부르지 아니하느냐?" 무명(무명도 왕이 조부임을 모른다)이 답한다. "제가 사랑하는 님을 뭐라 부르오리까?" 그러자 왕이 다시 묻는다. "내가 너의 님이더냐?" 이 물음에 대한 무명의 답은 이렇다.

"모든 기룬 것은 다 님이옵니다."(p. 246)

무명의 이 말은 즉각 한용운의 "님만 님이 아니라, 기룬 것은 다 님이다"란 문장을 떠올리게 한다. 이 문장의 진의를 보다 정확히 이해하기 위해 '기루다'란 말을 사전에서 찾아보면 그 의미는 이렇다. "어떤 대상을 그리워하거나 아쉬워하다"(국립국어원편 표준국어대사전). 무명은 이렇게 말하고 있는 셈이다. "그리워하거나 아쉬워하는 대상은 그 어떤 대상도 다 님인 법이고, 전하는 그러므로 그 수많은 님들 중 하나입니다" 이 말이 흥미로운 것은 그리워하거나 아쉬워하는 감정이 대상의 가치에서 비롯되는 것이 아니라 역으로 대상의 가치가 그리워하는 행위와 아쉬워하는 행위에 의해 사후적으로 부여된다는 점이다. 그리움과 아쉬움은 결과가 아니라 원인이다. 어떤 대상이 '님'인 것은 그것이 가치 있거나 매력 있어서가 아니다. 그리워하거나 아쉬워하는 행위가 오히려 어떤 대상을 '님'으로 만든다. 그렇게 '님'은 텅 빈 기표가 된다. 그 어떤 것도 그 자리를 차지할 수 있는 기표, 욕망의 대상은 아무것이다. 혹은 아무것도 아니다.

그런데 욕망의 작동방식이 기이한 것은 그 아무것도 아닌 것이 주이상스, 곧 쾌 너머의 쾌를 약속한다는 점에 있다. 정념의 원인이 아니라 정념의 산물에 불과한 그 '아무것'이 우리가 한때 누렸던, 혹은 누렸다고 상상하는 희열을 약속한다. 그를 소유하면 잃어버린 희열을 되찾을 것이라는 약속을 기대하게 하는 자, 그것이 바로 '님'의 정체다. 물론 그 약속은 지켜지지 않는다. 백 번 양보해 그런 희열의 향유 상태가 있었다 하더라도 그 시절은 결코 회복 불가능하고, 실제에 있어서는 우리가 잃어버렸다고 종종 착각하곤 하는 그런 상태 자체가 애초부터 상상의 산물일 경우가 허다하기 때문이다.

'님'이 '그리움'의 대상이자 동시에 '아쉬움'의 양가적인 대상인 이유도 여기에 있을 듯하다. 아무것이거나 아무것도 아닌 '님'이 희열을 약속한다. 그러나 그 약속은 애초에 실현될 수 없는 약속이다. 결국 욕망의 실현은 유예됨으로써 환유가 된다. 완전히 실현된 적이 없으므로 욕망은 끝없는 욕망을 낳는다. 님은 말하자면 '욕망의 대상(그리움)이자 욕망의 원인(아쉬움)'이다. '님'은 '대상 a'다.

3.

『탐욕 – 사랑은 모든 걸 삼킨다』에서 욕망의 대상은 '왕'이다. 당연한 일이다. 일반적으로 왕은 법이고 원초적 남근이고 특권적 기표이고 아버지이고 대타자일 테니, 무명도 공주도 그를 욕망한다. 그러나 기대와 다르게 그는 이런 왕이다.

"나는 쿠빌라이 칸의 부마가 아니라 실질적인 권력을 거세당한 환관 노릇을 해 왔다. 환관임에도 칸의 남자가 아니라 공주의 남편 역할을 해야 하는 놈이었지."(p. 247)

그는 왕이지만 거세된 왕, 곧 팔루스를 상실한 왕이다. 또 다른 대타자 쿠빌라이 칸 앞에서, "그의 무기는 복종과 헌신이었다."(p. 67) 오히려 그는 자신의 거세된 팔루스의 자리를 원나라 공주로 메우려 한다. 공주는 그에게 팔루스다. 혹은 '님'이다. 약속하고 배신하는 님, 공주만이 그에게 잃어버린 권력과 위엄을 되찾아 주리라고 그는 믿는다. 사냥과 방탕은 그의 맹목적인 취미다. 목표물을 모르는 허망한 사냥, 열락에의 약속을 항상 배신하는 음주와 가무, 그는 그런 식으로 소유하고 있지도 않은 권력을 남용한다.

그러나 공주는 그런 왕의 결여를 정확히 꿰뚫어 본다.

남편은 정략결혼을 하면서 실제보다 더 커 보이는 강력한 기운을 가진 왕이 되었다. 황제의 신망을 얻은 뒤로, 그는 마치 자신이 얻은 권력이라도 되는 양 그녀에게 더 이상 가까이 오지 않았다. 그가 원하는 것은 그녀가 아니라 그녀가 갖고 있을 것이라고 믿는, 그녀의 배후에 있다고 착각하는, 어떤 권력이었다. 그의 권력은 사실

아무런 힘이 없었다. 힘이 없기에 더 큰 힘을 갈망하는 미친 권력이 었다. 그녀가 보기에는.(p. 229)

왕이 자신을 사랑하지 않는다는 사실을 공주도 안다. 그는 공주에게서 그녀 자체를 보는 것이 아니라 "그녀가 갖고 있을 것이라고 믿는, 그녀의 배후에 있다고 착각하는, 어떤 권력"을 본다. 그에게 '기른 어떤 것'으로서의 '님'은 공주 너머에 있는 절대 권력에의 약속이고, 그 약속은 신기루와 같아서 이루어질 수 없는 성질의 것이다. 왕은 사랑할 만한 대상이 못된다.

4.

그러나 공주 역시 팔루스의 기능 바깥으로의 탈출에 성공한 것 같지는 않다. "한 나라의 왕인 남자의 아낌없는 사랑을 받고 싶은 욕망과 자신의 발밑에 깔아뭉개고 싶은 욕망"(p. 94) 사이에서 한없이 갈등하던 공주가 선택한 것은 후자다. 공주는 이런 말을 한다. "아들만 남편이 만들어 놓은 구멍을 가끔 메워 주었다"(p. 229). "서로를 밀어내기 위한 권력 투쟁이 필요 없는 유일한 통치자가 될 사내아이".

대체로 모성이 집요해질 때는 자신의 결여('남편이 만들어 놓은 구멍')를 사내아이를 통해 메우려 할 때다. 사내아이는 이때 되찾아야 할 팔루스가 된다. 거세당한 대타자의 초라한 정체를 알아버린 공주가 욕망하는 것은 또 다른 팔루스 곧 '세자'가 가져다 줄 권력이다.

그녀가 기루는 님은 이제 왕에서 권력으로 바뀐다.

> 공주에게 대적하는 자들은 끝까지 뿌리 뽑아 뭉개 버려야 하며,
> 되돌아와 괴롭힐 기회도 완전히 없애야만 했다. 특히 공주와 늙은
> 여우의 관계처럼 숙명적으로 적대관계인 경우에는 더더욱. 왕의 여
> 자는 단 한 명이어야만 했다. 하늘이 무너진다 해도 화해나 용서는
> 없었다. 낮이 지나면 밤이 오는 것만큼 또렷한 이치였다. (p. 147)

그러나 목표를 잘못 잡은 이 욕망, 권력이라는 이름의 이 '님'도
당연히 희열에의 약속을 실현해 주지는 못한다.

> 수많은 후궁과 잠자리를 해 왔던 왕은 능수능란하게 어린 공주
> 를 이끄는 것 같았지만, 끝내 본질적인 무언가는 주지 않았다. 그녀
> 는 왕과의 잠자리가 끝나면 잘 차려진 제삿밥을 먹은 귀신처럼 헛
> 헛하기만 했다.(p. 101)

권력도 왕도 "끝내" 주지 못하는 "본질적인 무언가"야말로 우리가
잃어버렸다고 상상하는 어떤 희열의 상태일 텐데, 욕망의 유일한 속
성이란 바로 그것을 약속하고 곧바로 배신한다는 점에 있다. 님은 많
은 것을 약속하지만 그래서 욕망을 한없이 불러일으키지만 오로지 약
속을 지키지 않음으로써만 그렇게 한다. 공주는 그 점을 이해하지 못
한다. 어느 봄날 욕망의 허망함을 깨달으며 죽어 가게 되는 날까지는.
권력의 독한 맛은 그녀가 타인에게 준 것이 아니다. 권력의 독한

맛은 실은 그녀가 자신에게 부과한 벌이다. 권력에의 욕망은 마치 금
잠처럼 그녀의 몸속에서 그녀를 파먹는다. 금잠은 실은 그녀가 제 몸
속에서 키운 벌레다.

5.

라캉의 세미나를 해석하면서, 브루스 핑크는 팔루스 기능 아래서
의 욕망과 구분되는 타자적 희열, 혹은 여성적 희열에 대해 말한 바
있다. 그것은 이런 것이다.

> 타자적 향유는 충동들의 완전한 만족을 제공하는 사랑을 통해
> 이루어지는 승화 형태와 관련이 있다. 타자적 향유는 사랑의 향유
> 이고, 라캉은 그것을 종교적 열락과 관계 지으며, 또한 남근적 향유
> 처럼 성기로 국지화되지 않는 일종의 육체적 향유와 관계 짓는다.
> 라캉에 따르면 타자적 향유는 비성적이다(반면에 남근적 향유는 성
> 적이다). 그러나 그것은 몸의 몸에서의 향유다.(브루스 핑크, 『라캉
> 의 주체』, 이성민 옮김, 도서출판 b, 2010, p. 224)

'욕망'(항상 만족을 모르는)과 대비되는 '사랑'(충동들의 완전한
만족을 제공하는), 성적이기보다는 숭고한 열락이며 성기로 국지화
되지 않은 몸 전체의 향유, 그래서 비성적으로 승화된 형태의 희열이
있다. 라캉은 예술과 종교에서 그런 가능성을 보곤 했는데, 우리는

『탐욕 – 사랑은 모든 걸 삼킨다』의 무명에게서 유사한 희열을 만나게 된다.

무명은 어머니로부터 '아름다움'의 정수를 배운다. 무명의 어머니는 자신의 사랑을 두고 "아름다움에 눈뜬 순간. 아름다움과 사람을 동시에 알아보았으니 사랑하지 아니할 수 없었다고 했다. 전생에서도 저승에서도 만날 수 없을 사람이자 사랑이니 운명 따위는 입 닥치고 있으라고 했다고 했다. 그건 부처님도 말릴 수 없는 일이었다고 했다."(p. 41) 부처님의 율법 너머에서 일어나는 일이 사랑이다. 그러니까 상징계의 남근적 질서나 세상의 금기로는 누릴 수도 억압할 수도 없는 희열이 무명의 어머니에게서 일어난다. 그것은 성욕도 아니고 욕망도 아니다. 노래와 춤과 아름다운 모든 것들에 대한 무명의 탐미는 그로부터 비롯된다. 중요한 것은 무명이 그것들을 소유하려 한다거나 욕망하는 것이 아니라 온몸으로 '누린다'는 점이다.

무명의 노래를 두고 거문고를 타던 악사는 이렇게 말한다. "너는 뱀처럼 노래하는구나. 다들 하나같이 새처럼 노래하려고들 허지. 허나 너의 노래는 뱀처럼 온몸을 휘감고 심장에 똬리를 틀고 끝내 떠나지 않는구나."(p. 70) 유년기에 무명이 뱀에 물렸다가 살아났다는 사실, 뱀처럼 신체 전체를 대지에 밀착한 채 기어 다니기도 했다는 사실은 흥미롭다. 그녀는 뱀이 온몸으로 이동하고 휘감듯이 노래한다. 이 노래는 육감적이지만 타자를 유혹하는 노래도 아니고 욕망의 노래도 아니다. 몸이 누리는 노래고 희열 속에서 부르는 노래다. 말하자면 팔루스에 의해 매개되지 않은 직접적인 향유다.

다른 인상적인 장면이 있다. 작가는 기방에서 무명의 몸에 일어난

변화를 이렇게 묘사한다.

> 촛불의 열기에 흘러내리는 촛농처럼 뜨거운 열락의 순간이 찾아
> 오면 그녀는 문득 시간을 초월하는 느낌을 받았다. 과거도 미래도
> 없는 오직 강렬한 쾌감만이 있는 곳에서 그녀는 스스로를 잊었다.
> 온몸의 세포 하나하나가 불꽃이 튀는 것처럼 생생하게 느껴질 때
> 면, 그녀는 감각의 제국의 왕후가 된 것 같았다. 꽃이 온 힘을 다 해
> 꽃잎을 벌리고 향을 토해 내듯이, 그녀는 성의 감각을 활짝 젖혔
> 다.(pp. 198~199)

이 장면을 '끝내 본질적인 무엇'을 서로에게 주지 못한 채 끝나곤
하던 공주와 왕의 정사 장면과 비교해 보는 것은 흥미롭다. 라캉은
여성적 희열의 사례로 베르니니의 조각 작품 「성 테레사의 환희」를
거론하곤 했는데. 저 인용문은 마치 베르니니의 그 조각 작품에 대한
언어적 주해에 가깝게 읽힌다. 무명의 체험은 성적인 것과 숭고한 것
의 이분법을 넘어서 있다. 무명은 쾌 너머의 쾌, 곧 타자적 향유에 성
큼 다가 서 있는 여성 주체다.

따라서 무명의 모습을 본 공주가 이렇게 말하는 연유를 우리는 이
제 이해할 수 있다.

> 계집이 갖고 있는 젊음과 아름다움은 그녀가 아무리 간절히 원
> 해도 도저히 가질 수 없는 것이었다. 그녀는 극복할 수 없는 어떤
> 벽과 마주한 기분이었다. 동시에 자신의 결핍과도 대면한 느낌이

들었다.

　　결코 떼어낼 수 없는 것들이 계집에게 보였다. 마치 만다라나 불
　상처럼 파괴할 수는 있어도 그 속에 감춰진 아름다움을 끝내 제 것
　으로 탈취할 수 없는 것처럼. 아무리 노력하고 공을 들여도 가질 수
　없는 것들을 계집에게서 보고야 말았다.(pp. 233~234)

　팔루스의 기능 아래서 욕망하는 이는 여성적 향유를 알지 못한다.
그런 의미에서라면 권력이라는 팔루스에 평생을 사로잡혀 살아온 공
주는(우리에게도 그런 공주가 있었고, 세계사는 그런 공주들을 여럿
역사의 무대에 등장시키기도 했다) 그 젠더에 있어서는 남성이다.

　　6.

　『탐욕 ─ 사랑은 모든 걸 삼킨다』를 통독하고 나서 '여여' 혹은 '말
로'에 대해 아무 언급도 하지 않는다면 공평하지 못한 처사이지 싶
다. 말로는 "세상에는 편안함이 없으니 마치 불난 집과 같다"(p. 165)
라고 말하고 다니는 자다. "긍정해도 따로 더 얻을 것이 없고, 부정해
도 잃을 것이 없다"(p. 174)고, 또 "나지 말지어다. 그 죽음이 괴롭다.
죽지 말지어다. 그 태어남이 괴롭다. 죽고 나는 것이 괴롭다. 인생은
괴로움이자 고통이니 다시는 태어나지 말지어다."(p. 180)라고 말하
고 다니는 자다. "시체를 감았던 천을 잿물에 삶아 기워 만든 옷"을
입으면 "썩은 내 진동하는 마음도 말갛게 씻기는 기분마저"(p. 175)

든다고 말하는 자고, 진맥하듯 정성스레 쓰다듬고 "염을 마친 다음에는 영영 이별을 고하는 정인과 눈 한 번 더 맞추고 싶다는 듯, 한 번 더 안아 주고 싶다는 듯, 썩은 물이 흐르고 시충이 기어 나오는 시체를 애틋하게 매만지고 쓸어 준 다음에야 관에 넣"(p. 180)는 매골승이다. 권력에의 욕망에 사로잡혀 스스로를 갉아 먹고 있는 공주에게 무상가를 불러준 자고, 왕에게 이승에서의 방탕으로 자신의 결여를 메우려 하지 말고 그 결여와 대면하라고 나무라기를 마다하지 않은 자가 바로 말로다. 그리고 무엇보다도 가장 먼저 죽는 자가 그다.

그가 죽자, 다 죽는다. 먼저 공주가 죽는다. 공주의 마지막은 이랬다.

'따스한 봄볕에 촉촉이 젖은 하오의 붉은 정원이 적멸보궁의 한
켠과 같으니, 죽기에 좋은 날이로구나.'
……가뭇없는 호사에 미치고, 덧없는 정념에 홀렸던 시절이었
다.(p. 252)

무엇보다 그녀는 한 번도 가져 보지 못한 것을 잃었다는 사실을
알았다.(p. 270)

이어 무명도 죽는다. 조부이자 연인이었던 왕의 몸에 금잠을 넣고 자신도 금잠을 삼킴으로써 생을 마감한다. 그렇다면 여여, 아니 매골승 말로未老는 '말로末路'다. 마지막 가는 길에 무상가를 불러주는 자, 모든 욕망이 내 속의 금잠과 같아서 그 욕망이 삶을 파먹고 평생

을 허덕이게 하고 조바심치게 하고 타자를 향유하지 못하게 한다는 깨달음을 전하는 자, 오로지 죽음만이 그 모든 일들의 말로라고 말하는 자다. 공주의 마지막 말 "한 번도 가져 보지 못한 것을 잃었다"는 바로 그가 전한 깨달음의 정수를 요약한다. 가져 보지 못한 채 잃은 것 그것은 바로 욕망이다.

그는 또한 소설의 결말을 불러오는 자이기도 한데, 욕망의 허망함을 깨닫고 죽어 가는 주인공들의 말로야말로 『탐욕 – 사랑은 모든 걸 삼킨다』의 결말이기 때문이다. 상투적인 결말인가! 그러나 "모든 위대한 소설의 결말은 상투적이다"라고 말했던 이는 르네 지라르다. 돈키호테도, 보바리 부인도, 줄리앙 소렐도 꼭 저와 같이 죽는다. 욕망의 헛됨을 깨닫고 그것을 고백하고, 그리고는 편한 듯 허망한 듯 눈을 감는다. 그럴진대 욕망을 다룬 소설의 결말이 상투적인 것은 대개작가 탓이 아니다. 실은 우리 삶 자체가 한 치의 오차도 없이 그처럼 상투적이기 때문이다. 우리 모두는 마치 공주가 살던 초원의 겨울 늑대와도 같아서 욕망에 사로잡힌 채 평생 자신의 피를 핥다 죽어 간다는 사실을 『탐욕 – 사랑은 모든 걸 삼킨다』는 깨닫게 한다.

1.

    '고려인들은 분별없이 사랑하고'라는 문장을 읽었던 날은 기억나지 않습니다. 저를 끌어당기는 인생의 비극적인 비밀이 문장 속에 있다는 걸 느꼈던 건 뚜렷합니다. 아, 소설로 써 보고 싶다……,라는 마음이 들었습니다. 다분히 즉흥적이고 충동적이었다고 할밖에요.

    오래 기다려도 첫 문장은 찾아오지 않았습니다. 이야기 안으로 들어가지 못한 채 서성이는 제 자신이 이방인처럼 여겨졌습니다. 소설에 대한 저의 분별없는 욕망을 탓하다가 어느덧 등장인물들과의 철없고 덧없는 인연을 맺기 시작했습니다. 그들과 악착같이 붙어 있다가 어떻게 작별을 해야 할지 잘 알지도 못한 채 말입니다.

2.

소설을 몇 번이나 허물었다가 지었습니다. 지난해 봄, 힘을 좀 내 보려고 땅속에 묻힌 뿌리를 호미로 캐서 날로 씹어 먹었습니다. 내장 의 어느 부근인지 알 수 없는 곳에서 숨을 쉴 수 없을 정도로 몰려오 는 통증은 기고만장하더군요. 결국 한 시간 만에 응급실에 실려 갔습 니다. 야생 더덕인 줄 알고 삼켰던 뿌리는 옛날에 사약으로 쓰였다던 장록이라고 하더군요. 뭣도 모르고 아무거나 주워 먹으면 안 된다는 걸 깨달았습니다.

체력 없이는 글을 쓸 수 없다고, 글쓰기에 착수하려면 먼저 자기 자신보다 더 강해져야만 하고, 쓰는 것보다 더 강해져야 한다고, 그 런데 그건 이상한 일이라고……, 작가 마르그리트 뒤라스는 썼더군 요. 헌데 뒤라스 씨도 소설 쓰면서 와인을 무척이나 마셔 대셨다지 요, 아마.

3.

관능적이면서 서러운 고려 가요들의 서사적 향연, 인간 존재들의 당돌하고 뻔뻔한 욕망에 대한 깊이 있는 묘사, 왕과 황녀의 위악적인 화려함과 권력에 대한 거침없는 탐욕의 소설적 전면화, 내숭 없는 타 락과 흥청망청한 감정적인 분출에 대한 과감한 문장, 제국의 죽은 황 녀를 위한 레퀴엠, 운명의 전율적인 전횡과 피할 길 없는 죽음을 반추하는 만년의 산문을 쓰고 싶었습니다. 참으로 분별없는 욕심을 부렸었음을 고백합니다. 등장인물들이 저지르고 꼬드기고 불질러 버린 온갖 운명에 기꺼이 연루된 공범자였던 제가 그들을 상처 속에 놓아두고 이제 떠납니다.

미안해요.

4.

'문학들'에서 책을 내는 게 제 오랜 꿈이었습니다. 원고를 기꺼이 받아 준 송광룡 대표, 꼭 받고 싶었던 해설을 흔쾌히 써 준 김형중 평론가, 경탄할 만한 집중력과 정교한 집요함으로 소설을 끝내 마칠 수 있도록 독려해 준 최석희 편집자에게 드리고 싶은 말씀이 있습니다.

정말 고마워요.

2018년 봄
이화경

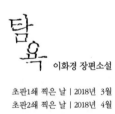

탐욕 이화경 장편소설

초판 1쇄 찍은 날 | 2018년 3월 20일
초판 2쇄 찍은 날 | 2018년 4월 9일

지은이 | 이화경
펴낸이 | 송광룡
펴낸곳 | 문학들
등록 | 2005년 8월 24일 제2005 1-2호
주소 | 61489 광주광역시 동구 천변우로 487(학동) 2층
전화 | 062-651-6968
팩스 | 062-651-9690
전자우편 | munhakdle@hanmail.net
블로그 | blog.naver.com/munhakdlesimmian
값 13,000원

ISBN 979-11-86530-48-1 03810